私が陥った中国バブルの罠

# レッド・ルーレット

Red Roulette

An Insider's Story of Wealth, Power, Corruption, and Vengeance in Today's CHINA

デズモンド・シャム
Desmond Shum
神月謙一◆訳

中国の富・権力・腐敗・報復の内幕

草思社

**RED ROULETTE**

An Insider's Story of Wealth, Power, Corruption,
and Vengeance in Today's China



Published by arrangement with the original publisher, Scribner,
a Division of Simon & Schuster, Inc., through Japan UNI Agency, Inc., Tokyo.

# 私が陥った中国バブルの罠
# レッド・ルーレット

## ――中国の富・権力・腐敗・報復の内幕

香港とホイットニー・デュアンに――

どんな言葉をかければいいかわからないけど
心配していることだけは忘れないでほしい

寧鳴而死、不默而生

沈黙して生き永らえるより、声を上げて死んだほうがいい

——范仲淹（九八九—一〇五二）

# 目次

# 序章　失踪

二〇一七年九月五日、五十歳のホイットニー・デュアン（段偉紅《だんいこう》）は北京の街から忽然と姿を消した。彼女の姿が最後に見かけられたのは、前日に、啓皓（ジェネシス）北京にある彼女の広大なオフィスにいるところだった。啓皓北京は彼女と私が建設した大規模複合施設で、二五億ドル以上の価値がある。来訪者が彼女のワークスペースにたどり着くには、警備員の列と、手入れの行き届いた庭園と、一〇種類以上のイタリア産大理石が使われたホールを通り抜けていかなければならない。その奥に籠もって、ホイットニーは数十億ドルの価値がある不動産開発プロジェクトを企画していた。そして、突然いなくなったのだ。

なぜそんなことが起きたのか？　ホイットニー・デュアンは何者なのか？

ホイットニー・デュアンは一〇年以上にわたって私の妻であり、ビジネスパートナーだった。失踪時には離婚していたが、仕事での緊密な協力関係と親しい友人としての交流は何年も続いており、社会の激しい波を一緒に楽しんで乗りこなしていた。私たちは、中国で国のために大きな仕事をするという共通の夢を実現した。貧しい家に生まれた私たちは、社会で成功したいという欲求に駆られてきたのだ。そして、自分たちの成功に畏れさえ抱いていた。

ホイットニーと私は、北京首都国際空港に世界最大級の物流ハブを作った。中国の首都にとびきりおしゃれなホテルとビジネスセンターを建設する構想を立て、それも実現した。場所は、北京で最も活気にあふれた地区に近い一等地だ。株の売買では数億ドルの純益をあげた。また、権力の中枢に働きかけ、中国の首脳や、共産党の幹部、その家族たちとも親しくなった。私たちは、中国全土を掌握する気鋭の官僚たちに助言した。中国をより良い国にするために、社会的、政治的な変革を進めるように強く求めたのだ。事業を成功させることで自分たちは社会に役立っていると信じていた。計算すると、私たちの純資産は数十億ドルにもなっていた。

それなのに、彼女は消えてしまった。私はイギリスの自宅からホイットニーの家政婦に連絡を取った。二〇一七年九月のその日、ホイットニーは仕事から帰らず、それ以来、姿を見ていない、と家政婦は言った。神隠しにあったようなものだった。

私たちが設立した会社の社員に電話をかけると、失踪したのはホイットニーだけではないことがわかった。彼女の会社の幹部二人と、家政婦を兼ねていたアシスタントも行方不明になっていた。その後何の連絡もないというのだ。私は、ホイットニーとの息子を夏休みのあいだ彼女に預けるために北京を訪れ、七月の末に北京を離れたところだった。もう数週間中国にとどまっていれば、私も行方不明になっていたかもしれない。

共産党が権力を独占している中国では、人が謎の失踪をするのは珍しいことではない。中国の憲法で法的な保護がうたわれているにもかかわらず、共産党の捜査員はそうした規則を歯牙《しが》にもかけず、取るに足らない口実で誰でも逮捕し、無期限に拘束する。最近では、中国共産党の秘密工作員が、実業家や、新聞発行人、書店経営者、反体制派の人間を、海外で拉致することさえある。アメリカが、テロリストの疑いのある者を第三国に移送し、非人道的な取り調べをしている〔訳註・キューバにあるグアンタナモ収容所などのことを指している〕という話を聞いたことがあるだろう。言うならば、その中国版である。

ホイットニーの両親に電話をしてみたが、彼らも何も知らなかった。友人であり、ホイットニーのおかげでその地位に就けた共産党の幹部らにも尋ねたが、彼女のために進んで仲介しようとする者は一人もいなかった。誰もがホイットニーの事件に絡んでワナにかけられるのを非常に警戒していたし、党の中央規律検査委員会を極度に恐れていて、手を貸そうとはしなかった。私は、その中央規律検査委員会こそが、ホイットニーを拘束している組織だという結論に達していた。

中国の共産党体制の中で働く人々のあいだに形成されるあらゆる関係には、損得勘定が深く染み渡っている。ホイットニーの行方について多くの人に聞けば聞くほどそれを痛感した。友人たちにとって、ホイットニーは極めて役に立つ存在だった。彼女が昇進をお膳立てした中国共産党や政府内部の人間は数えきれない。彼女は友人たちのキャリア形成を助け、膨大な時間を使って次の異動のための戦略を練った。ところが、彼女がひとたび危機に陥ると、彼らはいとも簡単にホイットニーを見捨てたのである。

私はどうしたらいいのだろう。息子に、行方不明になった母親を取り戻してやり、私の人生を一変してくれた前妻を取り戻すためには、何が賢明な方法なのだろうか。それを一心に考えるうちに、私は、そこに至る歳月に起きた信じられない出来事の連続を振り返っていた。

ホイットニーが失踪したとき、彼女の純資産は、私たちがパートナーになったころの二人に想像し得た額をはるかに超えていた。家父長制の社会にあって並外れた才能を持つ女性、ホイットニーは、「新中国」のルーレットのような政治環境を際立った手腕で利用し、政治的巨頭の一族と結び付いて、想像を絶する成功を収めた。あのときまで、彼女は間違いなく成功者だった。あのときまで、彼女は中国の現実を理解していた。あのときまでは——。私は、ホイットニーのビジネスパートナーとして、また夫として、彼女とともに高みに登った。これは私の物語であり、彼女の物語である。

# 第1章　父と母

上海　1968-1979

生い立ちを考えれば、二十一世紀を迎えるときに、自分が中国の経済権力と政治権力の結び目にいるなんて信じ難いことだった。私は「赤い貴族」の家に生まれたのではない。つまり、一九四九年に中国の政権を握った共産党というエリート集団の指導者の子どもではなかった。まったく逆の出自だ。私の性格も権力者に向いているとは思えなかった。

一九六八年十一月に、私は上海で生まれた。私の家族は、中国共産党が政権に就いてから迫害されてきた一族と、そうでなかった一族が合わさったものだ。共産党の定義に従えば、父方の家は、地主、富農、反革命分子、破壊分子、右派から成る「黒五類《こくごるい》」の一つに属していた。一九四九年の共産主義革命以前、父方の先祖は地主だった。そのうえに海外に親戚がいるという要素が加わると差別は倍増した。どちらも中国以外の世界では有利に働く要素だが、一九五〇年代～六〇年代の中国では、経済的成功や海外とのつながりは、その人が、共産党員の言う「天生的老鼠（生まれながらのネズミ）」であることを意味した。一家の地位が低かったせいで私の父は良い学校に行けず、社会に対する恨みを一生背負っていくことになった。

父方の一族は蘇州《そしゅう》の地主階級だった。蘇州は長江《ちょうこう》デルタにある小さな町で、優雅な庭園と絵のように美しい運河によって「中国のヴェニス」と呼ばれている。家族に伝わる話では、蔣介石《しょうかいせき》の国民党軍と内戦をしていた共産党軍が一九四九年に進軍してきたとき、沈《ちん》家は貴重品を屋敷の中にあった井戸に投棄したそうだ。その後、沈家の土地は共産党政府によって没収され、今では国立病院の敷地になっている。数年前に親族が再会したとき、年取った親戚が井戸の詳しい場所を教えてくれ、一族の財宝を掘り出すようにと熱心に勧めてきた。私は、中国政府が、地下にあるものはすべて国有財産だと考えているのを知っていたので、やんわりと断った。

革命前、父方の祖父は上海の著名な弁護士だった。共産党が国民への支配力を強めたとき、他の裕福な人々と同じように、彼には逃亡するチャンスがあった。だが、祖父は亡命者という惨めな立場になることをためらった。上海から脱出した人の多くが向かった香港は、祖父にとって、当時「東洋のパリ」と呼ばれていた上海とは比べようもない所だった。「新中国」を建設するために資本家階級の人々とも手を結ぶという共産党のプロパガンダを信じて、祖父は上海に残ることを選んだ。

父は、祖父が愚かにも共産党を信じたことで自分の青春が台無しになったと思い、取り返しのつかない決断をした祖父をけっして許さなかった。一九五二年、共産党は祖父の法律事務所を閉鎖し、父の兄弟二人と妹一人を含む家族全員を、上海の三階建てのテラスハウスから追い出した。革命前に祖父が金の延べ棒で購入した家である。祖父は家族全員を連れて蘇州に戻った。全員といっても父は別だった。十歳だった父は上海に残って小学校を終えるように言われたのだ。

それから二、三年の生活は厳しいものだった。父は食べ物と寝る場所を求めて親戚の家を転々とした。お腹をすかせたまま眠ることもしばしばあった。一人のおじは、革命でひどい目に遭ったにもかかわらず、父に非常に優しくしてくれた。共産党が政権を取るまで、彼は成功した実業家だった。共産党はおじの会社を接収し、それまで所有していた工場の一つで人力車の車夫をするようにおじに命じた。共産党はそうした扱いの名人だった。人間にとって最も大切なもの、つまり人としての尊厳や自尊心を打ち砕くのである。

共産主義国で暮らす裕福な弁護士の子どもとして、父は目立たないように身を縮めていることを学んだ。一人で生きることで、父は容易に挫けないたくましさを持ち、生き延びる術を身に付けた。それでも、苦労を重ねるたびに、家族で中国にとどまった父親への怒りは募っていった。

上海で孤独と貧困の中に育った父には、周囲の人々と深い関係を築くことへの恐怖心が染みついた。父は何にせよ人の世話になるのを嫌い、自分だけを頼みにしようとした。私もその姿勢を受け継ぎ、いまだに、人に借りがあると思うと気が重くなる。それがどんなに孤独なことかを知ったのは、ずっとのちに、やがて妻となる女性と出会ってからだ。人生には浮き沈みがあるのだから、人の恩を受けることがなかったら、人に恩を施すこともないし、深い人間関係は築けないわ、とホイットニーは言った。私は長いあいだ父を恐れていたが、今は、一人で世の中と闘った孤独な人だと思っている。

批判される階級の出身だったために、父は良い大学に進めなかった。やむなく上海の師範学校に入学して国語を専攻した。その世代にしては背が高く、一八〇センチを超えていた父は、学校のバレーボールチームのスターになった。何事にも粘り強く取り組む姿と優れた運動能力が、きっと母の目にもとまったのだろう。二人は一九六二年に師範大学で知り合った。母もまた魅力的で、中国人女性としては一七三センチと背が高く、やはりアスリートだった。母はトラック競技をやっていた。地味な人民服を着て、にこりともせず当時の切手サイズの白黒写真に納まる二人は、それでも美男美女のカップルだった。

私の母は海外に親戚がいたが、母も中国にいる親族も、うまく迫害を逃れた。母方の祖父は、香港に近い広東《カントン》省の出身だった。中国南部のほかの氏族と同様に、祖父の一族は世界中に広がっていた。祖父の七人の兄弟は、インドネシアや、香港、アメリカに移住していた。一九四九年の共産主義革命以前、祖父は香港と上海を行き来し、両方の都市でいくつかの事業を経営していた。一九四〇年代後半のあるとき、祖父は、歯磨き粉を製造する上海牙膏《がこうしよう》廠の経営者代表として、江沢民《こうたくみん》という名前の労働者代表と交渉したことがあった。江沢民は出世して一九八九年に共産党総書記になり、一九九三年には中国の国家主席に就任する。母の家族は、一九四九年に共産党が上海を占領したときに香港に移住したが、祖父母が不仲になると、祖母は私の母を含む三人の子どもを連れて上海に戻った。しかし祖父母は離婚せず、祖父は死ぬまで中国に送金して祖母の生活を支えた。

共産党の支配下でも母の家族は迫害されなかった。一九四九年の革命のあと、中国共産党は、私の母の家族のような家を外貨獲得源として利用し、冷戦下にアメリカに課された禁輸措置の抜け道にしたからだ。共産党はこうした家族を「愛国華僑」と呼んだが、それは、中国に残留する家族に厳しくしないようにという国内当局へのサインだった。共産党は、国有石油企業である中国石油天然気集団の香港にある子会社を経営するように、祖父に依頼したこともある。

母方の祖母はとても個性的な人だった。天津《てんしん》の裕福な家の出身で、若いころは美しかった。海に面した天津は、共産主義革命まで長らく中国北部の商業や貿易の中心地だった。祖母は最終的に上海のテラスハウスに落ち着き、そこを追われることなく生涯を過ごした。祖母は毎朝四時に起きて近くの公園で体操し、一杯の豆乳と、ねじった棒状の揚げパン、油条《ヨウティヤオ》を一本買って朝食にした。家に戻ると、当時の女性には珍しくタバコを吸い、ソリティア〔訳註・一人遊びのトランプゲーム〕を楽しんだ。祖母は、祖父の香港からの送金のおかげで一生働くことはなく、文化大革命の暗黒時代でさえ使用人を置いていた。文革期には、欧米で教育を受けた人々が、科学や、民主主義、自由といった西洋思想に毒されているとして、何千人も殺害されたのだ。その中で祖母が批判を逃れたのは、「愛国華僑」の家族というオーラに守られていたからである。

祖母は高齢になっても社交的で人々に好かれた。私は週末に祖母の家に行くのが大好きだった。祖母は自分で育てたゴマをすって風味のよいペーストにし、蒸した包子《パオズ》を大皿に乗せてふるまってくれた。包子は肉や野菜を詰めたソフトボール大の饅頭《マントウ》で、祖母の故郷である天津の名物である。

母は父よりも幸せな子ども時代を過ごした。祖母に似て母も社交的な人だった。母はクラスメートのあいだで人気があり、生きることに前向きだった。母の性格は父の性格の正反対で、特にリスクに関してそれが顕著だった。母はリスクを進んで受け入れたが、父はリスクを忌避した。後年、母は投資に関して不思議な直感を発揮するようになり、そのおかげで両親は香港と上海の不動産ブームに乗ることができた。

一九六五年、両親は共産党の許可を得て結婚した。党の当局は父と母を別の高級中学校〔訳註・日本の高等学校にあたる〕の教師に任命した。それが当時行われていたことだった。党がすべてを管理していたのだ。自分で仕事を選ぶこともできないし、結婚の日取りさえ決められなかった。父は上海の向明中学で、国語と、ラジオ講座で習得した英語を教えた。また、女子バレーボールチームのコーチを務め、チームは上海市の大会で常に優勝を争った。父は熱心な仕事ぶりが評価され、学校の党委員会〔訳註・中国では、政府機関、企業、学校など、一定規模以上の組織には必ず共産党の党委員会が置かれ、実質的にその組織を管理している〕から「模範教師」の称号を与えられた。

母の勤める学校は家から自転車で一時間かかった。母は数学を教え、生徒たちに慕われていた。その理由の一つは勤勉さであり、もう一つは、母が人の立場に立ってものを見る力に長《た》けていたことである。父が、自分に従えないなら出ていけというタイプの男だったのに対して、母はずっと柔軟だった。その性質は数学を教えるのに役立ち、特に、カリキュラムが難しくなる高級中学校では良い結果を生んだ。生徒の視点に立って問題に向き合うことで、母は生徒を巧みに解答に導いた。また、校内に政治運動が吹き荒れ、生徒や教師が、思想的逸脱だといって互いに攻撃し合っているとき、母の存在は理性的な緩衝帯になった。学一人の生徒がつるし上げに遭っていれば、母はそこに割って入り、暴力に発展する前に対立を収めた。学校の他の教師に母のように行動する勇気のある者はいなかった。母は「愛国華僑」の娘であるという立場に守られていたので、救いの手を差し伸べられたのである。母の行動は溺れている者にロープを投げるようなものであり、立派な行いとして生徒たちの心に刻まれた。生徒たちは今でも同窓会を開いている。

母は三人きょうだいの二番目で、兄と弟がいた。母が父と結婚すると、おじたちは、身分の低い「黒五類」の家の男を選んだといってあざ笑った。彼らは、自分たちのほうが身分が高く、香港の祖父からの月々の手当のおかげで、より金持ちであることを、常に父に意識させた。おじの一人は、そのお金で、近所で初めてバイクを買い、それが父の耳に届くようにした。

私は文化大革命のさなかに生まれた。共産党は、農民から学ぶためとして私の両親を下放《かほう》〔訳註・幹部や知識人を思想改造のために地方に派遣し、長期間農作業に従事させること〕した。それは毛主席が発案した政策であり、何百万人もの命を奪い、ついには中国経済を破綻させた。幸運なことに、両親と私は上海に住む許可証〔訳註・「都市戸籍」と「農村戸籍」は厳密に分けられており、「都市戸籍」を失うと都市部へは戻れなかった〕を奪われることはなかった。他方、何十万人もの上海市民が中国のシベリアのような辺境に追放され、二度と帰ってこなかった。両親の勤める学校が、二人が入れ代わりで農民のあいだで暮らすようにしてくれたので、私が独りぼっちになることはなかった。

私は生まれたときから体が大きく、成長も速かった。私の中国名「棟」は「柱」を意味するが、それに恥じない体格になった。身長は一九六センチになり、スポーツをやっていたせいで自然と仲間うちのリーダーになった。また、両親は私を読書好きに育ててくれた。物心ついたころには、中国の神話上の人物や、共産主義革命の英雄、そして抗日戦争に関する漫画が豊富にそろえられていた。第二次世界大戦中に日本の侵略者を殺すために銃を取った少年、小嘎子《シャオガジ》〔訳註・少年がさまざまな経験をしながら八路軍の戦士に育っていく姿を描いた徐光耀《じょこうよう》の子ども向け小説『小兵張嘎』の主人公）の話を読みながら育った私は、自然と愛国的になり、物語を人に話すのが好きになった。当時の遊び仲間たちは、私の周りに集まっては、私がそうした物語を話すのに聞き入った。私は自分でも似たような話を作って仲間たちに話した。今でも覚えているのは、中国の将軍が乗った車の列を呑み込もうとする洞窟が出てくる、命知らずの冒険談である。

祖国と共産主義革命のために自らを犠牲にする人々を描いた漫画は、私の心に中国への深い愛を育んだ。そして、のちの人生を方向づけ、新中国の建設のために自分も献身しようという信念を培った。中国は偉大な国であり、その明るい未来を信じるようにと私は教えられた。

上海で私たちが住んでいた家は、共産党当局が一九五二年に父方の祖父から接収した、まさにその家だった。家は、旧フランス租界の中心を通る大通り、淮海中路《わいかい》から脇に入った通りにある、イギリス風のテラスハウスだった。フランス租界は緑の多い地区で、一九四九年の革命以前は、フランス帝国の一部として、パリから来た官僚が統治していた。共産党は、しばしば、建物の旧所有者に、かつての自宅の狭い一角に住むように命じたが、それも国家の強大な力を示すために考えられた戦術だった。

私たちに割り当てられたのは二階の二部屋だった。一階にあった祖父のリビングルームには医師の一家が入居していた。医師は革命以前にイギリスに留学したことがあり、彼の部屋は海外の医学雑誌であふれていた。上の三階には遠縁の親戚の一家が住んでいた。バスルームとキッチンは、その建物に住む合わせて一〇人の共用だった。通りの角を曲がったところには上海有数のベーカリーがあり、家の前の道には、パンが焼ける香ばしい匂いが一日中漂っていた。

両親は部屋の隅に置かれたダブルベッドで寝ていた。私は別の隅のシングルベッドを使っていた。そのあいだをタンス一つが仕切っていた。私のベッドの隣には、わが家の貴重な財産、ラジオが載った小さな机があった。父は机の前に置かれたスツールに腰かけて、何時間も英語の勉強をしていた。両親が料理を作るために一階に下りると、私は宿題を放り出して、ラジオを中国の古い英雄物語を流している局に合わせ、語り手の声と、階段を上がってくる両親の足音の両方に耳を澄ませた。両親は私が勉強に集中することを望んでいたのだ。中国の多くの子どもたちと同じように私も鍵っ子だった。お昼になると一人で家に帰り、自分で昼食を作った。小さいころは朝食も自分で手早く作っていた。

自分の運命を呪い、憤懣《ふんまん》を募らせた父は、それを私にぶつけた。父は私を、部屋の真ん中の、天井から二本のワイヤーでぶら下がっている安っぽい蛍光灯の下に引きずり出すと、ベルトや、手の甲や、石のように堅い木の定規で容赦なく叩いた。実際は、私は模範的な児童だった。中国共産党が認めた選ばれた子どもたちの組織「紅小兵《こうしょうへい》」にもクラスで真っ先に加えられた。ずっと学級委員長に指名されてきたし、天性のリーダーだと見なされていた。だが、父にはそんなことは関係なかった。父はとにかく私を叩いた。

あるとき、私は宿題をしていくのを忘れた。中国の教師は子どもの過ちを逐一親に報告する。その晩、父は後先も考えずに私を激しく叩いた。一階の医師の奥さんが私の叫び声を聞きつけ、階段を上がってきて、ドアをノックし、穏やかな口調で叩くのをやめるように父に言った。父は手を止めた。私の両親は医師の一家を尊敬し、特にイギリスに留学していたことに感心していた。それ以降、医師の奥さんは私の救世主になった。私は、父がつかみかかってくるたびに、奥さんが叫び声を聞いて階段を上がってくるよう

に と祈った。

うちのしつけなんか、ずいぶん生ぬるいものだ、と両親は私に言った。よその家では、ギザギザの洗濯板の上に何時間もひざまずかされて、膝の皮が裂けたりするのだという。だが、私は納得していない。今でも叩かれている悪夢を見る。目を覚ますと、体中に冷や汗をかいていて、心臓がバクバクと打っている。これまで、私と父のあいだで過去の清算はなされていない。父が過去を省みて、おまえに暴力をふるって悪かったなどと言うことは、気配すら感じたことがない。

母は、学校では生徒を守るのに、私には同じような思いやりを見せてくれなかった。母は、私への非難の気持ちを、打擲《ちょうちゃく》ではなく言葉で表した。私が三十代になっても、おまえは「家畜の群れよりものろまで、野菜の束よりも物わかりが悪い」と、母はよく面罵《めんば》した。

「笨鳥先飛（のろまな鳥は、その分、早く飛び立たなければいけない）」と母は言い、ひとかどの人間になりたければ、ほかの子どもたちよりずっと懸命に努力する必要があると強調した。

私は、そうやって罵倒《ばとう》され、折檻《せっかん》される環境で育った。褒められることは当時の卵のように珍しかった。両親は私の間違いを探しては、とがめた。私がちょっと成功して喜ぶと、そのたびに母は「うぬぼれるんじゃない」と叱った。やがて、私の、両親との接し方は、褒めてもらおうとするのではなく、叱られないようにするものになった。成功を抱き締めるのではなく、失敗を避けることが目的になったのである。私は、何かちゃんとできていないことがあるんじゃないか、と常に不安に駆られていた。

同時に、私は、家の外の世界と、狭い家の中の世界のあいだにある大きなギャップに、幼いころから引き裂かれていた。外の世界では、リーダーや、物語の語り手、スポーツ選手として認められ、いいやつとさえ思われていたのに、家では、両親がすっかり私に失望しているように見えたのだ。これは、中国の子どもたちのあいだでは、よくあることなのかもしれない。中国では、親の期待が高い分、子どもはよく叱られるし、子どもは成功ではなく失敗から学ぶと考えられているからである。二つの世界のあいだの緊張は、私が成長するにつれて高まっていった。

とはいえ、早い時期から本をたくさん読むように仕向けてくれたことに対する感謝は、これからも消えないだろう。父も母も、私がどんな種類の本に夢中になるかを正しくわかっていた。手始めは漫画だったが、漫画はすぐに卒業し、私の興味は武侠小説に移った。武侠小説というのは、アン・リー（李安）監督のヒット映画『グリーン・デスティニー（臥虎藏龍）』に影響を与えたような武術小説のことである。

誰にも兄弟がいた時代に一人っ子として育った私は、多くの時間を独りで過ごした。だから本を読んだ。今でいえば『ハリー・ポッター』のような武術の本は、宮廷内の複雑な人間関係や、生死をかけた闘争、愛と憎しみ、競争と復讐、陰謀と策略にあふれた想像力の宇宙に、私を引き込んだ。私が好きだった話は、みな同じような筋立てだった。一人の少年が、両親が殺害されるところを目撃する。親を失った少年に不幸が追い打ちをかけ、彼は人に食べ物を乞うたり、冬に暖をとるために苦労したりする。そのうえ、彼の一族を地上から根絶やしにしようとする敵に追われる。荒野で道に迷った少年は、偶然ある洞窟に迷い込み、そこで流浪の修行僧に出会う。少年は修行僧から武術の極意を教わる。苦難の歳月ののち、彼は故郷に帰り、復讐を果たし、国中の武術家を糾合して、万人に平和をもたらすのだ。私は、物語の主人公に自分を重ね、空想の中で自分自身の悪鬼たちと戦い、打ち破った。

私が通っていた小学校は錦江《きんこう》飯店の近くにあった。錦江飯店は、一九四九年以前の歴史的建造物として上海で最も有名なものの一つであり、私が小学生のころは、市内に二つしかない外国人旅行者用ホテルの一つだった。錦江飯店から近かったために、私たちの小学校には、市の宣伝部がよく外国人のグループを見学に連れてきた。中国共産党は世界を敵と味方の二つに分けていて、国際的な支援を勝ち取るために、左翼の知識人や、ジャーナリスト、政治家といった「外国朋友（外国の友人）」を積極的に取り込もうとしていた。「外国朋友」のグループが学校を訪れるたびに、一番算術ができる児童が呼ばれて黒板で計算を披露し、体育の時間には一番運動能力の高い児童が指名された。それらはすべて、疑いを抱いている友好的な旅行者に、中国型社会主義の素晴らしさを認識させるために、中国共産党が好んで使う手法だった。

ある日、ソ連に倣《なら》って作られた中国の巨大なスポーツ官僚機構の代表が私たちの学校にやってきた。運動能力が優れた児童が集められ、パンツだけになるように言われた。官僚は、私の手と足をしげしげと見て、きみは水泳をやるべきだと断言した。父は、私を連れて小学校の近くにある市民プールに通い始めた。父は中国の典型的なやり方で泳ぎを教えた。私をプールに放り込んだのである。私は水面に出ようともがき、しこたま水を飲んだ。しかし、数週間するとローカルチームへの参加テストを受けるまでになり、六歳でメンバーに選ばれた。

水泳の練習は、一日の休みもなく、家から歩いて四〇分のところにあるプールで行われた。毎朝、私は五時半に起きて自分の朝食を作り、上海の曲がりくねった路地を通ってプールに向かった。道中では、よく近道を探した。見知らぬ路地に入り込むと、どこに出るのか見当がつかなくなったが、すぐに、同じ場所に行くのに多くの経路があることを知った。七時から八時まで泳ぐと、歩いて学校に行った。午後に二回目の練習をすることもたびたびあった。週末には競技会が開催された。私はすぐに背泳ぎで同年代の一位に、クロールで二位になった。近所に住む少年が私の一番の競争相手だった。彼は最終的に中国のナショナルチームに入った。私たちはよく一緒にプールまで歩いた。父に折檻された翌朝は、更衣室で腕や背中や脚のみみず腫れを隠そうとしたが、彼に見つかった。私は、きみのお父さんはきみを叩くような人じゃなくて良かったね、と言った。彼は悲しそうに微笑んだ。

　私たちを指導していた史《し》コーチは、典型的な中国のコーチだった。つまり、背が低く、ずんぐりしていて、怒りっぽかった。上海の冬は寒いが、長江より南にあるので、中央政府が定めた規則によって、すべての建物に暖房が入っていなかった。史コーチは、冬の朝に練習を始めるとき、まず私たちにバタフライを泳がせて、夜のあいだにプールの表面に張った薄い氷を砕かせた。コーチたちは、ときどき大きな魔法瓶からプールに湯を注いだが、それは、餌を求めて揉み合う魚のように、寒さから逃れようと湯が注がれた場所の周りでバシャバシャ動く私たちを眺めるためだった。彼らはそれを面白がっていた。

　チームに入っていると良いこともあった。午後の練習のあとに、ちゃんとした食事が食べられるのだ。米と肉はまだ配給制だったが、チームの食堂では、脂身だけではなく赤身の肉や、新鮮な野菜、ときには、誰にとっても貴重だった卵まで出た。そして年に一度は、家に持って帰る鶏がもらえた。私は余分な食べ物をこっそり持ち帰るのがうまくなり、それをチームの仲間に分け与えて忠誠心を獲得した。当時は食料の値段が高かったので、食べ物を与えることはグループのリーダーになる一つの手段だった。

水泳は今の私を形成するのに大いに貢献した。私は水泳から、自信や、忍耐力、目的のために努力することの喜びを教わった。水泳を通じて、日常の生活圏にいないような人々と出会った。その人たちが与えてくれたものは、今も自分の中に生きている。

子ども時代は、政治についてぼんやりした感覚しかなかった。文化大革命が中国全土に混乱を広げていたころ、通りがかりのポスターに「階級敵人受到無情懲罰（階級の敵を容赦なく処罰せよ）」と書かれていたのは覚えている。学校の近くの兵舎からは、思想的逸脱を批判し、共産主義中国の建国の父、毛沢東《もうたくとう》主席をたたえるスローガンを繰り返す兵士たちの声が聞こえた。そして、三角帽子をかぶせられた政治犯が、無蓋のトラックに乗せられ、通りを引き回されながら処刑場へと運ばれていくのを見た。

一九七六年九月九日、毛沢東が死んだ。それが何を意味するのか、八歳のクラスメートたちにも私にもよくわからなかった。学校が訃報を流すと教師たちが泣き始め、私たちも泣き出した。遊んだり笑ったりしてはいけないという規則が言い渡された。数人の友だちが騒いで、ひどく叱られた。

約一年後、鄧小平《とうしょうへい》という最高幹部が、長い国内追放を解かれて権力の座に返り咲いた。鄧小平の指揮で、毛沢東の周辺に集まっていた極左グループ「四人組」〔訳註・毛沢東夫人の江青《こうせい》、王洪文《おうこうぶん》、張春橋《ちょうしゅんきょう》、姚文元《ようぶんげん》の四人〕が逮捕された。そして一九七九年、鄧小平は、中国を今日のような経済大国に変える歴史的改革を開始した。しかし、私の家族はそうした画期的な変化の中で生きていこうとはしなかった。両親には別の考えがあったのだ。

# 第2章　新世界

香港　1978-1989

一九七八年の夏、学校が休みになると、母は私を連れて香港に向かった。ちょっと旅行するだけだと母が言うので、友だちにも何も話さなかった。その旅では初めての経験をたくさんした。飛行機に乗ったのもコークを飲んだのも初めてだったが、どちらもあまり印象に残っていない。

私たちは、人口三万六〇〇〇人の深圳《しんせん》という町（現在の人口はほぼ一三〇〇万人で、テンセント〔騰訊《タンシュン》〕やファーウェイ〔華為技術〕といった巨大IT企業の本社がある）の閑散とした辺境哨所（国境検問所）で香港への入国を待った。中国の出国許可証が必要だったのだ。中国から出国する人の流れを管理している厳しい顔の国境警備隊員に、母は連日、事情を説明した。二週間かかってようやく許可が下りた。旅行の目的がただ親戚を訪ねるだけではないと私が知ったのは、あとになってからだった。私たちが申請していたのは「短期」の出国ビザだったが、実は、長期的な移住をしようとしていたのだ。

わが家が上海を離れる計画が持ち上がったのは偶然からだった。一九七六年に文化大革命が終わると、中国は、経済を立て直すのに必要な資本を再び華僑に頼るようになった。母は、上海市の僑務弁公室〔訳註・国外に居留する中国人に関する事務を扱う部署〕の官僚から、祖父を説得して、インドネシアなどにいる裕福な親戚に上海へ投資をさせるよう計らってほしいと頼まれた。そこで、香港の祖父を訪ねるための出国ビザの取得について、上海市当局との話し合いが始まったのだ。だが、私の両親は、この機会を上海への投資を獲得するための旅行ではなく、自分たちが中国を脱出するチャンスだと考えた。父は、一九四九年の出国のチャンスを逃した父親に恨みを募らせながら人生を送ってきた。再びチャンスが巡ってきた今、父は、親と同じ失敗は絶対にするまいと心に決めていた。

私たちが香港に入国したとき所持していたのは、母がポケットに入れていた一〇香港ドル、米ドルにすれば二ドルあまりのお金だけだった。私たちは、母の父親が所有する、二つのベッドルームがある七〇平方メートルのアパートに落ち着いた。祖父が一つのベッドルームを使い、二つ目のベッドルームは、七年早く移住していた母の兄が家族四人で使っていた。母と私は狭いリビングルームを使わせてもらった。私は、引き伸ばすとベッドになるカウチで寝た。上海の二部屋の家が恋しくなった。上海の家は、狭くはあったが、少なくとも自分たちの家だった。香港で私たちのものと言えるのは寝る場所だけだった。

母はすぐに香港での生活をスタートさせた。小さいころ、祖父が話す広東語《カントン》を聞いて育ったので、母は香港人として通用したのだ。母は数学の専門を生かして織物工場の経理の仕事に就き、夜は夜間学校で簿記の勉強をした。

母は何度か上海へ戻り、父も一緒に暮らせるようにしてほしいと当局に嘆願した。その旅費のために母は破産寸前にまで追い込まれた。幸い、鄧小平《とうしょうへい》の指示で、上海市当局は海外に親戚がいるとか、外国に住んでいるという理由で住民を起訴するのをやめていた。とはいえ、中国政府は家族全員の出国は認めたがらなかった。家族が一緒に暮らすのを難しくすることで、海外に居住する中国人に対する影響力を維持しようとしたのだ。二年後、母の粘り強い懇請が実り、ついに当局が折れた。父の出国を許可した官僚の名前を、母は今も覚えている。

父が香港に来るとわかって私は憂鬱になった。だが、父は叩かなくなった。祖父のアパートに身を寄せ合って暮らす親戚が防波堤になったのだ。そのうえ、両親は生計を成り立たせるのに必死で、夜の海を進む船のように、お互いがよく見えなかった。だからといって私と父の関係が改善したわけではない。私にとって父は依然として厳しい存在であり、優しくしてくれることはなかった。父が香港に来てからも私は折り畳み式のカウチで眠ったが、両親は間に合わせのカーテンの向こうに小さなベッドを置いて寝ていた。

父にとっての香港での暮らしは、母にとってよりも厳しかった。父はもう三十七歳だったし、広東語が話せなかった。上海では「模範教師」の称号を持つ高校教師であっても、香港では中国本土の教員免許は通用しなかった。祖父は父に優しかったが、おじ夫婦は父を見下し、父が香港最大の冷凍倉庫で冷凍肉を運ぶ仕事にしか就けないことを、たびたびからかった。

だが、ほかに頼るものがなくても、父は頑固なまでの粘り強さで成功への道を切り開いた。父も仕事が終わると夜間学校に通い、最終的にはＭＢＡまで取得した。父は、週末も、体調が悪いときも働き、しばしば夜遅くまで残業した。商品が紛失するのが当たり前の職場で、正直者だという評判を得た。そして着実に昇進していき、七年後には会社の事業部長にまでなった。社長が父の昇進を祝うために招待してくれた夜のことは今も覚えている。ロールス・ロイスに乗ったのは、そのときが初めてだった。私は、木目が浮かび上がるウォールナットの内装に心を奪われた。

自覚するまで何年もかかったが、私は、香港でかつての生活を取り戻すために努力する両親から多くのことを学んだ。私たちは困窮していた。三年間、人の家のリビングルームに居候し、自分たちのバスルームはなかった。家計はいつも火の車だった。けれど、両親とも、トンネルを抜けたあとの生活の展望を明確に持っていたし、トンネルを抜けるために何をすべきかを知っていた。両親は目標に向けて懸命に努力した。その姿を間近に見ることで、私は大切なことを学んだ。

祖父のアパートは香港の九龍側《カオルン》に位置する美孚新村《びふしんそん》にあった。美孚新村は、中流階級を対象とした九九棟の高層ビルからなる住宅団地である。父は結局、姻戚との同居に耐えられなくなり、私たちは、近くの油麻地《ゆまち》というスラムに引っ越した。油麻地は、やはり九龍側にあり、ギャングや、麻薬の売人、売春婦などの巣窟だった。家は父の上司が家賃なしで貸してくれた。薄汚れた低層ビルの二階にある、ベニヤ板で仕切られた、がらんとしたワンルームだった。部屋の隅には、シャワーと、すぐ水漏れするトイレがあった。けれども、それらをほかの二家族と共同で使う必要はなかった。

夜はネズミたちの天下になり、寝ている私や両親の上をネズミが走り回った。学校が終わって家に着くと、暗い吹き抜けの階段をびくびくしながら上り、物陰に何かが隠れているのではないかと怯《おび》えながら陰気な廊下を歩いた。家に入ると、たいがいかんぬきを二重に掛けた。そのまま私が眠ってしまい、両親が中に入るのに、ドンドンとドアを叩いて私を起こさなければいけないこともあった。

香港への移住は私にとって大きなショックだった。その理由の一つは両親の物事の進め方にあった。移住するということを私には一言も言わなかったのだ。私は、滞在先での通学も含んだ単なる長期休暇だと思っていた。ずっと香港で暮らすのだと母に言われたのは、小学校で一つの学期〔訳註・香港の小学校は、春に始まる上学期と、秋に始まる下学期の二学期制〕が終わったときのことだった。

香港の文化は中国と大きく違っていた。上海では、私の仲間はしょっちゅう肩を組んでいたし、お互いの私事に首を突っ込むのは当たり前だった。実際、本土にはプライバシーという概念が存在しなかった。一九七〇年代〜八〇年代には、少年は、というか、おとなの男でさえ、手をつないで街中を歩くことを何とも思っていなかったのである。

香港は上海とは別世界だった。香港で初めて同年代の少年の肩に手を回そうとしたときのことは、今でも覚えている。その子は同じ団地に住む同級生だった。私は、友だちなんだから肩に手を回すのはごく自然なことだと思っていた。ところが、彼はビリッと電気がきたかのように飛びのき、「何してるんだ！」と大きな声を出した。私はびっくりした。そのとき初めて、香港では人と人との接し方が違うことに気づいた。香港の人はパーソナルスペースが広く、友だちだからといって、その中にずかずかと立ち入らないのだ。本土での友情は、うまく言えないが、ベタベタしていた。人々はすぐに他人の生活に踏み込んでくる。太っている人には、それをはっきりと言葉にするし、お金に困っている人には、そのいきさつをただす。気の置けない友だちを欲しがっていれば、進んで近づいてくるだろう。香港の人はそこまでおせっかいではない。人々は互いに距離を保っている。

交友関係を作る新たな方法を見つけるのに加え、私は言葉を覚えなければならなかった。香港で初めて学校に行ったとき、私は先生の使う二つの言語が、どちらも理解できなかった。小学校の授業は広東語で行われていた。広東語は、言語学的には中国語の方言なのだが、上海語や普通話（共通語）で育った私のような人間には、まったくといっていいほど理解できない。そして、もう一つが英語だった。私はアルファベットを覚えるのにさえ苦労した。両親は、いとこに私の家庭教師をしてくれるように頼んだ。彼女は私たちのアパートに来て、スペリングを教えてくれた。「apple」「bee」「orange」……。何一つ覚えられないような気がした。それでも、基本を理解するために、彼女と一緒に長時間、悪戦苦闘した。その間、私はほとんどしゃべらなかった。

私は小学校を転々とした。毛沢東《もうたくとう》が死んだ翌年、上海のすべての小学生は同じ学年を繰り返した。毛沢東の生涯を記念する行事に膨大な時間を使った結果、全員の勉強が遅れてしまったからである。そのため、香港では聖公会の聖紀文小学校で三年生の上学期を過ごしたが、下学期には、警察官の家族が通う学校に転校させられた。教育水準の低い学校だったために、飛び級ができたからである。それに、警察官の家族の学校なら、きちんとしつけをしてくれるだろうと親は考えたのだ。だが、実際はまったく逆だった。学校は荒れていた。男子が男子とけんかするのは以前にも見たことがあるが、そこでは女子も男子とけんかをした。一人の男の子が女の子を殴ろうとしたときに起きたことには仰天した。女の子は男の子の拳をさっとかわすと、男の子の顔にガツンとカウンターブローを浴びせたのだ。すごいパンチだ、と私は思った。

私のクラスの男子は車を強奪して少年拘留所に送られた。香港が、法執行機関の悪名高い不正行為に対処するために廉政公署〔訳註・警察官など公務員の汚職を取り締まるための機関〕を創設してから、わずか二、三年後のことである。少なくとも香港では、警察官と犯罪者は同じ穴のむじなだった。

私は背が高くて目立ったし、周囲に溶け込まなかったので、いじめの標的になった。年上の子どもたちは特に攻撃的で、私は授業のあいだの休憩時間は隠れていた。私は向こう意気が強いほうではなかったし、けんかのやり方も知らなかった。だから、いじめっ子たちとは対峙せず、とにかく逃げた。中国本土の出身であることも不利に働いた。わが家が香港に移住して間もなく、地元のテレビ局が、中国から来たばかりの移民を主人公にしたコメディーを放送し始めた。阿燦《アーチャン》と呼ばれる主人公は素朴な田舎者で、のろまでおっとりしているために香港の速いペースに付いていけないという設定だった。私は学校で「アーチャン」と呼ばれるようになった。家では、トロくて香港のテンポに合ってないと、いとこに笑われた。私はしだいに行動のスピードを上げ、人に合わせるようにした。そういうことが何度も繰り返された。私には、どこか、変えてやりたいと人に思わせるところがあったのだろう。自分のほうから進んでそれを利用していた部分もあった。

香港では貧困という現実にも直面した。上海では、ほかのみんなと変わらない暮らしをしていた。だが、香港では、同級生はいつもお小遣いを持っていたのに、うちは両親がお金をかき集めて何とか家計をやりくりする状態だった。そこで私は、通学にバスを使わず、毎日三キロ以上の道のりを歩いてバス代を浮かせ、おやつを買っていた。幼い私は半ば無意識に親を見習い、何とかやっていくためにはどうすべきなのかを学んだのだ。私は、大きくなったら誰にも見下されないようになる、と心に誓った。

香港への移住のあともたびたび住む場所を変えた私にとって、移動することは、水泳とともに、生きることの一部になった。何十年ものあいだに、私はアジアからアメリカへ移動し、アジアに戻り、ヨーロッパに渡った。そうやって絶えず動いていたことで、劇的な変化にも適応できるようになり、どこの国の人とでもうまくやっていけるようになった。幼いときに自分の家を失ったことで、むしろどんな場所にでも自分の家を見出せるようになったのかもしれない。私は時流を受け入れることを学び、さまざまな文化に順応することを覚えた。場所に合わせて皮膚の色を変えるカメレオンになったのだ。私は、常に移動していたおかげで、少なくとも、どんなに環境が変わっても死にはしないし、どんなことがあっても生き延びられるという自信が付いた。

私は意を決して広東語と英語をマスターし、聖紀文小学校に戻った。そして、ひたすら本を読んだ。聖紀文小学校は授業が二交替制になっていて、私のクラスは十二時半に始まって六時に終わった。午前中は家の近くの図書館で過ごし、小説やノンフィクションを読みあさった。

十二歳になると、試験を受けて皇仁《こうじん》書院に入学した。皇仁書院は、近代中国の父、孫文などを輩出した、香港で最も歴史があり、最も高名な公立の男子中学である。アメリカの七年生にあたる中学一年生で一七三センチあった私は、クラスで一番背が高かった。

学校が始まって間もなく、体育の先生が、誰か水泳ができる者はいるかと聞いた。数人の生徒が手を挙げた。私は香港に来て以来泳いでいなかった。先生は私たちを学校の向かいのヴィクトリアパークにあるプールに連れていった。「どのくらい泳げるか見せてくれ」と彼は言った。プールに飛び込んで何ラップか泳ぐと、私は水泳チームに加えられた。

私は五〇メートルと一〇〇メートルで学校記録を出して優勝した。十五歳になる前には本格的な競泳クラブに入った。ある日、公営プールで練習していると、香港のナショナルチームのコーチから偶然、声をかけられた。「いい泳ぎをしてるね」と彼は言い、トライアウトを受けてみないかと私を誘った。私は香港のユースチームの一員になった。

中国にいたときと同じように、私は水泳を通じて強固な意志と粘り強さを培った。香港の冬はそれほど寒くないので、氷を割る必要はなかった。それでも、晴れの日も雨の日も、暑い日も寒い日も、私たちは常に泳いだし、プールは決まって屋外にあった。それに、調子が良いときもあれば悪いときもあった。調子が悪い日に、うしろを泳いでいる人の指が足に当たると、レーンを塞いでいないことを示すために、がむしゃらに前に進んだ。そして、練習が終わってプールから上がるときには達成感を得るのだった。父と同じように、粘り強さは私の最も大きな武器の一つだった。どうにもならないと思える状況になっても、プールからはいつだって出られるんだ、と私は自分に言い聞かせた。

チームに所属したことで世界が広がった。私たちは、練習や競技会で香港のあちこちを訪れた。裕福な家の子は運転手付きのBMWで練習に来た。最も貧しい子は公営住宅に住んでいた。日本で開かれたユースチームの競技会に参加したり、広州の珠江《しゅこう》で泳いだりしたこともある。日本への遠征は中華圏の外に出た初めての経験だった。

皇仁書院での最初の年の成績はひどいもので、四〇人のクラスで三三番目だった。合格するまでは頑張って勉強したが、入学してしまうと努力をやめて遊んでしまったのだ。私は、宿題もそっちのけで、近くのヴィクトリアパークで何時間もサッカーやバスケットボールに興じた。仕事で忙しい両親は、ひどい成績を見たときは怒鳴ったが、普段は私に割く時間がなかった。それでも成績は徐々に上がり始め、三年生の終わりにはクラスの真ん中ぐらいになっていた。

皇仁書院に入学するまでに、私は生まれつきの上海人から香港人に変わっていた。私は、両親と過ごすよりも長い時間を仲間たちと過ごした。家族の住む小さなアパートを一歩出ると、自己不信は消え、自信に満たされた。優秀な水泳選手だったし、背が高く、人気があった。地元の人と変わらない広東語をしゃべったし、新しい学校ではのびのびと過ごしていた。

私の自己像は、いつもある種のうぬぼれを帯びていた。私は、幼いころから人によくじろじろと眺められたが、それは中国や香港ではしかたないことだった。男性の平均身長が一七〇センチぐらいの土地で、友だちやほとんどのおとなよりも、頭と肩の分だけ背が高かったからである。私と会った人々は、私の容姿について、必ず、中国人独特の遠慮のない言い方で批評した。中国人は、例えばニキビがたくさんある人に対して「わーっ、できものだらけだね」と言うのだ。それが、私の場合は「まあ、何て背が高くてハンサムなの」だった。そのせいで極度の自意識過剰になり、人々の「背が高くてハンサム」というイメージに合わせるだけではなく、人に見下されないようにしなければならないというプレッシャーを背負い込んだ。

ほぼ毎日、私は、皇仁書院から、私と同じ九龍側に住む同級生のグループと一緒に帰った。学校からバスで香港の中心街である中環《ちゅうかん》まで行き、そこからフェリーに乗って九龍に渡るのだ。途中、いつもぶらぶらと歩き回るのだが、ある日、何かが私の目を捉えた。それは、中国人の建設作業員に混じって働く一人の西洋人の姿だった。香港の亜熱帯の日ざしで赤銅色になった中国人の同僚の中で、青白い顔にヘルメットをかぶった彼は、一人だけ場違いに浮いていた。私は、へたしたら、一〇年後には僕もあんなふうになって、みんなが異様なものを見るような顔で通り過ぎていくことになりかねないんだ、と思った。あんな嫌な目立ち方をする人間には絶対になりたくない、と強く思った。四十代の半ばになるまで、私は、ぶざまな姿をさらすことへの恐れに追われてきた。それは、中国人が「保全面子（面子《めんつ》を保つ）」という言葉を使うときに意味していることである。人々を失望させないようにし、うまく人々に溶け込んでいたいという欲求にとらわれていたのだ。人々の目が常に自分に向けられているように感じるのは、今でも変わっていない。

そういう自分にとって、究極の目標は莫大な資産を作ることではなかった。お金は万能薬じゃない、というのが母の口癖で、私は母の言うことを信じていた。私にとっては面子を保つことこそが万能薬だった。自分や、ひいては家族が恥をかくのは何としても避けたいと、いつも強く思っていた。

自分の成績が中ぐらいだったときも、能力がないのではなく、意図的にそうしているのだと考えていた。学校にはディベートクラブがあったが、成績がたいして良くなかった私は勧誘されなかった。それでも討論を聞きにいき、頭の中で双方の側に立って反論した。自分の論理のほうが、教室の前で討論している生徒たちより優れていると思っていたのは言うまでもない。

皇仁書院の四年目、十六歳になった私は、五年生の終わりに予定されている香港中学会考〔訳註・香港の旧教育制度で中学五年生を対象に行われていた統一学力テスト。これによって大学予科に相当する中学六年・七年に進学できるかどうかが決まる〕で良い成績を収めなければ、はるかに評価の低い学校に転校せざるを得なくなることをあらためて自覚した。両親には私を助ける手段がないのをわかっていたので、勉強に集中して良い成績を取ろうと決心した。

先生たちが「生まれ変わった沈棟《ちんとう》」に慣れるのにはしばらく時間がかかった。それまでの私はクラスのおどけ者で、常にぺちゃくちゃしゃべっているイメージだったからだ。音楽の授業では音符の読み方を覚えなかった。しかし、読書だけはどんなときも欠かさなかった。四年生の国語の授業では、中国の詩人、徐志摩《じょしま》についてのエッセイを書いた。徐志摩はさっそうとしたハンサムな作家で、叙情詩とともに多くの艶聞でも有名だった。徐志摩が創作活動を行った一九二〇年代は、軍閥が中国をいくつもの支配地に分割し、日本に侵略される危機が高まっていた時代である。徐志摩は、芸術は社会や大義に奉仕する必要はなく、美を享受できればそれで十分だと主張した。私は、徐志摩の「芸術のための芸術」という思想の問題を取り上げた。中国が崩壊して混沌へと向かっているときに、どうして言葉の美しさだけを追求できるのか、と問いかけたのだ。

ある日の授業の終わりに、国語の先生に教室に残るように言われた。「このエッセイは本当にあなたが書いたの?」と彼女は聞いた。「自分でこの結論にたどり着いたの?」彼女は私が剽窃《ひょうせつ》したと思ったのだ。

だが、それは紛れもなく私が書いたものだった。

その年度の終わりまでに私はクラスで一〇番以内に入った。五年目の終わりには五番以内に入り、中学会考にパスした。その結果、皇仁書院に残れることになり、アメリカの高校四年にあたる中学六年に進むことができた。

皇仁書院でクラスの序列を這い上がったことで、自分の能力について多くのことを知った。私は本質的に怠惰なのではなく、手を抜く傾向があるのだ。皇仁書院に受かってしまうと気を抜き、必要なことしかしなかった。だがそれは、心のどこかに、必要な時が来たらフルスロットルでやるべきことを成し遂げられるという、生まれながらの確信があったからである。この傾向は仕事を始めてからもずっと私の中に残った。

中学六年を修了したとき、水泳のコーチから、もっと練習してタイムを縮めれば、五〇メートル自由形で一九八八年のソウル・オリンピックの代表チームに加われる可能性があると言われた。皇仁書院の校長は父に会い、私の練習時間を作ることで一同が合意した。父が同意したのには驚いたが、父はいつだって権威に動かされやすかった。校長の言うことなら何でも納得しただろう。

私はこの長期休暇をフルに活用した。同級生たちが校舎の窓から羨ましそうに見ているなか、私はすぐ下の校庭でジャンプシュートの練習をした。先生たちは苦々しそうにしていたが、ほかならぬ校長から遊ぶ許可をもらっていたのだ。最終的に、一秒に満たない差で私は出場枠に入れなかった。一秒は実生活では一瞬だが、スポーツでは永遠に等しい。香港に来た当初、練習をしていなかった時間を取り戻せなかったのだ。だが、オリンピックチームに入れなかったからといって特に落ち込みはしなかった。過程は十分に楽しんだ。どんなにひどい状況になっても、プールからはいつだって出られるんだ、と私は心の中でつぶやいた。

十七歳の夏、私は香港のスポーツクラブ、南華体育会で子どもたちに水泳を教え、生まれて初めて自分でお金を稼いだ。仕事は朝七時から夜七時までだった。生徒たちはプールの中で遠慮なくおしっこをするので、ひどい発疹ができた。それでも、アメリカの一〇〇〇ドルに相当するお金を手にすると、おしゃれをする楽しみを見出した。これは私にとって画期的な変化だった。香港に移住し、母が会計係として織物工場で働き始めてからは、そこで製造された偽ブランド商品や不良品を着せられていたのだ。ところが、スティーヴンという皇仁書院の水泳チームの友だちに導かれて、私はファッションの世界に足を踏み入れたのである。

スティーヴンは裕福な家の子で、いつも腐るほどのお金を持っていた。私は、彼に連れていかれて、初めてブランドの服を買った。ラルフ・ローレンのオレンジ色のポロシャツだった。それから間もなく山本耀司や三宅一生にレベルアップした。スティーヴンは買うことを教えてくれたが、私はすぐに、何気ないそぶりでちらっと値段を見る技術を習得した。お金がすべてじゃないというのが母の口癖だったが、お金なしではやっていけない。やっと自分の財布にお金が入るようになって、私はお金で買える自由があることを知った。自分の欲しいものを手に入れたり、いろんな世界を見たり、好奇心を満たしたりできるのだ。

お金を持つことの価値を思い知らされる出来事がもう一つあった。両親が新しいアパートを買ったのだ。

たった五〇平方メートルの家だったが、私は人生で初めて自分の部屋を持った。そこは私の避難所になった。

昔から、私の両親は信じられないくらいの倹約家で、その点では私も親の習性を受け継いでいる。今でも、野菜や肉を切るときには、小さじ一杯分でも無駄にしないように心がけている。そして、料理は毎食残さずに食べる。学校で覚えた漢詩の一節にも「粒粒皆辛苦」〔訳註・唐の詩人、李紳《りしん》の「憫農《びんのう》」の一節で、穀物の一粒一粒はすべて農民の苦労の結晶であるという意味〕とうたわれていた。

私たちが、父の上司が所有する、あのネズミだらけのアパートに暮らし始めて二年が経ったころだ。ある日、父は上司とけんかをした。父の過剰な自尊心はあらゆる侮辱に対して敏感だったが、タダで家を借りている負い目がその感覚を増大させていた。父と上司が口論になったあとに、私たちは借りていた家を出て、両親の貯蓄の大部分を使って新しいアパートを買い、父は仕事を辞めた。

父の新しい仕事はなかなか決まらず、ちゃんとした職が見つかるまで一年かかった。父はまず貿易会社に入ったが、うまくいかなかった。ベンチャービジネスにも手を出したが、倒産した。一年後、ようやく、アメリカの鶏肉加工大手タイソン・フーズが、父の冷凍倉庫での経験に目を付け、中華圏で初めての従業員として雇ってくれた。タイソンは中国での鶏の販売をもくろんでいて、父は、アメリカ人が食べないすべての部位が中国では商品になることを知っていた。鶏の足、鶏の尻、鶏の内臓、鶏の砂嚢、鶏の首、鶏の心臓――それらすべてを中国人は欲しがった。タイソンが父をアメリカに呼び寄せると、父は、これらの貴重な部位を回収できるように生産ラインを改修することを提案した。父の友人や同僚は、父の新しい仕事を聞いて笑った。中国語の売鶏、つまり「鶏を売る」は、売春婦を斡旋《あっせん》するという意味のスラングなのだ。だが、笑われたのは彼らのほうだった。タイソンは、ゴミでしかなかった鶏の部位を、アジアで二、三年間に一億ドルも販売し、アメリカ育ちの鶏の足、中国語でいう「鳳爪《ファンツァ》」で中国の消費者の胃袋を満たしたのである。

タイソンでの父の経験から私が学んだのは、何よりも米中関係の不安定さだった。アーカンソーから中国への鶏の輸送ルートは政治によって左右された。対米関係が悪化すれば、中国政府は突然、鶏の足の検疫期間を二日から二週間に延長した。何トンもの商品がダメになるという事態に直面した父は、規則の抜け穴を見つけて商品を中国に持ち込む方法を考え出さなければならなかった。父は見事な魔法でその苦境を切り抜け、タイソンから「世紀のセールスマン」の異名をもらった。

しかし、父は、世界が自分に対して公平ではないことの証拠をタイソンに突き付けられる。二〇〇三年に退職したとき、タイソンは年金を支給しなかった。あなたは海外雇用だから年金の受給資格がない、と会社は父に説明した。母は処遇の改善を要求するように父に促したが、父はしなかった。そういうことを良しとする男ではないのだ。

中学六年生の終わりに、水泳のチームメイトで私のファッションアドバイザーだったスティーヴンが、南カリフォルニア大学（USC）に進学した。オリンピックのために練習していた私は、置き去りにされたような気持ちになった。手紙を書く代わりに、私たちはカセットテープをやりとりした。私は部屋のドアを閉めて、テープレコーダーに心を込めて話しかけた。スティーヴンは、アメリカで車を購入するプロセスを事細かに説明してくれた。母親に、ボルボ、BMW、メルセデスの中から選びなさいと言われているのだけど、迷ってるんだと彼は話した。私の親は、何であなたは機械としゃべっていて、私たちと話さないの、と怒った。

すでに上海で形成されていた私の独立心は、香港の生活でさらに強まった。両親は新しい生活に順応するのにひどく苦労していて、私の生活に干渉する時間も気力もなかった。両親の交遊関係と私の交遊関係はしだいに乖離《かいり》していった。私は地元の子どもたちと友だちになったが、両親の友人はすべて、自分たちと同じように中国本土から移住して間もない人たちだった。そうした違いに関して、両親は私に批判的だった。「あなたは私たちのどちらにも似てないわ」と母はこぼした。だが、母はある意味で間違っていた。父も一九五〇年代の上海で自立を余儀なくされたのだ。そして、父と同様に、私も、必要になれば必死で頑張れることがわかっていた。

父母との家庭生活は冷戦のようになった。親といても楽しくなかったし、親も同じように感じているのだろうと思った。当時の香港の習慣で土曜日は半休だったが、親と顔を合わせないように寝たふりをしていた。もっとあとになると、水泳の練習に出かけて、残りの時間も家の外で過ごすようになった。

叩かれることはなくなったが、父は相変わらず私を怒鳴りつけた。激昂《げっこう》して私の部屋に入ってくると大声でわめくのだ。朝、寝坊して学校に遅れそうになると、父は私の部屋のドアをバンバン叩いた。日曜日の朝、ラジオで「アメリカン・トップ・フォーティー」を聴いていると、父はまたドアを叩いて音量を下げろと怒鳴った。「どうしてそんなくだらないものを始終聴いてなきゃいけないんだ」と父は大声で言った。

私はナイトクラブに行き、ビールを飲むようになった。お酒を飲むようになって驚いたことが二つあった。一つは、自分がアルコールに強いことだ。ボトル一本を空けて友だちが酔っ払っているときに、私は何ともなかった。当時、それは不安でもあったし、お金もかかったが、のちにビジネスを始めると仕事に大いに役立った。

もう一つ驚いたことは、私の自意識というか、それがなくなることに関係していた。酔うと、私は自意識が薄れて親しみやすくなり、外向的になった。体が大きかったせいで十代ながらかなり威圧感があった私は、近づく人に恐怖心を抱かせた。それに加え、もともと社交的ではなかった。ところが、酔うとリラックスするのだ。近づきやすく、温かみが増して、別人のようだと友だちに言われた。心が解放されるのだろう。好奇心が強い私には、アルコールによって、自分自身や、自分と外の世界との関係が変わる様子がとても興味深かった。私は、心の中では、もっと社交的になりたいと思っていたのだ。アルコールのおかげで周りの世界が動き始めた。

女の子との交流も始めたが、何をすればいいかわからなかった。あるとき、姉妹校の女子生徒から電話がかかってきてデートに誘われた。不安だったので、警察官の家の世知《せち》に長《た》けた友だちに付いてきてもらうことにした。私たちはマクドナルドで待ち合わせた。結局、私は話すことを何も思いつかなかった。男子校には男子校の良さがあるのかもしれないが、女の子と付き合ううえでは困ることが多い。

両親とのあいだには常に軋轢《あつれき》があったが、わが家は香港のある伝統だけは守っていた。ほぼ毎週、日曜日に、朝昼兼用の飲茶《ヤムチャ》をしに行くのである。大勢で出かけて、おとなたちはビジネスの話をする。彼らは全員、両親の上海時代の同窓生で、同じように香港に移住してきた人たちだった。当時は、中国が海外からの投資に門戸を開放し始めたときで、両親の友人たちは国境を越えて取引する貿易会社を経営していた。父の友人たちは、私が彼らの話を聞くのが好きなことに気づいていたと思う。私は中国でのビジネスに興味があった。『ウォール・ストリート・ジャーナル』紙のアジア版を読み始めていたし、リー・アイアコッカの自伝や、ドナルド・トランプの『トランプ自伝』〔訳註・日本語訳は『トランプ自伝――不動産王にビジネスを学ぶ』筑摩書房・二〇〇八年〕も読んでいた。私は、ビジネスの世界に入り、それまでなかったものを創り出し、名前を残すという生き方に憧れを感じていた。

香港では、ビジネスがほぼ唯一の出世コースだった。政治家はいなかったし、公務員には興味がなかった。芸術家になるにはお金や時間のゆとりが必要だった。そもそも香港は文化不毛の地だった。少しでも社会の上層に行くように教え込まれる香港の超競争社会では、能力を発揮する王道はビジネスだった。

スティーヴンがアメリカに行ったことで、香港を出たいという私の欲求は強まった。それでも、英語を教えてくれたいとこが、自分が留学しているオーストラリアに来ないかと誘ってくれたときには断った。私の中では、オーストラリアは巨大な岩のイメージだった。私はスティーヴンにならって「自由の地」に、できればカリフォルニアの沿岸地域《ゴールデンコースト》に行こうと決めていた。私はアメリカの映画や音楽で育った。初めてカセットテープに録ったのはバナナラマ〔訳註・一九八〇年代に活躍した女性三人組のポップ・コーラスグループ〕の曲だった。三人はイギリス出身だったかもしれないが、彼女たちの「ニュー・ウェイブ」サウンドは、私にとってまさにアメリカだった。アメリカ以外の所に行くことなど考えられなかった。

七年生の終わりに、私はカリフォルニア大学バークレー校（Ｃａｌ）とＵＣＬＡ、そして、セントルイス・ワシントン大学とウィスコンシン大学に出願した。ＣａｌとＵＣＬＡは不合格だったが、ほかの二校には合格した。当時、ワシントン大学の学費は年間一万ドルだったが、ウィスコンシンはその半分だった。『ＵＳニューズ＆ワールド・レポート』誌のランキングは、二校をそれぞれ全米一七位と一八位に位置付けていた。父は一八位のウィスコンシンに行きなさいと言った。両親の収入は増えていたが、それでも、当時、年に五〇〇〇ドルの差は大きかったのだ。

一九八九年の晩春、アメリカへの出発を待っていた私は、親戚を訪ねるために上海に戻った。四月に前共産党総書記の胡耀邦《こようほう》が亡くなったあと、中国本土の各都市ではデモが沸き起こっていた。胡耀邦は学生の抗議活動の厳重な取り締まりを拒んだために、一九八七年に総書記を解任されていた。何百万人もの人々がこうした新しいデモに参加し、胡耀邦の追悼を口実にして、自由を拡大し官僚の腐敗を撲滅するための政府の行動を要求したのだ。蔓延《まんえん》する腐敗は、共産党の高級幹部が一族の私腹を肥やす温床になっていた。上海では数十万人の人々が変革を求めてデモ行進した。私も偶然、そのデモに加わった。一九八九年の五月の終わり、私は上海の繁華街、南京路《ナンキンロ》にいた。通りには、デモの参加者や、ホイッスルの音、自由を求めるシュプレヒコール、開かれた中国を要求するプラカードなどがあふれていた。車は通行できず、歩道は見物人でぎっしり埋まっていた。移動するにはデモ行進に加わるしかなかった。私は人の流れに潜り込んだ。デモの参加者は私を異分子のようにじろじろと見た。たぶん服装のせいだった。そのころの香港人の服装は本土の人々と違っていて、特にこの、ひょろ長く、ファッションを意識したティーンエイジャーは目立ったのである。

上海では、文革期に辛酸をなめたおじの家に滞在した。ある晩、おじと一緒にテレビのニュースを見ていると、おじの目から涙がこぼれた。「この若者たちにとって、いい結果にはならないだろう」と、おじはデモの先行きを予言した。「彼らはわかってない」とおじは言った。「共産党はこうやって権力を握ってきたんだ。人々の抗議を巧みに操り、大衆運動を扇動し、自分たちの目的が果たせたら情け容赦なく弾圧する」

「初生牛犢不怕虎（生まれたばかりの子牛は虎を恐れない）」と、おじは中国のことわざを引いた。「このやり方では共産党に勝てない」

一九八九年六月二日、私は上海を発って香港に向かった。六月三日の夜、中国共産党は全国の人民に宣戦布告した。北京では、軍隊が天安門広場からデモ隊を排除しようとして、数百人の学生やデモ参加者を虐殺した。上海のデモは平和的に鎮圧されたので、当時、上海の共産党の領袖《りょうしゅう》だった江沢民《こうたくみん》は、天安門事件のあと国のトップに昇進した。

香港で、私は父と北京での弾圧の様子をテレビの生中継で見ていた。二人とも涙を流した。私たちにとって、それは9・11に起きた一連の出来事のような瞬間だった。私たちは自分がどこにいたか鮮明に覚えている。父は、幼少期の共産党に関する経験から、党は本質的に悪だと常に考えていた。父は、共産党が自国民に対して突然手のひらを返すのを目の当たりにしてきたのだ。だから、いつも最悪の事態を予測していた。

中国で起きたことが明らかになり、私と二、三歳しか違わない学生リーダーたちが載った最重要指名手配リストが公表されると、両親は、自分たちが香港で新しい生活を始めたのは、おまえに明るい未来を与えてやるためだった、と私に力説した。おまえが中国本土の人たちと同じ運命に遭わないように、私たちは大きな犠牲を払ってきたんだよ、と両親は強調した。

私は、まだ若かったし、守られすぎていたために、その混乱がどういうことか理解できなかった。ただ、一連の出来事のせいで、香港を離れ、親の干渉や庇護から抜け出し、自由と冒険を追い求めたいという私の欲求は、ますます強くなった。香港を出られるならどこでもよかった。たとえアメリカのウィスコンシンでも――。

# 第3章　投資ビジネス

## ウィスコンシン・香港　1989-1997

一九八九年の八月の終わり、私は、ウィスコンシン大学のあるマディソンに行く途中で、ロサンゼルス国際空港に降り立った。スティーヴンが真新しいライトブルーのBMW3シリーズで迎えに来てくれていた。私たちはUCLAとUSCに行き、ロサンゼルスの名所を見て回った。ロサンゼルスで数日過ごしたあと、二人でスティーヴンの親戚がいるミルウォーキーに向かった。

スティーヴンの親戚は私たちを日本食レストランに連れていってくれた。日本には香港の水泳チームで行ったことがあったが、鮨は、アメリカ中西部の真ん中で初めて食べることになった。おいしい食事のシメに、私は、すごく辛い日本のホースラディッシュ、ワサビの大きな固まりを口に放り込んだ。きまりの悪さと、鼻の奥で起きた爆発と、どちらがよりつらかったか覚えていない。

ミルウォーキーからは小型飛行機に乗ってマディソンに向かった。窓の下には一面の緑が広がっていた。私がそれまで暮らしてきたのは、上海や香港のコンクリートジャングルだった。ここにきて森の中の大学に通うのか、と思った。スティーヴンの手助けもあって、私は学生寮の部屋に落ち着いた。ルームメイトはミネアポリス出身の寡黙なレスリング選手だった。翌日、スティーヴンはUSCに戻っていった。

ウィスコンシン大学での最初の学期は、履修科目の都合で自由時間が多くできた。初めは友だちもいなかったので、午後は寮の向かいにある体育館でウェイト・トレーニングをした。体育館の隣のプールでは大学の水泳チームが練習していた。ある日、私は水泳の練習を見学したあとで、コーチの元を訪れた。「ビッグ・テン」〔訳註・スポーツで有名な中西部の一〇大学で発足した大学競技連盟〕の水泳のレベルがどのくらいなのか、まったくわからなかった。私は、チームに入りたいのですが、とコーチに聞いた。コーチは、トライアウトをするから翌日にまた来てくれと言った。次の日の午後、私はプールに行き、飛び込んでクロールを始めた。数ラップしたとき、コーチの大きな声が聞こえた。「合格!」 私は、上海のプールで氷を割っていた冬の朝が役立ったと思った。

水泳チームは、ウィスコンシンでの最初の年の心のよりどころになった。白人ばかりの選手の中でアジア人は私一人だったが、チームに受け入れられているように思えた。私たちはよくパーティーを開いて、さんざん飲んだ。コーチは、胸板の厚い、五十代初めの中西部出身の男で、ジャック・ペティンガーといった。彼は私に気を配ってくれ、ほとんどの留学生が生活費を稼ぐためにいなくなる感謝祭の休暇に、家に招待してくれた。当日、コーチは学生寮まで車で迎えに来てくれた。私は、アメリカで人の車に乗るときのマナーをまったく知らなかった。香港では両親は車を持っていなかった。だから、コーチの車が来ると後ろの座席に乗り込んだ。「おい、俺を運転手扱いするのか」と彼は大声を出した。「隣に座るんだ」。

中国では年長者の隣には座らないのが常識なので、アメリカでも同じだと思ったのだ。礼儀正しくしているつもりだったが、実際には知らないことがたくさんあった。

香港で中学七年生を終えていた私は、ウィスコンシン大学に二年生として入学した。スティーヴンがUSCで成績優秀者名簿に載ったと聞いて、私もウィスコンシンでそれを目指した。一年目は惜しいところまでいったものの、その後、近づくことはなかった。何度かフラタニティ〔訳註・特定の男子学生で構成される社交クラブ〕のパーティーに招待されたが、行くたびに場違いな存在として目立った。少なくとも私はそう感じた。中国人留学生が大勢ウィスコンシン大学に来るようになるのは二〇〇〇年以降である。このときはまだ一九八九年だった。

学生たちは当時放映されていたテレビ番組の話をすることが多かったが、アメリカに来たばかりの私は、その話題にまったく付いていけなかった。ジョークもわからないことが多く、まして自分からは言えなかった。多くのアメリカ人は、友情についてアジア人とは違う捉え方をしているように思えた。アメリカ人の人間関係はどこかうわべだけのものに感じられた。ウィスコンシンの知人たちは、会うと感情豊かなあいさつをしてくれたし、親友のように接してくれた。でも、人生においてもっと深い関わりを持つ存在を求めるなら、そこでは見つからないような気がしてならなかった。

それでも、最初の学期は香港出身の学生たちを避けた。学生寮に住んで、あとは水泳チームと一緒に練習をしていたので、そもそも多くの人に接する機会がなかった。たとえそういう機会があっても、私は友だちを作ろうとしなかった。一度、香港出身の学生が開いたダンスパーティーに行ったときも、香港の広《カン》東語《トン》ではなく、すべて英語で通した。みんなは私を気取ったやつだと思い、その後二度と呼ばれなかった。実際には、寮と、教室、カフェテリア、プールのあいだを行き来しながら、周囲に溶け込もうとしていたのだ。

二年目には学生寮を出て、水泳チームも退団した。私が加入したことでチームの累積ＧＰＡ（訳註・入学時からの通算成績評価値）が上がっていたので、コーチからは引き留められたが、私は勉強を優先したかった。金融と会計の二つを専攻に選んだことで、一年余分に勉強しなければならなかったし、勉強量も増えていたのだ。私はアジア出身の留学生たちと友だちになった。ルームメイトがインドネシア人で、彼を通じて、多くの日本人や、台湾人、韓国人の学生たちと知り合った。アメリカ人ともデートしたし、アジア人ともデートした。シカゴに行ったときには、久しぶりに大都市の雰囲気を味わって懐かしかった。限られた予算の中で、私は高級な料理やワインに対する味覚を養った。四年生のある日、一七皿からなるテイスティングメニューを売りにした、シカゴの「エベレスト」というレストランの評判を聞いた。好奇心をそそられて、すぐにガールフレンドと二人分の席を予約した。当日は何も食べずに、お腹をすかせて出かけた。ソムリエが、料理に組み合わせるワインのリストを懇切丁寧に説明してくれた。食事が終わりかけたとき、私はウェイターにメインディッシュはいつ出るのかと聞いた。すべての料理が、巨大な皿にほんの少しだけ載せられて出されていたからである。それが私のヌーヴェルキュイジーヌ初体験だった。

六月四日の中国での弾圧の直後にアメリカに着いた私は、ジョージ・Ｈ・Ｗ・ブッシュ大統領が署名した大統領令のおかげで、中華圏から来た学生としてグリーンカード（永住資格証明書）を取得する権利を得た。でも、私はそのチャンスを利用しなかった。アメリカでは自分は異質すぎるように感じられ、アメリカに残っても「ガラスの天井」にぶつかるのではないかと思ったのだ。アメリカではビジネスの世界にもフラタニティ文化が浸透していて、そういうパーティーに参加した経験から、自分はアメリカ人の上司や同僚とうまくやっていけないだろうと感じていた。ウィスコンシン大学で四年間を過ごした私は、一九九三年の五月に卒業し、香港に帰った。

アメリカでの経験は私を大きく変えた。私は、身長や服装のせいで香港や中国にいるときから目立っていたが、アメリカで過ごした時間によって、以前よりも個人主義的になり、自分らしくあることを心地よく感じるようになった。だが、両親はそれが気に入らなかったようだ。親は私を香港に残さなかったことを悔やんだ。帰国したあと、母は「ずっとここにいれば、もっとちゃんとした人間になってただろうに」とこぼした。「そんなに我が強くならなかったろうし、私たちとのけんかも減っていたはずよ」。両親は口をそろえて、私をアメリカにやったのは自分たちの最大の失敗だと言った。

しかし、私は、ウィスコンシンに住んだことで解放され、地球市民になる道を歩き始めることができた。アメリカの各地、そして世界中から来た、肌の色や、宗教や、考え方の違う人たちと友だちになった。あの、アメリカへの最初の旅がなければ、今のような成功は収められていなかっただろう。話す英語さえ変わった。中西部の人や外国人のあいだで暮らすうちに、私のアクセントは、香港の中国人よりもアーノルド・シュワルツエネッガーに近くなった〔訳註・ウィスコンシン州は人口の四割以上がドイツ系であり、オーストリア移民のシュワルツェネッガーにもドイツ語なまりがある〕。

家に戻ると私はすぐに就職活動に取りかかり、二〇社の投資銀行に応募書類を送った。数日のうちに、モルガン・スタンレーとゴールドマン・サックスの面接を受けたが、どちらでもひどいヘマをしてしまった。モルガン・スタンレーの面接官に、帰宅して電話を待っていてくれと言われたとき、ものを知らない私は、留守電に入れておいてくださいと答えてしまったのだ。仕事を始める前に休暇を楽しみたいと思っているので、という余計な説明までつけて。ゴールドマンの面接では人種差別について議論を始め、声を荒らげてしまった。無論、どちらからも連絡は来なかった。

結局、証券会社のシティバンク・ヴィッカーズに株式仲買人として入社した。私はそれが世界で一番エキサイティングな仕事だと思っていた。大ヒット映画『ウォール街』の中で、マイケル・ダグラス演じるゴードン・ゲッコーが「欲は善だ」と言い切る印象深いシーンを、私たちの世代はみんな覚えている。しかし、仲買人の仕事が期待していたようなものじゃないことは、すぐにわかった。少なくとも香港では、何をではなく、誰を知っているかですべてが決まってしまうのだ。金持ちとのコネがあれば成功する。だが、交際範囲の狭い、駆け出しの仲買人だった私は、小さすぎて面白味のない取引を上司が回してくれるのを待つしかなかった。顧客が私に電話してくるのは売り買いのためではなく、噂話をするためだった。香港上海銀行の株であれ、ほかの会社の株であれ、それを売るのが私でも隣の席の同僚でも大した違いはないことに、私は気づいた。何が違うんだろう、と私は思った。これじゃ靴を売るのと変わらないじゃないか。

それでも、私や同僚は、映画で見た羽目《はめ》を外したパーティー文化のまねをしていた。香港交易所（証券取引所）が四時に閉まって、ジムで汗を流すと、私たちは毎日、蘭桂坊《らんけいぼう》へ繰り出した。蘭桂坊は香港の中環《ちゅうかん》に近いカギの手になった通りで、バーが軒を連ねている。そこへ行くのが株式仲買人の文化だった。私は、新米の仲買人として、飲みに行くのは仕事のためだと自分に言い聞かせた。連絡先のリストを増やすことが成功の鍵だったのである。私は、中国で言う「無頭蒼蠅（頭のないハエ）」のように、行き当たりばったりに蘭桂坊を飛び回り、仕事の糸口を探した。けれど実際には、多くのコネは見つからなかった。

そんな暮らしのせいで、クレジットカードの負債がかさんで親に肩代わりを頼む羽目にもなったし、夜が明けてから家に帰ることもあった。そのころ両親は、香港の不動産市場の好況に乗って環境の良い地区のマンションに引っ越していた。私はそこに同居していたのだが、朝帰りを何度か繰り返したあとで追い出された。私は、皇仁書院《こうじん》まで二ブロックの天后《てんこう》にある、四六平方メートルの賃貸マンションに引っ越した。その地域はよく知っていたので、自分の家に帰ってきたような気がした。

株式仲買人を九カ月続けたあと、私は新しい仕事を探し始めた。自分の学歴が生かせる仕事、将来の展望が開ける職に就きたかった。一九九四年六月、私はチャイナベスト（チャイナ・ベンチャー・キャピタル）というプライベート・エクイティ企業〔訳註・投資家から預かった資金で未公開株を取得し、企業価値を高めてから売却して、利益を投資家に還元する投資会社〕の面接を受けた。その会社は、中環にあるオフィスビルの最上階全体を占めていた。豪勢だな、と私は思った。面接ではプライベート・エクイティについてどのくらい理解しているかを問われた。その言葉については前日に調べておいたが、大学で使った金融の教科書にはたった三行しか触れられていなかった。当時、プライベート・エクイティはまだ新しい概念だったのだ。私は覚えてきたことをそのまま答え、採用された。

チャイナベストは、弁舌さわやかな元CIA職員のボブ(ロバート)・セリーン、彼の妻で、シンガポールで育ちフランスで教育を受けたジェニー、そのほか二人のアメリカ人によって一九八一年に設立された。私の雇用は中国内部で起きた変化に直接関係していた。一九八九年から一九九二年にかけては、中国にとって不幸な時期だった。一九八九年の天安門広場の弾圧に続いて、李鵬《りほう》首相率いる中国共産党の反動派が、市場志向の改革を後退させ、民営企業への規制を強化し、能率の悪い国有部門に巨額の資金を投入したのだ。中国経済は急に減速した。しかし、一九九二年、保守派の動きに我慢ができなくなった中国の最高指導者、鄧小平《とうしょうへい》は、北京を発って香港と国境を接する南部の都市、深圳《しんせん》に赴き、市場志向型改革の再開を説いた。この、鄧小平の「南方視察(南巡)」によって、資本家の意欲が再び解放された。最も大きな恩恵を受けたのが香港だった。一九九三年、鋭い予見力を持ったウォール街の投資家バートン・ビッグスは、中国に六日間滞在したあとで香港を訪れ、自分は中国を「調べ尽くし、味わい尽くし、最高に強気になっている」と語った。ビッグスの発言のあと、二〇億ドル以上のお金が、中国で事業を行う企業を追って香港交易所の株になだれ込んだ。

セリーンのチームはこのブームを利用した。中国でのビジネスのやり方について専門的知識を提供するのと引き換えに、中国本土でビジネスを確立しようとしている企業の株式を取得したのである。投資した先は、飲食店チェーンのTGIフライデーズやドミノ・ピザ、台湾の電子機器メーカーなどだった。彼らはまた、その地域で最も古い貿易会社の子会社で、ビールやタバコなど短期で回転する消費財の専門商社、テイト・アジア（徳記亜洲）の支配権を獲得した。

私は、チャイナベストでの最初の上司、アレックス・ナンの下で数年働き、スプレッドシート〔訳註・経営状況や取引内容が一覧できる表形式の資料〕を作ったり、会議の記録を取ったり、投資メモを書いたりした。彼は厳しかったが、仕事はすごく面白かった。さまざまな業種の上級管理職が私たちのオフィスに来て、自分たちのアイデアをプレゼンするのだ。それを聞くのは一種の勉強であり、子どものころに点心を食べながら親たちの会話を盗み聞いた体験が、高度になったようなものだった。おまけに、その立ち聞きは給料がもらえたし、職場で一番若い私はただ聞いていればよかった。

私は、チャイナベストの代表として、ハイネケンのビールやマールボロのタバコを扱うテイト・アジアに送り込まれた。中国にはこれらの商品に対する膨大な需要があった。中国でのハイネケンの売り上げは、数年でゼロから四〇〇〇万ドルに伸びた。テイト・アジアは、その一手販売権を握っていた。

中国は、国内の醸造所を保護するために、輸入ビールに四〇パーセントを超える高い関税をかけていた。そこで、テイト・アジアは、ビールを香港に運び、それを無税で中国に持ち込む方法を考え出した企業に転売していた。どうすればそんなことができるのか、ビールの販売が伸び、利益が増えているかぎり、会社は知ろうとはしなかった。もちろん、それはチャイナベストだけがやっていたことではなかった。中国でビジネスをする企業はどこも同じように、規則の抜け道を探って利益を追求していた。私がすぐに学んだのは、中国語で「関係《グワンシ》」と呼ばれる体制とのコネがあれば、中国ではあらゆる規則が曲げられるということである。そのうえ、国がしょっちゅう規則を変えるので、誰も規則に重きを置いていなかった。

あるとき、一人の海軍将校が、中国の軍艦を使ってビールを密輸しないかとテイト・アジアに持ちかけてきた。私は唖然とした。中国で育った私は人民解放軍に対して美化されたイメージを持っていた。人民解放軍は、第二次世界大戦中は日本と戦い、腐敗した蒋介石《しょうかいせき》政権から中国を解放し、アメリカ軍と戦って敵を韓国に押しとどめたと教わってきたのだ。それが今、海軍がビールを密輸するなんて——。

私は会社で一番の新入りで、仕事については初めて見聞きすることばかりだった。それでも、投資先のテイト・アジアがビールを中国に運び込む方法について、チャイナベストがあまりにも無関心なのを知ると、当惑せざるを得なかった。チャイナベストが意図的に作ったブラックボックスの中で多額のお金が転々としていたのだ。アメリカの規則をくぐり抜けるために、チャイナベストの幹部は知らないふりをする必要があったのである。中国に進出した多くの欧米企業が、同じような「聞かない・言わない」のビジネスモデルを採用していた。あの高級スニーカーは、ひどい労働条件の工場で作られているんですか？「さあ、どうだろう」。ブルージーンズは刑務作業で作られたものですか？「何かの誤解じゃないの」。軍隊や警察と取引しているのですか？「知らないなあ」というように。

私は働き始めたばかりで、仕事の要領を覚えようとしているところだった。実際に判断を下せる立場ではなかった。上司がそれでいいと考えていることは、私もそれでいいと思った。中国でのビジネスに深く関わるほどに、アメリカの企業も、香港の企業も、ヨーロッパの企業も、そしてもちろん中国の企業も、誰もが規則を曲げ、規則をすり抜けているのを目の当たりにした。それが、キャリアをスタートさせたばかりの私が、中国との貿易について真っ先に知ったことだった。それは私の将来の仕事の方向性を決め、私が中国で物事を進めるうえでの指針になった。

アジアを知悉《ちしつ》していたセリーンは欧米人を驚嘆させる達人だった。一九九四年の秋、チャイナベストは、重要な投資家たちを北京に招待して会合を開いた。集まったのは、中西部のファミリーオフィス〔訳註・モルガンやロックフェラーなどの大富豪の一族に代わって投資や資産管理を行う組織〕や、フォード財団やカリフォルニア州職員退職年金基金といった大口機関投資家の代表である。ゲストを驚かせたかったボブは、私を中国に派遣して会合の運営を手伝わせた。空港で、野暮ったい中国版のリンカーン・コンチネンタル「紅旗《こうき》」のリムジン三台に乗ったゲストに、私はあいさつした。顧客に提供した宿は、一九七二年の歴史的なニクソン訪中の際に、リチャード・ニクソンとヘンリー・キッシンジャーが宿泊した釣魚台《ちょうぎょだい》国賓館である。ドライバーは、車が出発するたびにサイレンのスイッチを入れて前方を空けさせた。ゲストたちはみなびっくりしていた。多くのゲストは初めての中国旅行で、そうしたもてなしに慣れていなかったのだ。私たちは下にも置かぬ扱いで彼らを眩惑しようとした。ゲストの一人、オハイオの大富豪の御曹司は、私の顔を見て言った。「これは別世界だね」。セリーンはこのやり方を中国人から学んだ。「衝撃と畏怖」〔訳註・開戦とともに圧倒的な戦力を投入して敵の戦意を喪失させる軍事戦略〕でもてなすことにおいて、中国人の右に出るものはない。ボブはそうやって、中国をチャイナベストにしか解けない謎のように思わせていた。

ゲストがチェックアウトしたあと、国賓館から高額の請求書が届いた。私たちのゲストの中に、部屋の飾りとして置いてあった一九七〇年代の古めかしい中国製のペンや、便箋、ガラス製品、灰皿などを持ち帰った客がいたのだ。投資家たちとのビジネスの継続を考えれば、それらの弁償など取るに足らないものだった。

私は、たびたび中国に戻っては、チャイナベストの投資先を探した。牡丹《ぼたん》と龍門石窟《りゅうもんせっくつ》で有名な河南《かなん》省の洛陽《らくよう》は、私が訪れた一九九五年の夏にはポスト共産主義の薄汚れたゴミ捨て場のようになっていた。洛陽では、あるバイク工場を視察した。中国人が自転車からスクーターに乗り換えつつあったときだったので、その産業はこれからの飛躍が見込めた。沿海部の福建《ふっけん》省ではテレビモニター工場に立ち寄った。その工場は、やがて世界最大のコンピューターディスプレイ製造企業に発展することになる。長らく中国で最も貧しい地域の一つとされていた安徽《あんき》省中部の田舎では、唯一見つかったまともな宿泊施設が警察の寮だった。省都の合肥《ごうひ》に戻ると、けっして風光明媚な所ではなかったが、みすぼらしい四つ星ホテルで文明への帰還を祝った。

中国は非常に貧しかったので、生まれつつある民間事業には投資対象になるだけの収益がなかった。それでも、何十年ものあいだ共産主義によって抑圧され、解放されるのを待っているエネルギーが感じられた。大きな夢を持った起業家に必要なのは、政府が彼らにチャンスを与えることだった。

私は、最終的には自分より大きなもののために働きたいと思っていた。中国への愛国心は以前からあった。だから、新しい中国の物語に加わりたいと思ったのは自然なことだった。新中国の未来がどうなるかは誰にもわからなかったし、祖国に帰って出世するという自分の目標を達成できるかどうかも、よくわからなかった。でも、それは、なすべきことのように思えたのだ。

チャイナベストが出資した中国本土で最初の民間ＩＴ企業は、アジアインフォ・テクノロジーズ（亜信科技）だった。アジアインフォは、田溯寧《でんそねい》（エドワード・ティアン）と丁健《ていけん》（ジェイムズ・ディン）の二人の中国人学生が、一九九三年にテキサスで設立した会社である。田溯寧はテキサス工科大学で自然資源管理の博士号を取得し、丁健はUCLAで情報科学の修士号を、CalでMBAを取得している。アジアインフォの強みは、ソフトウェアとデルやシスコの機器を結合させて、中国国内で相互接続したり、中国と世界各地を接続したりするシステムを構築できるところだった。インターネットは一九九四年に中国に導入され、その年の終わりまでに三万人がインターネットにつながった。現在では、ほぼ一〇億人がインターネットにアクセスしている。これは世界のユーザーの二〇パーセントに相当する。

田溯寧はITの専門家ではなかったが、セールスマンとして天賦《てんぷ》の才能を持っていた。彼のプレゼンを聞くと、世界を席捲《せっけん》している情報通信革命を中国が導入するのに貢献したいという彼の情熱に心を動かされた。彼は、自分が中国に戻ることを、愛国的な中国人が海外で教育を受けたあと祖国を再建するために帰国するという、一世紀にわたる大きな流れの一部だと考えていた。

田溯寧の話によれば、アジアインフォを設立しようと思い立ったのは、上院議員（のちの副大統領）のアル・ゴアがインターネットを「情報スーパーハイウェイ」と呼んだ一九九一年の演説がきっかけだったそうだ。田溯寧は、一九八九年に政権に抗議する学生たちが中国の各都市でデモをするのをアメリカで見ており、北京で人民解放軍が何百人もの人々を殺したときは、私と同じように泣いたという。そのとき、多くの中国人と同様に彼が思ったのは、新中国を建設するためには、資本主義と、情報の自由な流通、起業家精神を取り入れなければならないということだった。彼は、新しいテクノロジーの未来を、今よりも自由な中国の未来に結び付けていた。「私たちの技術があれば」と田溯寧は力説した。「近代的な考え方が蛇口から水のように流れ出るだろう」。彼が、祖国を近代化するために国に戻る愛国的な中国人学生について語るとき、私は、自分が大きな物語の一部であるように感じた。今振り返ると、それは、欧米の投資家を感心させ、中国の官僚を魅了する、計算されたセールストークだったことがわかる。田溯寧は、どちらの聴衆にも訴える物語の作り方を知っていたのだ。それでも、彼の中国での成功は、彼や私のような何万人もの「海亀族」〔訳註・海外留学から帰国した中国人のこと〕にとっての指針になった。

私はアナリストとしてアジアインフォを担当した。田溯寧が要求した資金は、チャイナベストの上司たちが常軌を逸していると考える額だった。現時点の収益はかろうじて一五〇〇万ドルに届くくらいだが、会社には一億ドルの価値がある、と彼は主張した。急成長しているのは確かだが、経営しているのは、スプレッドシート一枚も作ったことがないIT技術者の集まりである。それでも、アジアインフォの収益は三年以内に六〇〇パーセント増加すると彼は予言した。

アジアインフォに関心を持っていたのはチャイナベストだけではなかった。最終的に、投資会社のウォーバーグ・ピンカスが一二〇〇万ドル、私たちが七〇〇万ドル、フィデリティ・ベンチャーズが約一〇〇万ドルを投資し、当時の中国へのプライベート・エクイティ投資の最高額を更新した。二〇〇〇年三月三日、アジアインフォがNASDAQに株式を上場すると、株価は二四ドルから一一〇ドル以上へと急騰し、七五ドルに落ち着いた。三一四パーセントの上昇である。チャイナベストのパートナーは、書類上、それぞれ八〇〇万ドルの富を得たことになる。そして、中国への投資という波乱に満ちた冒険は、まだ始まったばかりだった。

アジアインフォとの取引に関連して何人かの人と知り合ったことで、私は、中国が未来を開拓していくときに使う手法を垣間見た。その秘訣は、才能ある起業家と政治的人脈との結び付きである。鍵となるのは田溯寧だった。アジアインフォがニューヨーク市場に上場する前、中国共産党の最高指導者だった江沢《こうたく》民《みん》の息子、江綿恒《こうめんこう》が設立した国有企業、中国網通（中国網絡通信）は、すでに田溯寧を自社に引き入れていた。中国網通には、中国を一躍、情報技術の最先端にするために、全国に光ファイバーケーブルを張り巡らせるという使命が与えられていた。中国網通がブロードバンドで結んだ都市のなかには電話が通じていなかった所さえある。二〇〇〇年代の初め、中国網通の作業員たちは、一〇カ月あまりで一万キロメートル近い光ファイバーケーブルを敷設し、中国の一七大都市をワールド・ワイド・ウェブに接続した。

この壮大な事業を成功させるためには、電気通信企業を運営し、構想を明確に語ることができる田溯寧の能力が欠かせなかった。だが、彼の中国網通での努力も、江綿恒がいなければ結実していなかっただろう。中国のテレコミュニケーションを発展させたのは、田溯寧の「為《な》せば成る」精神と、江綿恒の政治的血統の結び付きだったのだ。ノウハウと政治的後ろ盾の結合は、中国が発展するお決まりのパターンになり、私のような野心を持った人間がのし上がる手段になった。

アジアインフォとの取引によって、外国企業もこのゲームに参加できることが明らかになった。中国の高級官僚の息子や娘を使って体制の内部に食い込むことに、外国企業も注目し始めたのだ。

アジアインフォが取引の事務処理を任せるために雇用した元幹部銀行員に、馮波《ひょうは》という名前の若い男がいた。馮波の父親は馮之浚《ひょうししゅん》という作家兼編集者だったが、一九五〇年代の政治キャンペーンの中で「右派」のレッテルを貼られ、強制労働収容所に送られた。一九七六年、毛沢東《もうたくとう》の周辺に集まった極左集団「四人組」が逮捕されると、馮之浚は解放され、中国民主同盟の幹部になった。中国民主同盟というのは、中国共産党が、複数政党制の体裁を保つために、一九四九年の革命以降も維持している八つの政党の一つである。馮之浚は、共産党が決めたことを形式的に承認するだけの中国の立法機関、全国人民代表大会（全人代）常務委員会の委員を一〇年間務め、外国企業に影響を与える政策転換の内部情報を知り得る立場にいた。

馮之浚の息子の馮波は、あまり出来が良くない青年だった。一九八七年に高考（大学入学統一試験）に失敗すると、父親は、十八歳の息子が何らかの進路を見つけることを期待して、アメリカの友人の元に行かせた。馮波はカリフォルニア州マリン郡に住み、カレッジ・オブ・マリンで英語の補習クラスを受講し、スティンソン・ビーチでサーフィンを覚えた。また、生活費を稼ぐために、飲食店の雑用係、ウェイター、鮨職人、中華料理のコックなどをやった。前衛的な写真をちょっとかじったり、アートシアター系の映画監督を夢見たりもした。

馮波は、北カリフォルニアで、ロバートソン・スティーブンスという銀行の創業者であるサンディー・ロバートソンに出会った。ロバートソン・スティーブンスはサンフランシスコにあったブティック型投資銀行〔訳註・小〜中規模のM＆A案件などに特化した投資銀行〕で、ドットコム・バブルの波に乗って急成長し、やがてバブルの崩壊とともに破綻することになる。馮波の政治的血統を知ったロバートソンは、彼に仕事を教え込み、自分の銀行の執行副社長に据えた。そのうえで、家族のコネを使って、中国のインターネット関連の投資先を見つけるように勧めた。ロバートソンは、当時、クリントン政権で商務長官を務めていたロナルド・ブラウンに宛てた一九九四年四月の手紙の中で、馮波の家族のコネについて自慢していたと伝えられている。この間、馮波はアメリカ人女性と結婚して二人の子どもをもうけた。

ロバートソンが馮波を投資家に育てた話を聞いて、私にとって、一つの政治体制の内部メカニズムを隠していたカーテンがはぎ取られた。その政治体制では、共産主義のスローガンが高らかにうたわれる一方で、高級幹部の一族が経済改革によって私腹を肥やしているのだ。高級幹部の息子や娘は一種の貴族階級を構成していた。彼らは、貴族同士で結婚し、普通の中国人とかけ離れた生活を送り、自分たちの親や、内部情報、富の秘訣である規制当局の承認などへの手づるを売って、巨万の富を築いていた。

アジアインフォとの取引のあと、チャイナベストは、馮波を初めての北京駐在員として雇用した。ところが、一九九七年の秋、馮波は自分自身の投資の機会を追求するために、たった一年でチャイナベストを辞めた。彼は、最終的にアメリカ人の妻と離婚し、鄧小平の孫娘の卓玥《たくげつ》と結婚した。馮波は鄧一族とのつながりを利用して大きな富を得ようとしたのだと私は思った。彼は財力を誇示する人間になり、前衛映画を制作する夢を、莫大な富という虚飾と引き換えた。一時期は、軍用ナンバープレート〔訳註・駐車料金や、高速道路料金、ガソリン料金が免除されるなどの特権があり、交通規則を無視する車両も多い〕を付けた赤いロールス・ロイスのコンバーチブルに乗って、北京の街を走り回っていたほどだ。彼の仲間たちでさえ、あれはやりすぎだと思っていた。中国の赤い貴族は、普通はもっと控えめだ。

馮波がチャイナベストを去ったすぐあとに、会社は経営会議を開いた。会議の直前に、私は、創業者であるボブ・セリーンの妻ジェニーに、ちょっと、と脇に呼ばれた。「ねえ、デズモンド。あなた北京に行かない？」と、彼女は軽い調子で聞いた。「新しい北京駐在員になるのよ」。冗談を言っているのかと思ったが、彼女は真顔だった。私はその話に飛びついた。中国で生まれ、香港とアメリカで教育を受けた私が、今、中国本土に帰ろうとしている。二十九歳にして私の人生は一周し、始まりに戻ったのだ。数分後、ボブは幹部たちの前で私の昇進を発表した。

# 第4章　ホイットニー

## 北京・上海　1997－2002

一九九七年の終わりに北京に着任すると、そこには新しい中国があった。一九九二年に鄧小平《とうしょうへい》が改革を再開してから中国の経済規模は倍になり、二〇〇四年までにはさらに倍になると見込まれていた。中国は、一夜にして大金持ちになった人の話や、途方もないスケールの金儲けの話など、信じ難い成功物語にあふれていた。ひたすら前に進んで豊かになろうとするエネルギーが人々のあいだに充満していた。個人の起業がブームになり、誰もが自分の才覚で事業をしたがっているように見えた。共産主義に強いられた貧しさの中で何十年も暮らしてきた中国本土の人々が、一九九〇年代になると、お金や、不動産、車、贅沢品を再発見し、もう後ろを振り返らなくなったのである。

共産党は消費を奨励し、鄧小平の「致富光栄（豊かになるのはすばらしい）」というストレートな言葉に包んで、暗黙の社会契約を人々に示した。その実質的な意味は、自由を手渡しなさい、そうすればお金持ちにしてあげよう、ということである。それは取引だった。

だが、ほとんどの事業は小規模なままだった。収益が二〇〇万ドルある民間企業は相当大きいと見なされた。ただし、南部は違っていた。そこでは、アメリカの消費者向けに、スニーカーや、クリスマスの電飾、オモチャ、電子レンジなどを製造するメーカーが、巨大輸出企業になりつつあった。やがて世界最大級の自動車部品メーカーに成長する万向（ワンシャン）が産声を上げ、のちにインターネットにセンセーションを巻き起こすアリババ（阿里巴巴）を設立した元英語教師のジャック・マー（馬雲《ばうん》）は、エンジェル投資家〔訳註・株式を公開していないベンチャー企業に資金を提供する大口個人投資家〕を探していた。私はジャックと、リッツ・カールトン香港のコーヒーショップで会ったことがある。彼は、事業計画を出してほしいという私の依頼を一笑に付した。「ゴールドマン・サックスはアイデアベースで五〇〇万ドル融資すると言っている」。彼は強気だった。「たかが三〇〇万ドルの話に、何で事業計画を出さなきゃいけないんだ」

中央集権と計画経済の上に成り立っていた共産主義体制は、変わっていく中国にうまく対応できないでいた。古い法律はもはや適合しなかった。ところが、共産党が新しい法律を作るときには、意図的に広いグレーゾーンを設け、当局が誰かを起訴したいと思えば、いつでもできるようにするのである。

都市における国営の「単位《ダンウェイ》」〔訳註・企業、政府機関、学校、軍などで、人々が必ず所属していた組織。「単位」は、自前で、給与、住宅、学校、商店、食堂、医療、年金などを提供し、構成員の誕生から死に至るいっさいの面倒を見た〕が崩壊すると、新たな投資と富を生む分野に、多様な事業者が参入できるようになった。不動産開発である。それまで、人々は「単位」の中で、工場が提供するアパートに住み、工場の学校へ子どもを通わせ、組み立てラインでともに働いていたのだ。

共産党の幹部と家族が、コネを存分に利用して、懇意な土地開発業者に利益の上がる土地を割り振ったために、汚職が体制全体に広がった。一方で、党の指導者たちは、汚職の捜査を利用して政敵を粛清した。私が北京に着任したときは、北京市長に対する裁判が進められていた。市長の陳希同《ちんきどう》は、党のエリートのための別荘建設計画に絡んで数百万ドルを着服したとして告発されていた。だが、彼の本当の「罪」は、党の領袖《りょうしゅう》である江沢民《こうたくみん》を頂点とする党内派閥「上海幇《バン》」に対抗する「北京幇」を率いていたことである。陳希同は一九九八年に懲役一六年の判決を受けた。陳希同の失脚の経緯は、やや脚色された金儲けのための安っぽい本、『天怒』〔訳註・日本語訳は『天怒――天の怒り』リベロ・一九九八年〕に記されている。この本が描き出すのは、栄光ある党指導部の公的な姿と、一般大衆から見た彼らの実像との、広がる一方のギャップである。大衆にとっての党指導部は、金に貪欲な官僚たちが自ら選んだ、雲の上の生活をするグループだった。

チャイナベストの北京駐在員となった私は、物不足の数十年間に不満という燃料をため込んだ中国のエンジンが、轟音《ごうおん》を立て動き始めたのを感じ取っていた。中国の共産主義体制は、人々の物質的欲求を満たすことに失敗してきた。しかし、それは急速に変わりつつあった。テレビや、冷蔵庫、扇風機、電子レンジ、洗濯機などは、棚に並ぶ端から飛ぶように売れていた。一方で、私は、中国が実際にどのように動いているかを知るために、エンジンを覆《おお》っているボンネットを開けてくれる人を探していた。チャイナベストの投資先はほとんどが外国資本の事業で、工場を建設したり、物流網を短期間で作ったり、技術的なノウハウを移転したりして、中国が製造業大国になるのに貢献していた。こうした事業は、中国が二〇〇一年の世界貿易機関（WTO）への加盟に向けて条件を交渉し始めると、いっそう活発化することになる。

私は仕事をする土台作りができていなかった。実業界にも党にも知り合いがいなかったのだ。三十歳になったばかりで、まだ茅台酒《マオタイ》さえ飲めなかった。茅台酒というのは高粱《コーリヤン》を醸造して作るアルコール度数の高い酒で、ジェット燃料のような味がし、共産党の指導者たちが飲む酒というイメージが定着していた。正直に言って、私はどうやって中国本土のおとなたちと親しくなればいいのかわからなかった。彼らはほとんど別の種だった。自分が見知らぬ惑星に降り立った異星人のように思えた。

その理由の一つは、中国でのビジネスに欠かせない政治についての雑談ができなかったことだ。私は社会経済的に中国とは大きく異なる環境で育った。私には将来の夢があったが、中国で会話をする相手の関心はお金を稼ぐことだった。それに、私の世界に規制はなかった。日ごろ接する中国人にとって海外旅行は年に一度の大イベントだったが、私はいつでも香港に行けた。欲しいものは何でも買えたし、彼らが聞いたこともないようなブランドを知っていた。けれど、現金の入った「紅包《ホンバオ》」〔訳註・本来はお年玉などのご祝儀を入れる赤い封筒のことだが、心付け、付け届け、賄賂《わいろ》までをも意味する〕をさりげなく渡すことはできなかった。そうしたことが積み重なって、私は自分の祖国で異邦人になってしまった。上海での子ども時代に知っていたはずの、あの妙にベタベタした中国の人間関係を忘れてしまっていたのだ。

私は、上海に戻って、将来の成長が見込まれるコングロマリット〔訳註・多様な産業・業種の企業を吸収、合併して巨大化した複合企業〕、復星《ふくせい》集団の上級管理職と会った。私たちは、お茶を飲みながら彼らの事業について和やかに話したが、彼がチャイナベストの投資に興味がないのは容易にわかった。復星はすでに江沢民主席の家族と昵懇《じっこん》の間柄だと噂されていた。外国企業に会社の内幕をのぞかせて、経営の実態を見せる理由はまったくなかったのだ。私との五分間の会談のあと、相手はこう結論づけたにちがいない。このバカは中国について何も知らない。そのとおりだった。

北京では、欧米の駐在員が多く暮らす地域に住んでいた。中国外交部から通りを挟んだ向かいにある高級マンションが私の住まいだった。お付きの運転手が黒塗りの紅旗《こうき》のリムジンで、どこへでも乗せていってくれた。きみはそんなに大事に扱われているんだから、きっと、オフィスはよく気のつく秘書が、キッチンは何でも注文を聞いてくれるコックが、ベッドルームは世話好きなガールフレンド――たぶん上海のモデルだろう――が、管理してくれてるんだろうね、と友だちの一人が冗談を言った。

私の交遊範囲は、欧米人か、英語を話すアジア人駐在員か、彼らと親しくなりたい中国人にほぼ限られていた。チャイナベストのオフィスはスイス・ホテルにあり、そこにはほかの欧米企業のオフィスも入っていた。私は駐在員たちに混じってホテルのジムでトレーニングをしたり、一九九四年に北京店をオープンしたハード・ロック・カフェで、やはり駐在員たちとパーティーを開いたりした。

四川火鍋《しせんひなべ》を出す古びた食堂に近い裏通りに、ハーフ・ムーン・カフェというバーがあり、私はそこをひいきにしていた。欧米人と、ぼろぼろな格好をした、北京のいかがわしい世界の住人がよく訪れるそのバーは、中国人ミュージシャンによるジャズのライブ演奏が売りだった。彼らは、共産党が一九四九年の革命後に「ブルジョア的」だとして禁止するまで人気があった音楽を再興しつつあった。バーのオーナーの金星《ジンジン》はダンサー兼振付師で、一九八〇年代のニューヨークで、モダンダンス界の伝説、マーサ・グレアムやマース・カニングハムらの指導を受けた中国人だった。金星は、一九九五年に、中国の歴史上初めて、性転換手術を受けて女性になったことを公表した。

私がハーフ・ムーン・カフェを訪れると、バーテンダーから連絡を受けた金星が必ず現れ、私にすり寄ってきた。私を見たときの彼女の喜びようがちょっと過剰に思えたので、残念だったが、ハーフ・ムーンに顔を出すのを控えるようになった。とはいえ、そこは北京だった。誰もが欲望に駆られ、新しいものに憧れ、お金だけではなく、個人の自由や、中国人が欧米のライフスタイルだと想像するものを手に入れたがっていた。

長年、国から出ることを禁じられていた中国人は、大挙して海外に移住し始めていた。若くて魅力的な女性も、外国に行きたいという欲求を抑えきれなかった。私は、外国人のパーティーでそういう女性の一人と出会い、共通の趣味を探すうちに水泳にたどり着いた。私たちは、街の東側にある中日青年交流センターのオリンピック規格のプールで一泳ぎすることにした。

デートの相手は、見たことないほど小さなビキニを着て更衣室から現れた。一九九〇年代の中国の公共プールでの話である。そんな大胆な露出に慣れていなかった多くの人々が、あっけにとられていたのは言うまでもない。エスコートしていた私は、彼女に魅了されると同時に恥ずかしい思いをした。それから間もなく彼女はドイツ人実業家と結婚し、デュッセルドルフへ旅立った。こうした経験によって、私は物事の裏側を察せられるようになったが、同時に、疎外感を強く感じるようにもなった。中国に生まれ、三種類の方言を地元の人と同じようにしゃべれるのに、なぜか異邦人の目で中国を眺めているように感じていた。

一九九九年の終わりに、起業家で、人民解放軍の将官の息子である藍海《らんかい》という人物と知り合った。藍海は情報通信産業の将来に関して鋭い先見性を持っており、ポケベル〔訳註・小さなディスプレイの付いた携帯用無線呼び出し器〕が大ブームになったときは大手のソフトウェア・プロバイダーだった。

一九九〇年代半ばの変わりゆく中国では、欧米がかつてそうだったように、ポケベルがステータスシンボルだった。仕事が遅い国有の電話会社から固定電話回線を引こうとすると、数カ月かかるうえに、しばしば賄賂が必要だったが、民間企業が販売するポケベルはすぐに利用できたのだ。多くのポケベル会社が大規模なコールセンターを開設し、メッセージは国中を飛び交った。一九九〇年代の終わりまでには、一億人近い中国人がポケベルを持つようになった。しかし、新たな革新的技術である携帯電話がメッセージ機能を搭載して登場すると、ポケベルは衰退し始める。藍海の会社、パームインフォ〔掌上信息〕はポケベルのコールセンターを活用しようと、秘書業務や銀行業務への転用を考えた。パームインフォに興味を持ったチャイナベストは、藍海に最終的には四〇〇万ドルの資金を提供した。一九九九年の終わり、私は彼に、うちに来ないかと誘われた。それは私の人生を大きく変えることになる。

藍海からの誘いがあったとき、私はプライベート・エクイティの仕事を続けることに疑問を抱き始めていた。川の土手に立って、国の近代化という流れが勢いよく進んでいくのを、ただ眺めているような感じがしていた。チャイナベストに入社し、北京の駐在員になったことで、それから先の人生が見えてしまったのだ。四十歳までにはパートナー〔訳註・二人以上の人が、金銭、労力、技術などを出し合って運営する企業形態をパートナーシップといい、その出資者をパートナーと呼ぶ。米英では一般的だが、日本には存在しない）に昇進し、数年後には、上司たちがしているように、香港でマンション投資を始めるのだろう。そのシナリオには想像力が入る余地がほとんどなかった。プライベート・エクイティ業界では、よく「私たちは塹壕《ざんごう》から一〇キロ離れている（安全な場所にいる）」と言われていた。だが、私は最前線に行き、投資家としてだけではなく、ビジネスのプレーヤーとして戦いたかった。ただ利益を追求するのではなく、中国という物語の一部になりたかったのだ。そのうえ、上海の路地からアメリカの中西部に至るまで、私はいつも未知の世界を探索することに喜びを見出してきた。新しいチャレンジがしたかった。何かすごいことを成し遂げたかった。そして、すごいことが可能な時代の中国に生きているのだ。加えて、優れた投資家になるためには起業家としての経験が必要だとも感じていた。当時のベンチャー・キャピタル業界には、計算のできる人はいくらでもいたが、事業を運営できるのはほんの一握りだったからだ。私はそういう人間になりたかった。

二〇〇〇年の初め、私はCEO（最高経営責任者）としてパームインフォに加わり、藍海は会長に就任した。私たちは、チャイナベストからの融資を贅沢に使って、北京東部の一等地にオフィスを構えた。ケンピンスキー・ホテルに隣接するきらびやかなオフィスビルの一フロアを借り切ったのだ。上級スタッフはモトローラの中国法人から引き抜き、一般の従業員一〇〇人を追加採用した。そのうえ、カリフォルニアのアーヴァインにサテライトオフィスまで開設した。私たちが野心的な企業であることを示したかったのである。名刺には一二の子会社の名前を並べた。国有電気通信企業の、ある上級管理職の女性は、私たちの名刺を指でいじりながら「ふーん」と鼻であしらって言った。「じゃあ、あなたがたは国際的なコングロマリットなのね」

パームインフォの業績は振るわなかった。バーンレート〔訳註・ベンチャー企業が、利益を出す前に支出によって資本を消費する割合〕が極めて高いのに対して、収益が少なかったのだ。私たちは、サービスを導入してもらうように中国の銀行を説得できなかった。それに、たとえ企業が私たちの技術に関心を持ってくれたとしても、ライバルがいた。パームインフォは自社開発したソフトウェアを使っていたが、ある従業員が辞めると、新たにできた企業が同じサービスを安い価格で販売し始めたのだ。いったい誰に頼れば、自分たちの利益が守られるのか？　そんな役割を持つ機関は中国には存在しなかった。中国は知的財産泥棒の楽園であり、海賊版のソフトウェアやＤＶＤが勝手放題に大量に売られていた。二〇〇〇年当時、私たちの訴えに関心を持ってくれる法執行機関はなかった。

二〇〇一年の春の終わり、パームインフォに入ってから一年半が経ったとき、私たちには軌道修正が必要なことが明らかになった。会社は小さなオフィスに移転し、新規雇用者を解雇した。自分自身がお荷物であるのもはっきりしていたので、私は辞職した。北京にとどまる理由がなくなった私は上海に向かった。上海には香港から引っ越してきた両親が住んでいたからだ。

父のキャリアは私と反対方向に進んでいた。父は、中国でのタイソンの事業を、ゼロから年間一億ドルを超えるまでに成長させた。目覚ましい躍進だったので、タイソンは中国本土にオフィスを開設することを決め、その代表として父を上海に戻した。父にとってその異動は凱旋《がいせん》だった。忌まわしい出自を持つ教師として中国を去った父は、倉庫の労働者から身を起こして、何十億ドルもの事業の代表者にまで登り詰めたのである。中国に帰ってきた父を、友人たちは「美国買弁《メイグオマイバン》」と呼んだ。「美国買弁」というのはアメリカの買弁《ばいべん》という意味で、アメリカ企業の中国人代理人を指す清朝末期の言葉である。その言葉には二つの意味があった。すなわち、父は「アメリカ帝国主義の走狗《そうく》」であるという冗談まじりの揶揄《やゆ》であり、父の成功を認める言葉でもあった。父はその呼び名を、自分が成功したことが認められた証しだと受け取っていた。ガラスの摩天楼にある立派なオフィスと、街の中心にある高級マンションのせいで、父の自尊心は否応なく膨らんでいた。

上海の好景気は、鶏肉の販売を押し上げただけではなかった。かつて父が教鞭を取っていた向明中学は、取り壊されて高級カラオケバーに変わっていた。私は、両親が週末に佘山《シェシャン》（訳註・上海西郊にある小高い山で、周辺は自然公園になっている）の近辺に行く拠点として購入していた二つ目のマンションに引っ越した。そこでは、開発業者が上海で最も高級な会員制ゴルフクラブを建設していた。

すべてが上り調子の中、私だけが取り残されていた。それまでの私は常に前進していたが、今度ばかりは敗北を認めざるを得なかった。私は人生で初めて自己啓発本に手を伸ばし、デール・カーネギーの『人を動かす』から、中国の哲学者の孔子や孟子、仏教の指導者である南懐瑾《なんかいきん》に至るまで読みあさった。自己批判と自己発見の旅に出たのである。「先蹲再跳（飛躍するためには、まず深くかがむことを学ばなければならない）」という中国のことわざの意味をようやく理解したのは、そのときだった。

南懐瑾はカンフーの元チャンピオンで、将来を嘱望された軍務を第二次世界大戦中に退役し、仏教の修道僧となった人物である。一九四九年、南懐瑾は共産主義革命を逃れて台湾に渡り、そこで、宗教と中国哲学について中国語で記す最も有名な著作家になった。私は、次々に目標を追い求めてあわただしく生き、立ち止まって自分を振り返る機会がなかったことに気づいた。南懐瑾の著作を読むうちに、私の関心は、なぜパームインフォが失敗したかから、なぜ自分が失敗したかに移っていった。私に欠けていたものは何だったのだろうか？

たどり着いた結論は、自分は先を急ぎすぎ、どこにも焦点を定めないまま物事の中をスルスルと滑り抜けていたということだった。細かいことは面倒だと思っていたが、勉強すればするほど細部の重要性がわかってきた。パームインフォのゴタゴタのせいで、私は重い不眠症になっていた。そこで、瞑想を始め、よく眠れるように心を浄化する方法を学んだ。呼吸を穏やかにする技術を身に付けたおかげで、その後もっと苦しいことを経験しても乗り越えられるようになった。「己の向こう側を見なさい」という南懐瑾の教えは、私がのちに慈善活動に関わる契機となった。私は北京での駐在員生活にまつわる虚飾を取り除き、ガールフレンドとも別れた。この間、生活していくためのお金は親が貸してくれた。

上海で、私はまだときどきパームインフォの仕事をしていた。パームインフォは、電気通信企業にハードウェアを販売する泰鴻《たいこう》（グレート・オーシャン）という会社との合併を検討していた。私たちのソフトウエアは彼らの製品を補完したし、顧客が重なる部分も大きかった。一方、泰鴻は常に現金が不足していたために、新たな投資家を探していた。国有の電気通信企業は、泰鴻がハードウェアを納品してから代金を支払うまでに時間がかかったのだ。私たちは二〇〇一年の冬に北京に行き、かの北京飯店〔訳註・北京で最も古く、格式のあるホテル〕に隣接する東方広場《オリエンタルプラザ》〔訳註・ショッピングモール、オフィスビル、マンション、ホテルなどで構成される巨大複合施設）にある泰鴻のオフィスを訪れた。そこで出会ったのが、「女性会長ホイットニー・デュアン」として紹介された段偉紅《だんいこう》だった。

私は、ほぼ六年間中国を飛び回ってきたが、あれほど自立心の強い女性起業家に会ったのは初めてだった。初対面の場は十数人が集まった会議室だった。彼女は一方の端に座り、私はもう一方の端に座っていた。彼女は早口でしゃべり、異論を許さなかった。言葉を差し挟む余地がないのだ。中国は家父長制が色濃い社会なので、強力な発言力を持った女性が会議を支配する様子は衝撃的だった。そのうえ、私の経験では、中国の有力者、特に女性は控えめなタイプが多い。ビジネスシーンでホイットニー・デュアン会長のような攻撃的な人間を見るのは初めてだった。

合併を協議するために会う機会が増えると、ホイットニーは、多くの中国人が、例えば人の体重がちょっと増えたときに、平気で、あなた太ったわねと言うような感じで、何のためらいもなく私の態度を注意するようになった。ある日、私が脚を組んで座り、片足をぶらぶらさせていると、ホイットニーに「足が机の上に出てるわよ」と指摘された。中国では、と彼女は続けた。官僚の前でそんな横柄な態度は許されませんからね。ここはアメリカじゃないんだから、とストレートに言った。「教室にいる生徒のようにしてなさい」。まさにホイットニーは先生のようだった。「椅子にふんぞり返っちゃだめ」。それと、話しかけられるまでは、自分から話しかけないようにすること、と私は諭された。

気がついたことをあんなに自信を持って伝えたり、助言を与えたりする人間に、私は会ったことがなかった。シャネルスーツを着てエルメスのバッグを持ったホイットニーは、豊かさと成功のイメージそのものだった。自信喪失に苦しみ、新しい道を模索していた私は、ホイットニーの明確なポリシーの中に自分の進むべき道を見出した。彼女のようになりたいと思った。

身長が一七〇センチあるホイットニーは、中国人女性としては背が高かった。声が美しく、学生時代は大学の聖歌隊でリードシンガーをしていたという。仕事仲間でカラオケボックスに行くようになると、マイクを持った彼女に誰もがあっけにとられ、甘い歌声に耳を傾けた。

彼女を美人と言うのは適切じゃないかもしれないが、若いころはきっと魅力的な女性だったにちがいない。私たちが出会ったとき彼女は三十代の半ばで、若いときより若干太っていた。それでも彼女には内側から湧き出る力があり、洞察力とエネルギーで瞳が輝いていた。ホイットニーは、それまでのガールフレンドとは、知的な面でも精神的な面でも、次元が違っていた。彼女は、私が読んでいる本はすでに読んでいた。中国がどういうふうに動いているかについて思想的背景から理解していて、中国人の行動様式が外国人と違う理由を説明してくれた。彼女は、私と愛する祖国とのあいだに再び橋を架けてくれたのだ。そのときが私の人生の転換期だったこともあって、彼女の魅力は私の心に突き刺さった。

ホイットニーは、中国の成長のエンジンにつながるルートを持っているように見えた。私にとって、彼女は「ボンネットを開けてくれた」初めての人だった。新聞で読んだことしかない高官たちと知り合いだったし、私が聞いたことがない人々も知っていた。それは新しい世界だった。私はその世界についてもっと知りたいと思い、彼女も私を導こうとしているように見えた。

私はまた北京を訪れるようになった。ホイットニーに会えば会うほど、感心することが増えていった。

彼女は、孔子や孟子といった中国の哲学者や、フランスの啓蒙思想家であるモンテスキューなどの著作の一節を、すらすらと暗唱できた。泰鴻の資金調達を手伝うことで彼女と私は契約を結んだ。私は金融面で彼女にアドバイスするようになった。

私たちはデートし、ハイキングや映画を楽しんだ。私たちがほかの恋人たちと違ったのは、議論をすることだった。彼女の恋愛観には、お互いの目標を一致させることが含まれていた。私は、恋愛へのそんなアプローチを経験したことがなかったし、あんなに自分のやり方が正しいと確信している人間に出会ったこともなかった。二〇〇二年の初め、私たちはグランドハイアット北京の大理石を張り巡らしたコーヒーショップで会い、三時間も話した。ホイットニーは結婚に向けた私のアプローチについて質問を浴びせた。彼女は、過去に誰もしなかったようなやり方で、私が自分の私生活を客観的に見るように誘導してくれた。私は、それほどモテる男ではなかったが、恋愛に対する姿勢においては一般の中国人より西洋的だった。気持ちが動けば流れに身を任せるのだ。ハリウッドの恋愛映画のように自分の心に従うのである。だが、ホイットニーはそういうアプローチには縁がなかった。「あなたは」と彼女ははっきり言った。「もっとちゃんとしたアプローチをすべきよ」。彼女と私は、事業の評価に使うチェックリストであるＳＷＯＴ分析を、本気で恋愛に適用した。二人は別々に、自分たちの感情的なつながりについて、強み（Strengths）、弱み（Weaknesses）、機会（Opportunities）、脅威（Threats）を書き出した。そして、お互いのメモを見比べた。

私の分析的な知性は、ホイットニーの主張をすんなりと受け入れた。彼女は成功のための魔法の公式を持っているようだった。私の公式が魔力を失っているのは明らかだったので、彼女の公式がさらに魅力的に思えた。私たちの関係は、情熱や、愛情や、セックスに発展していくかもしれないが、それは私たちを結び付けておく接着剤にはならないだろう、というのが彼女の見方だった。男女を強固に結び付けるのは、根底にある論理的なものだと彼女は言った。パーソナリティーは合っているか？　価値観を共有し、同じ目標を追求し、その手段について合意しているか？　もしそうなら、ほかのすべてのことはあとから付いてくる、と言うのだ。私たちは、目標については早い時期から合意していた。二人とも、何かを後世に残したい、中国と世界に足跡を残したいと思っていた。それは長年にわたる私の目標だったし、ホイットニーもそれを共有していた。手段については、ホイットニーが、成功への切符を見つけたと自信をにじませていた。私は彼女に任せるつもりだった。

私たちの関係は、感情というより精神や知性の結び付きだった。お見合いのような感じだったが、お膳立てをするのが仲人ではなく自分たち自身である点が違っていた。彼女の理屈には説得力があった。私たちは互いを補完する存在だった。私はスプレッドシートが読めたし、欧米人の中に容易に入っていけた。ホイットニーは隠された中国へのパイプを持っていた。中国で生まれ、北京で何年もビジネスをしてきても、自分がどれほど隠された中国について知らないかを、ホイットニーが気づかせてくれた。私にとって彼女は、まったく知らない異次元の世界への案内人だった。私は魅了され、感嘆し、心を奪われた。

人生の次の一歩を踏み出す方向を模索していた私は、ホイットニーの成功の公式に従うことにした。香港で、いとこたちの言うことに忠実に従ったように、私は彼女の言うとおりの人間になろうとした。ヘンリー・ヒギンズにとってのイライザ・ドゥーリトルのように（訳註・ミュージカル『マイ・フェア・レディ』では、言語学者のヒギンズが、下町なまりのある花売り娘イライザを教育して貴婦人に仕立て上げる）、ホイットニーが手を加えていく素材になったのだ。私は、もっと年長に見えるように、コンタクトレンズをやめて眼鏡に換えた。カジュアルな服装はスーツに換わった。彼女が貫禄が必要だと言うので、「少年老成（若いわりに円熟している）」という中国の言葉を体現しようと、できるだけ努力した。

私は、車に乗っているときに、よくぼんやりと窓の外を見ていることがあった。ある日も、ホイットニーと同乗した車で、そうやって外を眺めていた。

「何を考えてるの？」と彼女は聞いた。

「何にも」と私は答えた。

その言葉を聞くと、ホイットニーはシャキッと背筋を伸ばし、私のほうを向いてきっぱりと言った。

「それじゃだめよ。いつも頭を働かせていなさい」

彼女は、誰に電話し、何を話し、どう対応するかなど、常に次の行動を考えていた。一歩先を考えるのではなく、十歩先を考えているのだ。私はその姿勢を取り入れた。しばらく続けるうちに自然とできるようになったが、マイナスの面もあった。初めのころ、私たちは一緒にいる時間を十分に楽しんでいた。しかし、先のことに意識を集中させればさせるほど、今を楽しむ心の余裕がなくなってしまったのだ。私たちは自分たちのことを考えなくなり、外の世界ばかりを意識するようになった。

ホイットニーは中国の政治体制について短期集中で教えてくれた。欧米で政党が権力を行使するのは、選挙に勝って政権を取ったときだけである。だが中国では、中国共産党と競合する政党は存在しない。県、市、省の共産党書記は、県長、市長、省長よりも上位にいる。中国の軍隊である人民解放軍でさえ、法的には中国の国軍ではなく、中国共産党の軍隊なのだ。

私もホイットニーの世界を広げるために最善を尽くした。私は彼女にワインと西洋料理について教えた。ジムに連れていき、長年のトレーニングのノウハウを使って、彼女が数キロ減量するのを手伝った。私たちはグランドハイアットのヘルスクラブで一緒にトレーニングし、ヤシの木のあいだから木漏れ日がちらちらと光る熱帯雨林風に装飾されたプールで泳いだ。けれどホイットニーはトレーニングがよほど嫌だったようで、二、三カ月であきらめてしまった。

私たちは精神面でも共有できるものを探そうとした。ホイットニーは熱心なキリスト教徒で、宗教に慰安を見出していた。長いあいだ、彼女は私を入信させようとした。私を教会に連れていき、聖書を読ませ、あなたが入信すれば私たちの絆は強くなると説得した。私は、コーランやバハーイ教〔訳註・十九世紀半ばのイランで、イスラム改革を唱えるバーブ教から派生した国際的新宗教。世界各国に数百万人の信者を持つ〕の教典まで読んで、精神世界を模索した。だが、彼女のキリスト教は、結局、私の魂を惹きつけなかった。

ホイットニーにリードされるままに、私は激しい情熱を求める気持ちを棚上げし、親密さは時間とともに深まっていくという彼女の主張を受け入れた。それは、彼女との付き合いの先にある輝かしい人生に魅入られていたからでもある。もちろん、ほのぼのとする瞬間もあった。公の場で男女の愛情を表現することに、いまだに眉をひそめる社会で、私たちはよく手をつないだ。プライベートな時間には、ホイットニーが女の子っぽい無邪気な面を見せ、いとおしく思うこともあった。付き合っているあいだじゅう、彼女は私を英語名で「デズモンド」と呼んだ。私は彼女を「小段《シャオデュアン》」つまり「デュアンちゃん」と呼んだ。付き合って一年もしないうちに、私たちは一緒に暮らし始めた。

振り返ってみれば、ホイットニーの恋愛に対するプラグマティズム（実用主義）と、私と付き合いたいという欲求の関係を説明する鍵をいくつか思いつく。一つには、彼女は中国ではもはや若い女性ではなかった。出会ったとき、彼女は三十四だと言った。私より一カ月ほど若いだけだった。女性が平均して二十五歳で結婚する社会では、彼女は結婚市場から外れていた。そのうえ、独身女性が狙われやすい世界を渡り歩いてきたのだ。

権力を持った男性は常に女性を追いかける。中国では、あまり裕福でない独身女性は、いろいろな相手と関係を持つと思われていた。ホイットニーは、二十歳年上の共産党高官からのプロポーズをすでに一度断っていた。独身のままでいれば、そういうことが続いただろう。特定の相手がいれば防御壁になる。しかし、私たちがデートをするようになってからも、彼女への誘いは止まらなかった。共産主義中国は、人民の物質的、性的な欲求を何十年も抑圧してきた。それが一気に噴出していたのだ。当時は「北京では空気にもホルモンが含まれている」などという言葉まであった。

たぶん、私が背が高く、外見が悪くはないことも、ホイットニーが私を選んだ要素に入っていただろう。アメリカへの留学経験や、金融界で働いた経験もメリットだったと思う。内側にいながら部外者である、つまり、中国人でありながら欧米の教育を受けているという私の立ち位置は、彼女にとって価値があったのだ。しかし、ホイットニーにとって最も重要だったのは信頼だった。ただのビジネスパートナーが欲しかったわけではない。彼女が求めていたのは、完璧に信頼できる人間だった。彼女は、中国の権力の頂点でイチかバチかの大勝負を始めようとしていた。それは生死をかけたゲームだったから、パートナーは一一〇パーセント信用できる人間でなければならなかった。それが、普通のビジネスパートナーでは不十分だった理由である。彼女が求めていたのは、彼女の目標に対する完全な献身だった。

# 第5章　結婚

北京・カナダ　２００２

北京を熟知しているように見えたホイットニーだったが、実は北京に来てまだ日が浅いことを間もなく知った。彼女が生まれたのは、精強な兵士と、孔子の生誕地があることで有名な、沿岸部の山東省《さんとう》だった。主婦だった彼女の母親は、福音主義的なキリスト教の流れを汲み、異言《いげん》〔訳註・宗教的恍惚状態に陥って発する奇妙な言葉〕を重視する中国の分派に傾倒していた。福音主義的なキリスト教は、中国の農村部に大きな布教の可能性を見出し、何世代ものあいだ根強く活動を続けていた。一八五〇年代の、非常に多くの犠牲者を出した農民反乱〔訳註・洪秀全《こうしゅうぜん》が起こした「太平天国の乱」のこと〕を率いていたのは、イエス・キリストの弟だという幻覚を経験したキリスト教への改宗者だった。一九九〇年代に現れた同じ系統の農民伝道者の中に、舌鋒《ぜっぽう》鋭く説教をする女性がいた。イエスの妹だと称するその女性が率いていたのが「東方閃電《とうほうせんでん》（全能神教会）」というカルト集団だった。そういう母親のあとを追って、ホイットニーもキリスト教徒になったのである。

ホイットニーの母親は、ホイットニーを妊娠しているときに、暴力をふるう夫から逃れ、小さな町の官吏と再婚した。女性が運命を受け入れることを強いられる社会ではまれな勇気ある行動のために、彼女は母親を理想化していた。ホイットニーにとっては母親が唯一の血縁者だったので、彼女はいつも母親と一緒だった。ホイットニーは常に母親を称賛していたが、それは、上海のような大都市で育った私が、彼女の母親を見下すことを恐れていたからだと思う。私は、段夫人の口から次々と飛び出す聖書からの引用にも、しだいに慣れていった。

ホイットニーの義父は、地方の水利局〔訳註・水資源の広範な管理を行う役所〕に勤める下級官吏だった。彼は、旅行するときは必ず、激辛のチリソースが入ったガラス瓶を荷物に入れていき、どんな料理にも気前よくかけた。彼には男の子の連れ子が一人いて、のちにはホイットニーの母親とのあいだにも男の子ができた。ホイットニーの異父弟である。ホイットニーは義理の弟に資金を出して不動産業を開業させた。異父弟は仕事に就かず、ホイットニーが失踪するまで彼女に依存して暮らしていた。

ホイットニーが育ったのは、微山《びざん》の近くにある水利局の宿舎だった。微山は、江蘇省《こうそ》との境に近い山東省の南端に位置する湖畔の町である。職員宿舎は水利局の広い敷地に建っていて、彼女の家族はその一室で暮らしていた。ホイットニーの両親は、給料を現金でもらえるという一点において、近隣に住む農民たちより豊かだった。田舎では現金が不足していたからだ〔訳註・農村部では食料は自給し、生活必需品は配給されていたので、現金を得る機会がほとんどなかった〕。私の家族が年に一度だけもらえる鶏をあてにしていたのに対して、ホイットニーの家族は、日ごろから、アヒルや、淡水魚、卵、豊富で新鮮な野菜を食べていた。

ホイットニーは十七歳で最初の高考を受けたが、失敗した。両親は彼女を自動車整備の職業学校に入れ、彼女は一年間、自動車の修理を学んだ。毎日、手袋もせずに不凍液や潤滑油に手を浸けていたために、彼女の手は水ぶくれができ、皮がむけ、その後もずっと腫れたままだった。彼女は、運命を受け入れるようにという両親の懇願に耳を貸さず、大学を再受験するために早朝から深夜まで猛勉強をした。一冬のあいだ、すきま風が吹き込み、電灯が一つしかない宿舎のホールで、ベンチに座って勉強に没頭した。そのせいで背中の痛みに一生悩まされることになった。

ホイットニーは、下層の出自を憎んではいなかったが、彼女が家と呼ぶ薄汚い環境から、そして、宿舎の周辺の、樹木が伐採され、野生動物が消え、悪臭を放つ用水路だけが縦横に延びる田舎の風景から、抜け出したかった。彼女は、私と同じように、中国で、中国のために、名を成したかったのである。

一九八六年、ホイットニーは高考で良い得点を取り、隣の江蘇省にある軍関係のトップクラスの大学、南京《ナンキン》理工大学に入学した。彼女はコンピューター・サイエンスを専攻し、トップの成績で卒業すると、大学から当時としては破格の処遇を受けた。中国共産党の党員となり〔訳註・共産党員になればあらゆる面で優遇されるが、入党するためには厳しい審査がある〕、学長秘書の職を与えられたのだ。

学長の下で働くことで、ホイットニーは官僚に対応する秘訣を学び、やがてそのスキルを完璧に磨き上げることになる。彼女は、相手に応じて、自分の態度や、声の調子、言葉遣いを、どう変えればいいかを会得した。また、南京理工大学は人民解放軍と緊密な関係にあったので、軍の幹部への対応の仕方も短期間で身に付けた。

ホイットニーはもともと秀でていた文章力を磨き、学長のスピーチ原稿を書くことで、人の意思を聴衆に伝える方法を学んだ。スピーチには中国の古典からの引用をちりばめた。中国の文章は、ときどき文学的な引喩を詰め込みすぎて泥沼に入り込むことがある。だが、ホイットニーの文章はそれが過剰になることなく、中国文学への深い造詣をさりげなく浮かび上がらせていた。

大学に勤めて一年経つと、学長は、山東省のある県の、県長を補佐して外部からの投資を呼び込む仕事を、ホイットニーに斡旋してくれた。当時、共産党は、才能のある若い男女を発掘して、政府の末端の職に就かせるようにしていたのだ。ホイットニーは長期間北京に滞在して、党の官僚組織で働く山東省出身者を訪ね歩き、そのネットワークを利用して県への投資を促進しようとした。

彼女は、山東省の仕事をするなかで、私が香港で学んだのと同じ貴重な事実を学習した。中国で本当に成功するのは「関係《グワンシ》」つまり体制とのコネを持っている人だけだということに気づいたのだ。しかし、彼女は県長補佐の仕事が好きになれなかった。あまりにも多くの酒を飲まされるために蕁麻疹《じんましん》を発症したし、セクハラを受けたからである。やがて県長が汚職で逮捕されて懲役刑に処せられると、彼女への中傷や流言が耐え難いほどになった。

その経験のせいで、公務員として働きたいという欲求は、ホイットニーの中からすっかり消えてしまった。代わりに、中国の体制についての本能的な恐怖心が心の奥に植え付けられた。そして、彼女が「私の死体を棺桶から引きずり出して鞭打っても、ほこり一つ出ないようにする」という決意を心に刻み込んだ。彼女は、進むべき道をビジネスに定めた。

ホイットニーは大学の学長に手紙を書き、転職を依頼した。彼女は国有企業で自分の力を試したかった。ビジネスが成功への最善の道だと考えたのだ。その一方で、ビジネスでの成功を追求するうえでは、絶対に非難されないようにしようと心に誓った。汚れた体制の中で、自分だけは、死体になっても潔白を保てると信じていた。

学長は彼女のために、軍が経営する不動産開発会社のCEO秘書の仕事を見つけてくれた。そのころ、人民解放軍は、食糧生産や、製薬、ワイナリー、兵器製造など、あらゆる種類の産業に進出し、全体で数十億ドルの価値を持つ企業帝国を築いていた。ホイットニーは、人民解放軍のおかげで、初めて贅沢な生活の一端を味わうことができた。香港のペニンシュラ・グループと軍の合弁事業である北京の王府飯店（現在の王府半島酒店）でデザイナーブランドを買い、贅沢なディナーに同席した。ホイットニーは、「関係《グワンシ》」を利用し、レンガを一個一個積んでは、取引仲介人としてのしっかりとした店構えを築いていった。

人民解放軍のビジネスが生む汚職は誰もが知る事実であり、軍の戦力を浸食していた。軍の腐敗は私も目の当たりにした。チャイナベストの代表として連絡役を任されていたテイト・アジアでは、海軍将校から軍艦を使ったビールの密輸を持ちかけられた。一九九六年、ホイットニーは独立して自分の会社を設立し「グレート・オーシャン」という英語名を付けた。その一年後、共産党の江沢民《こうたくみん》主席は、人民解放軍に商業資産を手放すよう命令した。

グレート・オーシャンが最初に手がけたのは、天津《てんしん》の不動産プロジェクトだった。中国遠洋運輸公司（COSCO、現在の中国遠洋海運集団）の天津支店は、ホイットニーに一〇〇〇万ドルを出資し、のちに大きな意味を持つ関係を築いた。しかし、ホイットニーは、三つのプロジェクトを成功させて純資産を増やすと、天津が小さく思えるようになった。

ホイットニーはもっと大きなカンバスが欲しくなり、北西に一五〇キロほど離れた北京に目を向けた。彼女は、私と同じく、チャンスに満ちあふれたこの国で、並外れたことをしたいと思っていた。その、手に負えない野心、大きな成功を収めたいという激しい欲望が、私たち二人を動かし、必然的に私たちをパートナーシップへと導いた。ホイットニーは、その野望を、自分の会社、グレート・オーシャンの中国名「泰鴻《たいこう》」に込めた。この二文字は、古代中国の歴史家、司馬遷が書いた文章の一節「人固有一死、或重於泰山、或軽於鴻毛（死は或いは泰山より重く或いは鴻毛より軽し）」から採ったものだ。ホイットニーはそういう目で自分自身を捉え、ひいては私をも捉えていた。私たちは何もないところから出発したのだから、人生で何も成し遂げられなくとも大した問題ではない。だとしたら、やってみればいいじゃないか。それが彼女のモットーだった。そういう姿勢がなければ、社会の底辺から這い上がって頂点に登り詰めることはできなかっただろう。彼女の故郷の町は三線都市（訳註・中国の都市は、規模が大きいほうから一線都市〜五線都市に分類される）ですらなかった。家庭は崩壊していた。私が知るかぎり、彼女の異父弟や義理の弟はごくつぶしだった。だが、ホイットニーは鴻毛のような軽薄な人間ではなかった。彼女と私は泰山のように重要な存在になろうと心に決めていた。

一九九九年、ホイットニーは本拠地を北京に移した。彼女は、力と、成功と、信頼性を印象づけるために、首都で最も華やかな場所である東方広場にオフィスを借りた。手始めに取り組んだのは、軍の仕事で培った人脈を使って、国有の電気通信会社にＩＢＭのサーバーなどの機器を販売する仕事だった。当時はあらゆる電気通信会社がサービスを拡大したがっていたのだ。彼女は、参加者が限定された共産党の高官との会合に招いてもらえるように、猛烈な働きかけをした。

アジアインフォの田溯寧《でんそねい》と同じように、ホイットニーは、中国で成功の扉を開くためには二つの鍵が必要なことを悟った。一つは政治的な影響力である。中国で起業家が成功するのは、共産党と利害が一致したときだけである。街角の商店の主人でも、中国のシリコンバレーの天才エンジニアでも、誰であれ、体制の内部に後援者が必要なのだ。二つ目に必要なのは、チャンスが巡ってきたときの実行力である。この二つの鍵を持ったときのみ成功が可能になる。二つの鍵を持つことが、当時ホイットニーが取り組んでいたことであり、私が彼女と出会ったのはそんなときだった。

ホイットニーと私には多くの共通点があった。彼女が貧しい子ども時代の話をするとき、私は幼いころの自分を思い出した。私たちは同じように結婚適齢期を過ぎていた。そして、二人とも成功に飢えていた。私たちの結び付きは、極めて個人的なレベルで中国の近代化の物語を体現していた。十九世紀に、中国の学識のある官僚たちは「中体西用」という理論を提唱した。中国の発展においては中国の学問が中核にならなければいけないが、実用のためには西洋の学問を取り入れるべきである、という考え方である。学者たちはこれを「中学為体、西学為用（中学を体と為し、西学を用と為す）」というスローガンにした。ホイットニーは中国の学問、つまり「中学」を体現し、私は「西学」つまり西洋の教育を代表していた。地理的にも比喩的にも中国の周縁部の出身だった私が、中国の中核にいたホイットニーに合流したのだ。

ホイットニーは私を中国の心臓部への旅に誘《いざな》った。私たちを乗せた船は、蛇行する川を遡って奥地へと進んだ。川の屈曲を一つ過ぎるたびに、私たちは中国という「体制」の中の生き物になっていった。「体制《ティーチー》」というのは、政治的権力と経済的権力の中国独自の合成物を婉曲に表す中国語であり、その源流は中国共産党の最上層部にある。一四億人の中国人のほとんどは体制の呪縛の下に生きていたが、私たちは体制に加わり、その内部で力を伸ばした。

二〇〇二年の初夏、ホイットニーと私は、カナダのリゾート地バンフに一〇日間の旅行をした。結婚する相手について知るには一緒に旅行するのが一番だ、とホイットニーは考えていた。私にとっては、西洋の世界を案内する能力を示し、「実用」のための西洋の学問を見せつけるチャンスだった。私たちは別の意味でも補完し合っていた。私は生まれつき好奇心が旺盛だったが、ホイットニーは内にこもるタイプだった。彼女を居心地の良い環境から引き出し、いわば強引に路地に誘って、プールに行く別のルートを見つける人間を、彼女は必要としていた。彼女は私のガイドに信頼を置いてくれた。私はすべての準備を整えた。バンクーバーから出発する、天井がガラス張りになったロッキー・マウンテニア号による列車の旅を手配し、宿泊にはフェアモント・シャトー・レイク・ルイーズの、ルイーズ湖を見下ろせる部屋を予約した。私たちは最高のレストランで食事をし、手つかずの自然の美しい景色を満喫した。一緒にあちこちを散策し、お互いを深く見つめ、二人だけの世界でそのひとときに浸った。

北京に戻ると、ホイットニーが近づいてきて言った。次の段階に進む準備ができたのだから、特別な友人に私たちの結婚を認めてもらわなきゃいけないわね、と。彼女のその言葉をきっかけに、もう一つのドアが開き、私たちの人生は再び変わることになる。

# 第6章　張おばさん

北京　2001-2002

ほかにも誰かの承認が必要だというのは、どういうことだろう？　ホイットニーの両親にはもう会ったし、ホイットニー自身はバンフへの旅行で私たちの相性をテストした。それ以外に、いったい誰の承認をもらわなければいけないのだろう？　二〇〇二年の夏が終わりに近づいていたある晩、ディナーに行く支度をしていた私は一抹の不安を感じていた。

ホイットニーが選んだのは、北京のグランドハイアットの地下にある、流行の先端を行く「悦庭（ノーブルコート）」という広東《カントン》料理レストランだった。グランドハイアットは、二〇〇〇年代の中国のイメージを反映した、どこかけばけばしく、派手すぎる感じのホテルだ。特別仕立ての豪華なチェアとつややかな黒檀のテーブルが、イタリア産大理石の床と金色の金具類に映えていた。常連客の中国人には、北京に共存する二種類の人間がいた。一つは新興の成り金で、滑稽なほど派手な格好をしている。ジャケットの袖にわざとタグを付けたままにして、ブランドを見せびらかすような連中だ。もう一種類は政府関係者で、余計な注目や密かな嫉妬から逃れるために、人々の視線を避けている。

ホイットニーと私は、メニューを決め、予約したプライベートルームをチェックするために、待ち合わせの時間より早く店に着いた。ゲストは自分が尊敬している年長の重要人物だとホイットニーは教えてくれた。そして、それが誰なのかは食事が終わってから話すと言った。いったい誰がやってくるのか、私には想像もつかなかった。わかっていたのは、私たちの未来に大きな影響を与える人物だということだけだった。

六時半になる少し前、私たちは大理石のらせん階段を上がってハイアットのロビーへ行き、ゲストを迎えるために玄関に向かった。私たちは服装にも気を配っていた。ホイットニーはシャネルで、私はスーツ姿だった。運転手付きの黒のBMWが到着し、ブルーのマックスマーラ〔訳註・イタリアのおとなの女性向けラグジュアリーブランド〕に身を包み、花柄のスカーフを首の横で結んだ、ごく普通の容姿の中年女性が車から降りてきた。ホイットニーはその女性を「張阿姨《ジャンアーイー》」つまり「張おばさん」だと私に紹介した。「おばさん」というのは、年上の女性を親愛の情を込めて呼ぶときの敬称である。

張おばさんがこちらを見て微笑んでくれたので、私はすぐに緊張が解けた。ホイットニーは彼女の肘に手を添えてエスコートし、地下に降りてプライベートルームに案内した。上座に置かれたワイングラスには、クジャクの羽の形に折ったナプキンが立ててある。張おばさんは真っすぐにその席に向かった。

ハタの蒸し焼きと芥藍《かいらん》〔訳註・広東料理によく使われるキャベツの一種〕の炒めものを食べながら、張おばさんは私の生い立ちや学歴について矢継ぎ早に聞いた。上海や、アメリカ、香港での暮らしや、プライベート・

エクイティ、そしてパームインフォについてなどだ。彼女は詮索《せんさく》好きな年長者の役目を果たしていた。ホイットニーが彼女について教えてくれたのは、彼女が親友であり、自分にとって大切な人だということだけだった。私は、食事が終わりに近づいても、彼女が誰なのか皆目《かいもく》見当がつかなかった。

食事が始まったばかりのときは、彼女が高級官僚かその夫人である可能性は少ないと思っていた。そういった人々は、別の種と言えるぐらい私たちと違っていたからだ。彼らは一般人とは異なる行動様式を持ち、妙に堅苦しい北京官話〔訳註・普通話の元となった北京の官庁言葉〕を話し、会話のなかには、共産党のことを「組織《ズーチー》」と呼ぶような官僚用語がたびたび登場する。彼らの会話は、ワシントンDCの環状道路の内側〔訳註・日本の「永田町」や「霞が関」に相当するアメリカの政治の中枢〕で聞かれる官僚たちのおしゃべりの中国版だ。誰に勢いがあり、誰が落ち目だとか、どんな新しい政策が出てきそうだとか、そういった話である。また、高級官僚はけっして一人では外出せず、必ず卑屈な「かばん持ち」が付いているが、食事をするときにはプライベートルームの外に追いやられる。だが、張おばさんは一人でハイアットにやってきたし、中国の政治的エリートの特徴がいっさい見られなかった。

実際、張おばさんは私たちと同じ種類の人間に見えた。確かに裕福そうだし、自信にあふれているが、別の種ではなかった。素の人柄が親しみやすく、接していて気持ちが良かった。それでも、隠しきれない知的なセンスと、ホイットニーが彼女に向ける明らかな敬意のせいで、私には特別なオーラをまとっているように見えた。

食事が終わると、ホイットニーと私は、大切なゲストに別れを告げるときの手順を滞りなくこなした。

一階に上がり、待機していた車のところまで送ると、後部座席のドアを開き、彼女が頭を打たないようにドアの枠に手を当てて座席に座るのを待った。そして、小走りに運転席のほうに回り、運転手にチップを渡した。中国ではお抱え運転手はとても重要だ。口の軽い運転手のせいで失脚した高官は少なくない。だから、運転手の機嫌を損ねないように、いつも気を配っておく必要がある。私はホイットニーがいるハイアットの玄関に戻り、二人して姿勢を正し、車に向かって手を振った。張おばさんが車の窓を下ろして微笑むと、ＢＭＷは北京の夜を流れる車の列に紛れ込み、間もなく見えなくなった。

　私がホイットニーの顔を見たときに初めて、張おばさんは、当時、国務院副総理の一人だった温家宝《おんかほう》の妻、張培莉《ちょうばいり》であることを聞かされた〔原註・通常、中国では女性は結婚しても姓が変わらない〕。温家宝が、二〇〇三年に朱鎔基《しゅようき》のあとを継いで総理になることは公然の秘密だった。すなわち、彼は間もなく中国政府のトップになり、中国共産党ナンバーツーの実力者になるのだ。ホイットニーはその夫人と友人なのである。私は仰天した。

　ホイットニーが張おばさんに出会ったのは、北京に来て二年ほど経った二〇〇一年のことだ。張おばさんはちょうど六十歳を超えたときで、夫は、副総理として中国の世界貿易機関（ＷＴＯ）への加盟に向けて奔走していた。ホイットニーが招かれたある女子会に来ていたのが張おばさんだった。その会で、ホイットニーの人を惹きつける力は遺憾なく発揮された。彼女は古典をすらすらと引用し、張おばさんをすっかり魅了した。二人は携帯電話の番号を交換し、張おばさんはホイットニーに、自分を「おばさん」と呼んでほしいと言った。それは、張おばさんがもっと個人的な関係を望んでいるしるしだった。だが、ホイットニーは、ほかの中国人だったら考えつかないような行動に出た。張おばさんにいっさい連絡を取らなかったのである。

中国で有力者と親しくなろうとするとき、けっしてガツガツしてはいけないことを、ホイットニーはわかっていた。普通の人は有力者を鬱陶しがらせ、相手の気持ちを察しようとはしない。一方、ホイットニーは中国のエリートの心理をよく知っていた。多くの人間が、張おばさんとのコネから何とかして利益を得ようとしているときに、ホイットニーはそういった人の群れから距離を置こうとした。彼女には人の性格を見抜く卓越した能力があった。最初に会ったときに、ハッとするような行動を餌にして人をおびき寄せるのだ。あとは釣り糸を水に垂らして待つだけである。

一週間後、張おばさんは餌に食いついた。ホイットニーに電話をかけてきて、ホイットニーが連絡をしてこないことをとがめた。「あんなに楽しく話したのに」と張おばさんは言った。「どうして連絡してこないの？　ずっとあなたのことを考えてたのよ」。張おばさんはもう一度会いましょうと提案した。ホイットニーは、今度はより親密になれる場を設けた。二人きりで夕食をとったのだ。

彼女は人の生活の詳細を聞き出す達人だった。その能力は、関係を築くことが成功の秘訣となる世界では決定的な武器になる。張おばさんが親密になる価値があるターゲットだと判断すると、ホイットニーは、張おばさんについて知り得るすべての情報を集めようとした。

張おばさんが、ほかの高官の妻によく見られる嘘くささを漂わせていない理由を、ホイットニーは突き止めた。第一に、彼女は「赤い貴族」の子どもではなかった。彼女の両親は平民だったので、彼女が育ったのは、党の有力者の子弟のように、乳母に世話をされ、専用のサプライチェーンから買った食品を食べ、エリートの学校へ通うというような、北京のお高くとまった雰囲気の中ではなかった。そのうえ、彼女は、夫の出世を支える立場になるまでに、自分自身のキャリアを築いていた。その過程で、彼女は、あらゆる種類の人と打ち解けられるようになっていたのだ。

張おばさんは、第二次世界大戦中の一九四一年に、甘粛省《かんしゅく》という中国北西部の貧しい地域で生まれた。彼女の家族はもともと沿岸部の浙江省《せっこう》の出だったが、一九四九年の共産主義革命のあとも西部にとどまった。張おばさんは甘粛省の省都にある蘭州大学で地質学を学んだ。彼女が温家宝に出会ったのは一九六八年のことだった。そのとき彼女は大学院生で、温家宝は北京の大学で研究生課程を終え、甘粛省で地質調査を指揮するために派遣されていた。

噂によれば、一歳年上の張おばさんのほうが温家宝を追いかけていたらしい。外向的で、歌や踊りが好きだった彼女は、寮に住んでいた彼の部屋を毎日のように訪ね、洗濯をしてあげると言って彼の心を射止めた。真面目な本の虫だった温家宝は、彼女の陽気な人柄と冒険心に惹きつけられた。張おばさんは、中国西部の辺境にある山岳地帯で地質調査をする二人の写真を見せてくれた。彼女はにこやかに笑っていたが、温家宝は無表情だった。

甘粛省に派遣されて間もなく、温家宝は進路を地質学から政治へと変え、共産党の役職に就いて、甘粛省の地質局で昇進を続けた。張おばさんは、夫のチアリーダーのキャプテン兼アドバイザーになった。彼女の快活な人柄とリスクを恐れない大胆さは、温家宝の内向的で用心深い性格をうまく補った。

二人が結婚したあとの一九八二年、温家宝は引き抜かれて甘粛省から北京に異動し、国務院地質鉱産部の党委員会に勤務した。彼は、地質鉱産部副部長を務めたのち、一九八五年に共産党中央弁公庁の副主任に大抜擢《ばってき》される。中央弁公庁は党のすべての機能を管理する要《かなめ》の部局で、アメリカのホワイトハウス事務局に似ている。そこでは、党の主要な会議を計画・実施したり、重要なテーマに関する政策文書をまとめたり、党の決定を、情報機関や、国務院の各部委〔訳註・日本で言う省庁〕、国有企業といった関係者に伝達したりするのだ。

中央弁公庁の主任は、去勢された男性が紫禁城《しきんじょう》の官僚の主流だった帝政時代に倣《なら》って「首席太監《しゅせきたいかん》」と俗称される。一九八六年、温家宝は「首席太監」に就任した。彼は、それから七年間、中央弁公庁を率いて三人の「皇帝」、すなわち、胡耀邦《こようほう》、趙紫陽《ちょうしよう》、そして江沢民《こうたくみん》という三人の共産党総書記に仕えることになる。

三人の党のリーダーに仕えることは平時でも難しいが、政治的動乱の時代にそれを成し遂げるのは至難の業《わざ》と言える。党の長老たちは、学生デモの鎮圧に失敗したとして、温家宝の最初の二人の上司、胡耀邦と趙紫陽を粛清した。一九八九年に天安門広場を軍が制圧したあと、強硬派は、彼の三番目の上司、江沢民を総書記に抜擢する。それでも温家宝は中央弁公庁の主任にとどまり続けたのである。

天安門広場での大規模な抗議行動が最高潮を迎えた一九八九年五月十九日の朝五時、温家宝にとって最大の試練が訪れた。彼は党総書記の趙紫陽に従って広場へ向かい、何千人にも膨れ上がった学生のデモ隊と話し合いを持ったのだ。かみ合わない対話を中央電視台が中継する中で、趙紫陽は学生たちに、党は誠意を持ってきみたちと交渉すると約束した。だが、それは嘘だった。党の長老たちは、趙紫陽を粛清し、軍を動員して広場を一掃することをすでに決定していたのに、趙紫陽は黙っていたのである。趙紫陽が天安門を訪れた翌日、強硬派の李鵬《りほう》総理が戒厳令を敷いた。それから二週間後の一九八九年六月三日の夜、人民解放軍はデモの参加者たちに発砲を始め、六月四日の朝までに数百人が死亡した。天安門広場では自由の女神にそっくりな「民主の女神」像を戦車が踏みつぶした。それは、美術大学の学生たちが制作し、毛主席の巨大な肖像と向かい合うように立てたものだった。趙紫陽は、事件後一五年間、自宅に軟禁され、二〇〇五年一月一七日に亡くなった。

天安門広場での弾圧のあと、党の捜査員は、より自由な中国を目指す趙紫陽の考えに同調した数千人の官僚を検挙した。ところが、温家宝は張おばさんのアドバイスによって粛清を逃れた。それには彼の贖罪とも言える行動が関係しているように思える。一九八九年からほぼ一〇年間、温家宝は党の官僚機構の中枢で懸命に働いた。写真に写った彼は必ず人民服を着ており、党への忠誠を目に見える形で示していた。温家宝が初めて洋服で現れたのは、一九九八年に、当時の朱鎔基総理が、彼を党のポストから政府トップの役職の一つである副総理に異動させたときだった。

温家宝を救ったのは彼の人柄だった。根が「政治的な宦官《かんがん》」だと言うのは言いすぎだろうが、彼は並外れて注意深かった。彼は誰かを侮辱したことも脅したこともなかった。上司とのあいだに良好な関係を築き、どんな政治的党派との結び付きも避けた。そうした傾向が大部分の官僚よりも強かったので、自分の前途を守れたのである。今の地位に就くためには、野心がなかったはずはないが、それは、党の上層部にいる同僚の地位を脅かさない、抑制された野心だった。二〇〇三年三月に朱鎔基の任期が切れると、温家宝は、妥協の産物として自然と総理候補になった。

総理になった温家宝は、人民の味方というイメージを作り上げた。二〇〇八年に四川《しせん》省を大地震が襲ったとき、彼は、しわくちゃな上着にランニングシューズといういでたちで現場に急行した。中国の人々は、親しみを込めて、彼を「温おじいさん」と呼ぶようになった。

温家宝の強みは、裏返せば弱みでもあった。彼は、もっと自由で開放的な中国というビジョンを持っているように見えた。彼の上司、趙紫陽が自宅軟禁で口をふさがれたあと、温家宝は、自由や民主主義という普遍的な価値について公に発言する唯一の指導者になった。しかし、彼は、総理の権限を厳しく制限している中国の権力構造のルールを守った。温家宝の仕事は政府を運営することだった。政治改革を進められるのは、温家宝より上位にいる共産党総書記、胡錦濤《こきんとう》だけだったが、胡錦濤がそんなことをするはずはなかった。

温家宝の言動を観察したり、ホイットニーや、張おばさんや、彼らの子どもたちと話して得た印象では、彼にとっての民主主義は憧れに近いものだった。民主主義について話すことはあっても、現状を覆《くつがえ》して、中国をもっと自由な国にするために行動したいという意欲は感じられなかった。時に自分の意見をはっきり言うことがあっても、行動はあくまでも体制のルールの中にとどめる。それこそが、彼が今の地位に就き、維持している最大の理由である。

温家宝は家族を、特に張おばさんを信用しすぎていた。彼はあまりにも多くのことを彼女に任せ、子どもたちが自分の名前を使って利益を得ることを許していた。仕事以外には何にも興味がなかったのだ。中国の弦楽器である二胡《にこ》を弾いた朱鎔基や、ブリッジを楽しんだ鄧小平《とうしょうへい》とは違って、彼には趣味というものがなかった。彼は仕事中毒だった。仕事以外のことはすべて張おばさんに任せきりだったのである。

張おばさんは人に囲まれているのが好きな人だった。彼女は人々を自分の周りに集めた。彼女が人を家に招いて夫に会わせると、客は温家宝と一緒に写真を撮り、自分が北京にコネがあることの証拠として写真を見せびらかした。張おばさんは用心するということを知らなかった。たいていの官僚やその家族には、人との交流を管理する役割の人物がいて、近づいてくる人間を選別したり、不都合な情報を握り潰したりする。張おばさんの周りにはそういう仕組みがなかった。人の流れを切るスイッチや、フィルターがないのだ。彼女が宝石を買いあさっていることが、香港のゴシップ誌のセンセーショナルな暴露記事になったのも、それが原因だった。張おばさんは、何でもやってみようとする人だった。

# 第7章　温一家

北京　2002-2003

ホイットニーが張おばさんについて一番興味を持ったのは、夫の仕事を支えるようになっても、自分のキャリアの追求をやめなかったことである。甘粛省《かんしゅくしょう》で宝石の原石を研究していた張おばさんは、中国のジュエリー産業の草分けになろうと考えていた。一九八三年に北京に移り住むと、彼女は、中国地質博物館に中国で初めての宝石の展示室を開設し、珠宝玉石研究弁公室を設立し、『中国宝石』という雑誌を創刊し、中国で最初の宝石鑑定制度の創設に尽力した。夫が共産党の官僚組織の中心で懸命に働いていた一九九二年には、中国全土で宝石の仕入れと販売を行う国有企業、中国地鉱宝石総公司のトップに就任した。その地位を利用して、彼女はジュエリーを扱うスタートアップ企業に国費を投入し始める。中国経済がまさに軌道に乗り、中国の女性たちが再びジュエリーを身に着け始めたときである。そうした新興企業の一つが、最高の原石を調達できる小売りチェーン、北京戴夢得《ダイヤモンド》宝石公司だった。一九九七年、張おばさんは総経理（社長）兼CEOとして、北京戴夢得を上海証券交易所に上場し、経営者株の形で大きな利益を得るとともに「鑽石女王（ダイヤモンドの女王）」の異名を得た。

張おばさんは、ただお金儲けのためにそうした企業に関わったわけではない。北京戴夢得は、上海証券交易所に最初に上場した一群の国有企業の一つであり、彼女としては中国に新しい産業を生み出すつもりだったのだ。彼女もまた、何か途方もないことをしたいという欲求に駆られていたのである。

一九九八年、温家宝《おんかほう》が党の役職を離れて副総理に昇進すると、張おばさんはジュエリービジネスのプレーヤーからレフェリーに転向し、中国の代表的な宝石鑑定機関である国家珠宝玉石質量監督検験中心の主任に就任した。そのポジションを引き受けたのは、夫の地位を利用して金儲けをしているという見方を払拭《ふっしょく》したかったからだ、とおばさんは言っていた。そのうえ、上場企業の役員のままでいると、個人資産の詳細を開示せざるを得なくなる。彼女はそれも避けたかった。夫がさらに高い地位に就く準備をする大事な時期だったからである。事実であれ、人の勘繰りであれ、夫の昇進を邪魔する可能性のある問題は潰しておかなければいけなかった。とはいっても、張おばさんのビジネスに対する欲求は、一つの産業を興し、企業の上場に成功した経験によって強く刺激されていた。ホイットニーは、張おばさんが、将来、自分が起業する際の最高のパートナーになると確信していた。

ホイットニーは、張おばさんの生活に登場する主要人物のすべてを知っておきたいと思った。そこで、彼女の二人の子ども、ウィンストン・ウェンとして知られる温雲松《おんうんしょう》と、リリー・チャンで通っている温如春《おんじょしゅん》に会った。多くの共産党エリートの子どもたちと同様に、二人ともアメリカの大学院を出ている。ウィンストン・ウェンは、ノースウェスタン大学のケロッグ経営大学院でＭＢＡを、妹のリリーはデラウェア大学で同様の学位を取得していた。

リリーは、金持ちの子どもに特有な、癇癪《かんしゃく》と冷淡さが交互に顔を出すような性格だった。しょっちゅう両親に向かって金切り声を上げ、駄々っ子のように振る舞った。彼女は、一九九八年に大学院を修了すると、ウォール街の不運な金融会社、リーマン・ブラザーズに就職したと伝えられているが、同社は二〇〇八年の金融危機で倒産した。また、マンハッタンのハドソン川を見下ろす複合施設、トランプ・プレイスの豪華なマンションに住んでいたとも言われている。その後、彼女はクレディ・スイス・ファースト・ボストンに勤めたあと、北京に戻って富怡《ふぃ》顧問有限公司というコンサルティング会社を設立する。二〇一三年に『ニューヨーク・タイムズ』紙が報じたところによると、投資銀行のJPモルガンは、中国の顧客を獲得するために、二〇〇六年から二〇〇八年のあいだに、富怡顧問に一八〇万ドルを支払った。さらに『ニューヨーク・タイムズ』は、この取引に関連して、アメリカの証券取引委員会がJPモルガンを海外腐敗行為防止法違反の罪で捜査したと報じた。海外腐敗行為防止法は、アメリカの企業が、ビジネスで不正な利益を得るために、海外の高官やその家族に金品を贈ることを禁止している。

ウィンストンは妹ほど嫌な感じの人間ではないが、野心の強さは変わらなかった。彼が目を付けたのはプライベート・エクイティだった。二〇〇五年、彼は、日本のソフトバンク・グループの一部門であるSBIホールディングスと、シンガポール政府の投資ファンド、テマセク・ホールディングスから出資を受けて、新宏遠創基金（のちに新天域資本に改名）公司を設立した。

シンガポールの国有投資ファンドは、中国共産党の高官の息子や娘のグループ「太子党《たいしとう》」に取り入るのが極めて巧みだった。シンガポール政府と関係のあるさまざまな企業が、ウィンストンの会社や、党総書記である江沢民《こうたくみん》の孫が関わるファンドに投資していた。中国でのマネーゲームがどのように行われるかを世界で一番よく知っていて、その知識によって最大の利益を得ているのは、シンガポール人だ。中国の他の指導者の子どもたちも、結局、ウィンストンのようにプライベート・エクイティを始め、シンガポールから資本を集めることになる。ウィンストンはアーリーアダプター〔訳註・他に先駆けて新しい技術やサービスを取り入れようとする人〕だった。

ホイットニーと私は、ウィンストンのやり方は強欲すぎると思っていた。彼がライバルをビジネスから排除し、敵を作ることを心配していたのだ。ウィンストンの会社は、世界中の証券取引所への上場を計画している企業の株を、上場直前に取得した。こうした取引では、対象となる企業の大部分が十分に成熟しているので、確実に利益が出る。エンジェル投資家とは違うのだ。多くの人や企業がそうしたチャンスを狙っているなかで、ウィンストンはチャンスを分かち合うのではなく、独り占めにしようとしているように見えた。彼は、狙った企業を父親が訪れるように手配し、「誰よりも先に仲間に入れてくれたら、私が誰に引き合わせることができるのか、見せてあげましょう」と言うのである。それは浅はかな行動だし、ライバルたちの嫉妬の的になる、と私たちは思っていた。

ホイットニーは、張おばさんと親しくなるにつれて、彼女の子どもたちに気軽に助言するようになった。あるとき、ホイットニーがウィンストンに「あなたは、そんなに目立つやり方をしなくてもお金を儲けられるわ。どうしてもっとこっそりとやらないの」と言ったことがある。だが、ウィンストンは、かつての私の同僚、赤いロールス・ロイスに乗った馮波《ひょうは》と同じだった。人の注目を浴びることに魅了されていたのだ。彼は大きなステージに立ちたがった。もちろん、私たちは反対した。

果たして、人々もメディアも、ウィンストンの会社の収益とウィンストン個人の収入とを、半ば意図的に区別しなくなった。例えば、ある投資で彼のファンドが五億ドルの利益をあげたら、彼の取り分はその一部であっても、人は彼が五億ドル儲けたと言うのだ。私たちは、張おばさんに、目立たないようにやれば彼はもっとうまくやれるのに、と話した。だが、ウィンストンは聞く耳を持たなかった。

温家宝の妻と子どもたちの経済的な成功を端的に表す中国のことわざがある。「一人得道、鶏犬升天（一人の人間が修行して仙人になれば、飼っている鶏や犬まで天に昇る）」〔訳註・一人が出世して権勢を握れば、一族郎党までその利益にあずかるという意味〕。とはいっても、ホイットニーも私も、温総理は自分の家族が億万長者になったことを、ごく最近までよく知らなかったのではないかと思っている。温家宝の娘リリーは、父親に紹介する対価として外国企業から多額のお金を受け取っていた。ウィンストンは新天域資本を経営し、張おばさんは虎視《こし》眈々《たんたん》とチャンスを狙う多くの人たちに会っていた。家族全員が高級車を買い集めていた。しかし、それがどういうことなのか、総理はよくわかっていなかったように思えるのだ。

張おばさんが巨大なダイヤモンドの付いた指輪をしていたり、とんでもなく高価な翡翠《ひすい》のブレスレットをはめて帰ってきたりしても、温家宝は地質学者の目でそれらの鉱物を褒めるだけで、年季の入った宝石商の目で見ることはなかった。彼には営利企業に勤めた経験がまったくなかった。下級官僚だったころは、職場の食堂に行って、目の前に出されたものをサッとかき込んだ。家では料理人が用意したものを何でも食べ、費用について考えることはなかった。エルメスのショップで代金を払ったこともない。一度だけショッピングモールに行ったことがあるが、側近が一緒だった。ハンドバッグが一万ドル以上するなど、彼には考えもつかないだろう。ジョージ・H・W・ブッシュは、一九九二年に食料品店に立ち寄ったとき、バーコードスキャナーを見てうろたえたという。温家宝にもブッシュに通じるものがあった。彼にとって庶民の日々の生活は謎だったのである。

だが、ほかの人々はもっとひがんだ見方をしていた。温家宝はごまかしやすい人間だと家族に思われていたという捉え方を否定し、彼は意図的に見て見ぬふりをしたのだと結論づけた。二〇〇七年九月にウィキリークスが公開した文書によると、アメリカの大手投資会社カーライル・グループの中国の事業部長が、アメリカの外交官にこう言ったそうだ。温家宝は「家族の行動にうんざりしているが、彼らの特権を取り上げられないし、取り上げる気もない」。温家宝は離婚を考えているが、「総理としての自分の立場を考慮して我慢している」という噂の出どころもそのビジネスマンである。

ホイットニーと私は噂を信じなかった。張おばさんと夫のあいだにはちゃんとした愛情が感じられたし、私たちの直感が正しいなら、温家宝は妻や子どもたちのビジネスについてよく考えていなかった。彼がより大きな関心を寄せ、心の底から望んでいるように見えたのは、中国を、もっと開かれた民主的な国にすることだった。

二〇〇三年三月に温家宝が総理に指名されると、温一家は北京中心部の四合院《しごういん》〔訳註・中庭を囲んで東西南北に四棟が建つ中国北部の伝統的住居〕に引っ越した。中国には国家主席のためのホワイトハウスはないし、ナンバーツーのためのオブザーバトリー・サークル一番地〔訳註・アメリカ海軍天文台の中にある副大統領官邸〕もない。中国共産党は北京に数百棟の不動産を持っていて、党の高級幹部を亡くなるまで住まわせている。そうした邸宅の中には子どもに受け継がれるものも多い。だから、供給が減少している四合院を、政治的エリートにあてがうために多数確保しなければならない北京市政府は頭を抱えていた。帝政時代には、高官が引退すると、その一家は首都を去って郷里に帰り、在任中に知り得たことや作った人脈も封印された。だが、現代では誰も郷里に戻らない。ウィンストンやリリーは絶対に蘭州に戻らないだろう。

温一家が新居に移り住むと、張おばさんとホイットニーは、官邸から車ですぐの東方広場のフロアを半分借りて、個人事務所を開設した。ホイットニーは張おばさんの最も親しい女性パートナーとなり、友人、カウンセラー、相談相手としての役割を巧みにこなした。私は、張おばさんの世界にうまく入り込んだホイットニーの能力に感心した。あたかも、女官たちが皇后の寵愛を得ようと争う、中国の宮廷生活を描いたソープオペラを観ているようだった。張おばさんに近づきたがっていた人は何百人もいたが、全員を出し抜いたのはホイットニーだった。それは、張おばさんの生活や家族についての詳細な知識を持って彼女に近づき、彼女のニーズを予測するという、ホイットニーの労を惜しまない手法の成果である。張おばさんが、自分が何を必要としているかに気づく前に、ホイットニーがそれを提供するのだ。そういうことが何回かあったあと、張おばさんはホイットニーに魅了された。

ホイットニーは、張おばさんや共産党上層部の人々を懐柔する計画を、私に打ち明けてくれた。中国でそのレベルの人間関係にうまく対処するのは極めて複雑な作業なので、ホイットニーは、絶対的に信用でき、かつ、自分の戦略に利用できる人間を必要としていた。あらゆる人間関係には、その関係に関わる計算と、個別の意味がある。私たちは一緒に問題をじっくりと検討し、取引相手が何を求めていて、動機は何で、どうすればこちらの目的に協力してもらえるかを考えた。ホイットニーは私に「彼女に近づくには、どっちの方法がいい？」とか「彼女はどう反応すると思う？」などと聞いた。私は、ホイットニーがこうした問題を相談できる世界で唯一の存在になり、私たちの距離はいっそう近づいて親密さが深まった。私たち対その他の世界、という構図になったのだ。

　中国の権力の中心にいる張おばさんに仕えることが、ホイットニーの生活になった。おばさんがホイットニーを必要とするとき、彼女は必ずそこにいた。ホイットニーは張おばさんの世界に身を投じ、ほかのすべてのことは忘れた。私たちは二人とも、他人の気まぐれを満足させることに没頭した。まるでワニの歯を掃除する魚のようだった。

　そのころの張おばさんは、ホイットニーが実業家としてプレーするチェス盤で最も重要な駒だった。彼女は北京でのゲームを支配することを狙っていたからだ。北京には、莫大な金銭的報酬と、途方もない名声を獲得する可能性が潜んでいた。一方でそれは、共産主義中国が生む難問を最善の形で解決するために、体制をどう動かせばよいかを考える知的な試練でもあった。ホイットニーは試練を受け入れ、北京には対抗できる者がいないような激しさで取り組んだ。

　張おばさんを利用しやすくするために、ホイットニーは二人の関係をもっと深める必要があった。ホイットニーは、インテリアデザイナーとともに温一家の新居を改装することにした。温家宝の家は紫禁城《しきんじょう》の東の公使館区域にあり、東交民巷《とうこうみんこう》に面していた。公使館区域は、清朝がアヘン戦争でイギリスに敗北し、北京に西洋の在外公館を置くことを認めさせられたため、一八六〇年代に開発された地域である。それにしても、共産主義中国の総理が、かつて共産党が「外国帝国主義者」と呼んだ人々が住んでいた家の寝室で眠るというのは、考えるたびに皮肉な感じがする。

温一家の家は、胡同《フートン》〔訳註・中国北部の都市に碁盤目状に巡らされた狭い路地〕に面した、いずれも共産党の高官が住む三軒のうちの一軒だった。家屋の手前にはスレートグレーの高い門があり、内側にいる兵士たちは、外側の兵士たちと、『オズの魔法使い』に出てきたようなのぞき穴〔訳註・エメラルドシティーの入口で門番が顔を出すドアの穴のこと〕を通じてやりとりをしていた。温一家が住んでいたのは、レンガでできた二階建ての複雑な構造の邸宅で、胡同の一番奥にあり、周りを広い庭が取り囲んでいた。玄関を入った大広間の左側には広々とした居間が、右側には食堂があり、幅の広い木の階段が二階の居住区へと続いている。

ホイットニーは張おばさんに、一階にイタリア製の大理石を敷くように薦めた。それが北京の流行だったからだ。金具類には、色が地味な艶消しのニッケルではなく、金メッキを選んだ。ホイットニーは工事の手配までしようとしたが、それはかなわなかった。改装工事は、セキュリティー上の理由で、政府の特別な部署が担当することになっていたからだ。張おばさんは、施工技術の低さと金額の高さに、ずっと不平を漏らしていた。

私はその家を何回か訪れたが、一回は、ウィンストンの息子のために、中国の伝統である「百日宴」〔訳註・子どもが生まれて一〇〇日目のお祝い〕をしたときだった。建物自体は三家族が住むのに十分な広さがあったが、一つ屋根の下に複数の世代が同居することを不快に思っている家族がいるのは、私の目にも明白だった。ウィンストンがアメリカ留学中に知り合った彼の妻である。彼女が、常に姻戚と別居したいと思っているのはよくわかった。義理の母親である張おばさんや、気性の激しい義理の妹リリーの抑圧から解放されるからである。

私たちは、張おばさんの頭痛の種はリリーの恋愛だろうと思っていたが、案の定、ホイットニーはすぐにその問題に巻き込まれた。リリーは最初のうち、徐明《じょめい》という顔まで太った中国人実業家にしつこく追いかけられていた。徐明は、海辺の町、大連《だいれん》出身の大実業家で、不動産とプラスチックで財を成し、中国のプロサッカーチームを所有していた。二〇〇五年の『フォーブス』誌によると、彼の純資産は一〇億ドル以上だと推定されていた。二人は一緒に旅行に出かけ、そのとき徐明は自分たちの写真を撮った。彼はその写真を見せびらかし、自分は温家宝総理の義理の息子になるのだと言いふらした。その、たちの悪い行動だけでも、リリーの男の趣味がわかるというものだ。

徐明のような人間は、どれほどの大富豪だろうと山ほど厄介事を起こす、とホイットニーは説得した。党の中で徐明が属していたグループは、共産党の「不死身の人」薄一波《はくいっぱ》の息子で、元大連市長である薄熙《はくき》来《らい》が率いる派閥だった。徐明の資産の大部分は不正に獲得したものだという噂が飛び交っていたが、実際に、徐明は汚職の罪で有罪になり、懲役刑を宣告された（彼は、釈放される予定の一年前の二〇一五年に、四十四歳で突然、獄死した）。その次にリリーの前に現れたのが、劉春航《りゅうしゅんこう》である。

劉春航は私と同じ種類の人間だった。海外に留学して、ハーバード大学でMBAを、ケンブリッジ大学で博士号を取得し、コンサルティング会社のマッキンゼー・アンド・カンパニーと、投資銀行のモルガン・スタンレーに勤めていた。劉春航の両親は上海の下級官吏で、私と同様、「赤い貴族」には属していない。彼も平民だった。

リリーは母親のアドバイスを聞き入れ、劉春航にチャンスを与えた。彼の学歴や職歴はリリーが自慢するのに十分だった。ホイットニーも私も、むしろ劉春航がリリーに興味を持ったことに驚いた。彼女は気に入らないことがあるとすぐに怒るので、どうすれば彼が幸せになれるのか、私たちにはわからなかった。結婚すると、リリーは劉春航の両親をあからさまに見下すようになったようだ。結果的に、彼の両親は北京にいる息子をめったに訪ねてこなくなった。中国では、妻は、たとえ夫の姓を名乗らなくても夫の家に入るものだが、リリーがそんなことをするはずはなかった。

劉春航にとっては、中国の総理の娘と結婚することで得られるチャンスと比べれば、自分の両親の寂しさなど取るに足らないことだったようだ。数年後、ホイットニーと張おばさんは、劉春航を国務院の副部長の地位に就けようとした。それは彼が「高級官僚」つまり「高幹《ガオガン》」になることを意味する。高幹への昇進こそ、すべての官僚の望みである。多額の年金をもらい、最高の病院で最高の医療を受け、最高の食べ物が食べられることが約束されるだけではない。政治権力の中枢に入る許可が下りる前触れなのである。結局、劉春航の昇進は実現しなかった。それでも、リリーと結婚したおかげで、彼は、本来なら見られるはずのなかった中国を見られた。

ホイットニーと張おばさんの親密な関係は、彼女の子どもたち、特にリリーの神経を逆なでし、リリーは、お母さんは私よりもホイットニーをひいきにしていると、大声で不平を言った。ホイットニーは、衝突を避けるために、リリーと一緒にファッションショーなどのイベントに出かけた。そして私には、リリーの夫と親しくなるように指示した。しかし、わだかまりは消えなかった。

張おばさんと最も親密な男性は、黄緒懐《こうしょかい》という、長江《ちょうこう》の湾曲部にある小さな町の出身の、たくましい元廠長《しょうちょう》（工場長）だった。二人が出会ったのは一九九二年のことだ。そのとき黄緒懐は二十六歳で、経済的に困窮しており、張おばさんは五十一歳で、ジュエリー界のリーダーとしてのキャリアをスタートしたばかりだった。張おばさんを追って北京に来た黄緒懐は、彼女の側近に加わろうとし、率直な押しの強さで願いをかなえた。張おばさんは、自分が経営するダイヤモンド会社の一つで彼を雇った。のちに張おばさんがホイットニーとともに東方広場に移ると、彼は張おばさんの事務所の隣の小さなオフィスにおさまった。彼の名刺には「温家宝夫人の弁公室経理《オフィスマネジャー》」と書かれていた。

もちろん、張おばさんが外出するときは必ず黄緒懐がお供をした。直接的な証拠はなかったが、ホイットニーは、その太鼓腹や田舎臭さにもかかわらず、黄緒懐は張おばさんの愛人ではないかと疑っていた。私たちは彼を、「貴婦人の男妾《おとこめかけ》」を意味する古い中国語を使って、おばさんの「面首《ミアンショウ》」と呼んでいた。要するにジゴロだ。これは、共産党のエリートたちの中では異例の組み合わせだった。男性の幹部は、場合によっては十人以上の愛人を持っていた。だが、女性が男を囲うという話はめったに聞かない。ホイットニーはたびたび、いったい張おばさんは黄緒懐のどこを気に入ったのだろう、と不思議がっていた。しかし、私たちがすでに知っていたように、張おばさんは特別な人なのだ。

中国の幹部指導者を取り巻く愛人たちのように、黄緒懐は自分のすべてを張おばさんに捧げているように見えた。彼女のような高い地位の人が恋愛対象と出会うチャンスはめったにない。常に、護衛官や、秘書や、運転手が周りにいるので、個人的な欲望にふけるのは難しいのだ。黄緒懐のような男がたまたま現れ、一身を捧げているように見えたら、抗《あらが》うのは難しいだろう。それに、張おばさんには、常に、やらなければならない面倒な仕事があった。ホイットニーがいるといっても、彼女の役割は、仕事を円滑に進めたり、アドバイスを与えたりすることである。それ以外に、表沙汰にできないことを処理したり、誰かを刑務所から出させたり、人を追い払ったりしてくれる人間を、張おばさんは必要としていた。それができるのが黄緒懐の強みなのだろう、と私たちは思っていた。

張おばさんは、中国という舞台で多くの役割を果たしていた。その一つは人形遣いである。黄緒懐のような人間は、ほぼ完全にコントロールしていた。ホイットニーの場合は、上下関係はあったもののギブ・アンド・テイクの要素が大きかった。張おばさんと周囲との関係は、冷徹に計算して相手を操るという種類のものだったが、純粋な感情の部分も残していた。ホイットニーも私も、張おばさんのゲームのやり方を知っているつもりだったから、彼女を恐れることはなかった。

ホイットニーが本当に恐れていたのは中国の体制だった。山東省《さんとう》にいた若いときから、彼女は、周囲の人々が汚職の捜査によって破滅するのを見てきた。だから、中国のエリートの中で、人脈を使ってイチかバチかのゲームをする際は、自分に賄賂《わいろ》は通用しないという清廉な雰囲気を維持するのに努めていた。以前書いたように、彼女のモットーは「死体を棺桶から引きずり出して鞭打っても、ほこり一つ出ないようにする」である。その言葉は、表層的には、自分とのビジネスは安全だと人に保証するためのものだった。だがもっと深いレベルでは、自分もこの先どこかで、党の捜査によって過去をほじくり返されるかもしれないという不安を、無意識に漏らしていたのだと思う。

ホイットニーは、知り合った当初から、体制内の友人や知り合いの有力者から、出世コースの政府の閑職に就かないかと持ちかけられていた。だが、彼女はいつも断っていた。党の、ある大物は「あなたなら中国の指導者の一人になれる」と断言したが、ホイットニーは興味がなさそうだった。別の高級官僚に、うまくやれば中国初の女性総理になれるかもしれない、と言われたときは、あとから「山東省のころには絶対に戻りたくないわ」と、私に漏らした。

ホイットニーが心配していたのは、黄緒懐のような腰巾着が温一家に災厄をもたらすことだった。黄緒懐は傲慢《ごうまん》すぎた。彼は温一族とのコネを武器のように振り回した。北京の中心部を東西に貫く大通り、長《ちょう》安街《あんがい》で、黄緒懐が交通事故を起こしたことがある。警察官が現場にやってくると、彼は警察官に近寄って話しかけた。果たして、温一家は大変な迷惑を被ることになった。胸を張って言えるが、ホイットニーや私は分別をわきまえている。私たちは目先の利益のためにコネを使おうとしたことはないし、極力目立たないようにしていた。長期的な展望のもとに温一家に関わっていたのだ。だが、黄緒懐は違った。彼のような人物が危険なのは、すぐに警察沙汰を起こすからである。

黄緒懐は温家宝の名前を利用して私腹を肥やしているようだった。『ニューヨーク・タイムズ』の報道によると、華夏《かか》銀行という中国の中堅銀行に投資しようとしていたドイツ銀行は、二〇〇五年、中国政府の承認を得る計画の一環として黄緒懐を雇った。『ニューヨーク・タイムズ』は、黄緒懐は金融業界での経験がまったくないにもかかわらず二〇〇万ドルを受け取った、と銀行の資料を引用して報じている。結果的に、ドイツ銀行による華夏銀行の買収申請は承認された。同じ『ニューヨーク・タイムズ』によれば、黄緒懐は二〇〇六年にもドイツ銀行から三〇〇万ドルを得ている。その金で実際に何をしたのかは不明だし、ドイツ銀行も具体的なことには答えていない。ホイットニーと私は、そういった活動には賛成できなかった。ホイットニーは張おばさんに警告したが、張おばさんは黄緒懐の行動を制限するのは気が進まないようだった。

あとからわかったことだが、二〇〇二年夏の張おばさんとのディナーは、仕事の面接と、人間性の調査が混ざったものだったそうだ。ホイットニーは私を信用できる人間だと判断していたが、張おばさんの見解も同じくらい重要だった。私は、ホイットニーの配偶者候補として見られていただけではなかった。意欲にあふれた二人の女性は、仕事のパートナー候補を審査しようとしていたのだ。私たちが最終的にどのような形で協力するかは固まっていなかったが、私が適切な人材であると二人が納得する必要があった。この男は、ホイットニーの夫にふさわしい人物だろうか？　途方もないことを成し遂げるという自分たちの目標に照らして、張おばさんの政治的影響力と、ホイットニーの人脈作りの才能を補完するのに必要なビジネスセンスを持っているだろうか？　そして何より重要なことに、完全に信用できる人間だろうか？　そんな目で見られていたのだ。

私は、中華人民共和国の権力の中枢にある、固い絆で結ばれたグループに入る条件を満たしていた。彼女たちの目に好ましく映った私の特質は、金融関係の専門知識に加えて、私が白紙状態だったことだ。私は紛れもない中国人だが、留学経験もあった。私には背負っているものがなかった。官界にほかの知り合いはいなかったし、家族に官僚はいなかった。もちろん密かな動機など持っていない。

それまでどおり、ホイットニーは常に三次元のチェスをしていた。盤上で最も強い彼女の駒は、これまでのところ張おばさんだった。私を張おばさんに会わせることは、単に、私がパートナーとして合格かどうかを判断する手段ではなかった。ホイットニーが張おばさんとの関係をどれほど大切に考えているかを、相手に伝えるサインでもあったのだ。張おばさんがホイットニーを娘代わりだと思っているのと同じように、ホイットニーは張おばさんを母親のように思っていた。婚約する前に私を紹介することで、ホイットニーは自分の人生で最も個人的な判断について、張おばさんに拒否権を与えたのだ。私がホイットニーの夫となるためには、張おばさんに祝福されなければならなかった。中国の上層部では、何よりもまず信頼関係が重要なのである。もし、張おばさんが私を信用できないと感じたら、私とホイットニーとの関係はその場ですぐに終わっていただろう。

ホイットニーは、無意識に、温夫妻の関係をお手本にして私たちの関係を築いていたのではないかと思う。張おばさんが温家宝を追いかけたのは、彼が真面目で有能であり、自分を乗せて栄光へと爆走するチャリオット〔訳註・古代ギリシャ・ローマで使われた、馬が引く二輪戦車〕を持っていたからだ。それと同様に、ホイットニーは私を、家父長制の社会で、彼女のような有能で野心にあふれた女性を支えて、夢をかなえてくれる男だと思ったのだ。張おばさんと温家宝が、あれほど長い歳月にわたって緊密なパートナーシップを維持できたことに、ホイットニーは感銘を受けていた。それに、張おばさんが夫を馴致《じゅんち》し、陶冶《とうや》して、二人の関係が通常の結婚の枠を超えて政治やビジネスにまで広がるようにしたことにも、大きく心を動かされていた。温家宝の低い身分の出自にもホイットニーは共鳴したのだろう。張おばさんのおしゃべりな性格にも共感を覚えたにちがいない。ホイットニーと同様、張おばさんは大の話し好きで、会話の場を支配することができた。ホイットニーは、張おばさんと温家宝の中に、私とともに築きたい生活の理想像を見ていたのである。

ホイットニーと張おばさんは共同作業の初期段階にいた。ホイットニーは、アイデアを持っている人々を連れてきて、すでに張おばさんに引き合わせていたが、その後、彼らをどうするかは、まだ決まっていなかった。あの夏のディナーで、ホイットニーは張おばさんに有望なパートナーを紹介した。始まったばかりの夢を、利益をもたらす現実に変える手伝いをするパートナーだ。グランドハイアットでの宴の数日後、ホイットニーは結果を報告してくれた。「悪くないわねって、張おばさんは言ってたわ」。私はテストに合格したのだ。

# 第8章　平安保険株

北京　2002-2004

　ホイットニーと私は、大きな世界に積極的に関わっていたいという、張おばさんのエネルギーと欲望に驚いていた。それは、本当にお金のためではなかった。お金なら、すでにダイヤモンド事業で十分に儲けていたし、党の官僚のトップという夫の地位を考えると、残りの人生は国から支給されるお金で悠々と暮らせるはずだった〔原註・二〇〇五年、党は、元国家指導者の家族それぞれに一二〇〇万ドルを支給した〕。確かに、彼女は頻繁に車を買い換えた。ハイアットで見た黒いＢＭＷは、マッサージシートの付いたレクサスに代わり、レクサスもやがて、黒のアウディに代わった。だが、そんなものは、はした金だ。彼女は、宝石も大好きだったが、キラキラ光る安っぽいジュエリーで自分を飾るより、翡翠のブレスレットを安く買うことのほうに心を躍らせていた。

　張おばさんのエネルギーの元は、何かを追い求めるときのワクワク感だろうというのが私たちの結論だった。温家宝《おんかほう》が中国の総理になるとわかったとき、彼女は、自分自身の影響力が及ぶ世界を作りたいと思った。

った。意味のない夫の飾りとして、棚の上で朽ちていくのは嫌だったのだ。結婚生活を始めたときから彼女と温家宝は対等な立場だったし、彼女にそれを変えるつもりはなかった。彼女には彼女自身のスケジュールがあったので、夫が中国各地や海外へ行くときもほとんど同行しなかった。夫が一緒でなければ、もっと自由に自分のことができる、と彼女から聞いたことがある。張おばさんは人目を忍んで頻繁に旅行したが、娘のように、偽名を使ってまで自分の正体を隠そうとはしなかった。自分の道を進もうとして奮闘する彼女の姿は、夫のビルがホワイトハウスの主になったときの、ヒラリー・クリントンの苦難を思い起こさせる。張おばさんは、自分の人生を生きる自分の世界が欲しかったのだ。ほかの党幹部の夫人たちのように、しだいに影が薄くなっていくのはまっぴらだった。彼女が最も生き生きと活動できるのはビジネスの世界だった。ビジネスは魅力的なゲームだ。ましてそこは、何もかもが変化し、チャンスにあふれた現代の中国である。彼女は、プレーヤーになり、多くの人と会い、アイデアを吸収し、将来性を見極め、行動を起こすことを楽しんだ。彼女の立場を考えれば失敗する可能性は低く、失敗によってゲームの面白さが損なわれることもなかった。

しかし、彼女が夢中になったのは、ほかの党幹部の多くがやっていたような、ただの不正な宝探しではなかった。温家宝も張おばさんも、共産主義中国の創設者たちの子孫ではない。「赤い貴族」は、免税品を購入できる特権を持ち、楽にお金を儲けられる独占契約を結べる機会も多かった。張おばさんと温家宝は、自分たちの力で党のヒエラルキーを上ったのだ。だから、彼らは必死に努力した。中国の指導者の妻たちのなかには、興味本位で権力闘争にちょっかいを出したり、自ら加わったりする人がいる。そういう女性を、私たちは「太太幇《タイタイバン》」つまり「ギャング夫人」と呼んでいた。だが、その中に張おばさんに比肩できる人はほとんどいない。彼女は、パチパチとはじける爆竹であり、底抜けの楽天家だった。そのうえ、実業界での経験があるので、実務でも有能で、確固とした決断力を持っていた。

私たちが、張おばさんはほかの高官の妻たちと違うと思っていた点は、それだけではない。彼女は自分のビジネスのことを夫に黙っていた。中国の指導者は、一族のビジネスで積極的な役割を果たすのが普通だ。中国で最も権力を持つ組織、共産党中央政治局常務委員会の委員を二〇〇二年から二〇一二年まで一〇年間務めた賈慶林《かけいりん》は、私がよく知っている義理の息子〔訳註・娘婿で実業家の李伯潭《りはくたん》のこと〕を伴って会食するのを何とも思わなかった。「賈親分」は、頼まれればいつも地方の官僚に圧力をかけ、義理の息子に独占的なビジネスチャンスを与えていた。党のトップである江沢民《こうたくみん》も、自分の子どもや孫たちの利益になるように、密使を送って影響力を行使した。それに引き換え、張おばさんは、基本的に、温家宝が持つ情報や暗黙の支援を利用せずにビジネスを行っていた。ただ、そのせいで難しい状況に陥ることもあった。張おばさんや私たちが、いくら温家宝に頼ってはいけないと思っていても、実際には総理の威光の下で物事が進んでいくからである。

ホイットニーと張おばさんのあいだには口頭での約束があった。ジョイントベンチャーで得られた利益の三〇パーセントを張おばさんが取り、残りの七〇パーセントを私たちとほかのパートナーで分配するというものだ。理屈の上では、温夫妻は三〇パーセントの資本金を出す必要があったが、実際はめったに支払われなかった。たまに彼女たちが資本金を出すことがあっても、常に、プロジェクトの成功が確実になってからだった。張おばさんはけっしてリスクを取らなかったので、利益を分配するときに彼女たちの出資金分を差し引いたのだ。

すべては、書類に残さず、信用に基づいて行われた。ほとんどの取り決めは「業界標準」に従った。ほかの高級幹部の家族も、政治的影響力の代償として似たようなパーセンテージを取っていた。取り決めのテンプレートは常に変更可能で、生じた投資機会に応じて調整された。

官僚や、国有企業の幹部、党に近い実業家は、張おばさんのような体制内の有力者にしょっちゅうビジネスチャンスを持ち込んでくるが、その取引は「赤い貴族」のところに来るものほどおいしい話ではない。赤い貴族は独占事業を獲得できるのだ。一つの例が、「ＴＩＢＥＴ５１００」というミネラルウォーターのようなものを、中国の高速鉄道網に納入する契約である。その契約は鄧小平《とうしょうへい》の親戚が獲得したと言われているが、チベットの水をボトルに詰める権利を、ほとんどタダのような値段で手に入れたらしい。二〇〇八年から二〇一〇年のあいだに、鉄道部はＴＩＢＥＴ５１００を二億本購入した。二〇一一年に、その企業が香港交易所に上場したとき、時価総額は一五億ドルになっていた。同社は鄧一族と関係があるという報道に対して、鄧一族はいっさいコメントしていない。いずれにせよ、張おばさんにはそんな甘い汁は吸えないのだ。

私たちのところに持ち込まれる取引はもっと手間がかかる。確実に儲かるとわかっているものは一つもない。そのため、二つのレベルの判断が必要になる。一つ目は基本的なデューデリジェンス〔訳註・事業や企業の収益性やリスクなどを詳細に調査し、その価値を算定する作業〕だ。これは私の専門分野である。まずその産業を分析し、マーケットを的確に把握する。次には足を使って現場に赴き、綿密に調査する。そして、二つ目の判断に必要なのは、提案の政治的なコストを評価する能力である。

将来の利益が見込まれる取引を持ち込む人々は、必ず何かを要求する。そこで次のような問いが生じる。その取引のために、相手が関係を持っている政治派閥や相手の人脈と手を結ぶことは、利益に見合う価値があるだろうか？　その取引のために、いずれ回収される借りを誰かに作ることは、利益に見合う価値があるだろうか？　ここはホイットニーがノウハウを活かす場面だ。手を組みたがっている相手が、ビジネスチャンスを提供する見返りに何を期待しているかを長いスパンで推測するときは、張おばさんは必ずホイットニーに頼った。

私たち三人の関係が深まると、ホイットニーと私は、張おばさんのビジネスを世間の目から隠す「白手套《パイショウタオ》（白い手袋）」〔訳註・ブラックマネーを漂白したり、闇取引を合法に見せかけたりするための仲介者〕をはるかに超える存在になった。パートナーになったのである。私たちは資金を提供し、指示を出し、判断し、重要な役割を実行した。一方、張おばさんは私たちに政治的な庇護を与えてくれた。私たちが好んだ比喩は、張おばさんは「空軍」であり、私たちは塹壕《ざんごう》の中で奮闘する「歩兵」だというものである。それでも、温一家とほかの共産党の一族とのあいだには大きな違いがあった。張おばさんの空軍は、国務院弁公庁とつながっているために心理的には大きな威力を持っていたが、実際に、夫に爆弾を投下してもらうことはできなかったのだ。

私たちはグランドハイアットの「悦庭」を私たちの部隊の酒保〔訳註・軍事施設内にあって、飲食や日用品の購入ができる店舗〕にした。バックアップは、ミシュランの星を獲得しているレストラン「利苑酒家」だ。きらびやかな金宝街《きんほうがい》の香港ジョッキークラブ北京支店の近くにある。一皿五〇〇ドルのハタや、大きな魚の浮き袋を使った一〇〇〇ドルのスープが、私たちのお気に入りの料理だった。

国務院の部長〔訳註・日本の大臣にあたる〕や副部長〔訳註・同じく副大臣〕、国有企業の社長、起業家たちは、何とかして私たちのテーブルに招かれようとした。私たちは一緒に情勢を検討してビジネスチャンスを探し、張おばさんのサークルに入りたがっている人々の人間性を見極め、私たちのビジネスパートナーの候補者や、彼女の夫に人事権がある政府上層部の空きポストの候補者を吟味した。

ホイットニーも私も、ランチに一〇〇〇ドル以上使うことに抵抗はなかった。私にとって、それは二〇〇〇年代の中国でビジネスをするコストだった。常識と言ってもいい。大きな理由は中国の「面子《めんつ》」という概念である。スープや魚や、野菜にさえ、馬鹿げた金額を払っているのは誰もがわかっていた。だが、それがまさにゲストの「給面子（面子を立てる）」ということなのだ。自分の個人的なランチだったら、バリュープロポジション〔訳註・顧客が求める、競合他社では提供できない独自の価値〕の一つだと思っただろう。だが、私は料理を楽しむためではなく、ビジネスをするためにそこにいた。北京でビジネスがしたければ、それがランチのコストだと思わなければいけない。

二〇〇二年の秋、私が張おばさんの面接試験に受かった数カ月後に、ホイットニーが、中国遠洋運輸公司（COSCO）の知人からある情報を得た。ホイットニーは、かつて泰鴻《たいこう》がCOSCOから融資を受けた縁で、COSCOの人たちと懇意にしていた。ホイットニーの知人によれば、COSCOは中国平安保険の株を売りたがっているということだった。中国平安保険は、金融と保険のあらゆるサービスを提供する許可を受けた数少ない中国企業の一つである。ＣＯＳＣＯは、招商銀行、深圳《しんせん》市政府とともに、中国平安保険が一九八八年に創業したときの出資企業だった。

二〇〇二年はＣＯＳＣＯの海運業にとって厳しい年だった。資金不足に直面したため、ＣＥＯの魏家福《ぎかふく》は、ＣＯＳＣＯが所有する平安保険株の一部を売却して、バランスシートの体裁を整えたいと思った。ホイットニーは魏家福に接近し、その株の購入に関心があることを伝えた。

魏家福は、ＣＯＳＣＯが所有する株を、ホイットニーと、ひいては温一家に売却することに乗り気だった。そのときに具体的な要望があったわけではないが、国有企業の経営者として、総理一家の覚えをめでたくしておくことは、のちのち役に立つと考えたのである。温総理の威光によって、私たちはＣＯＳＣＯ株を買い取るうえで有利な立場に立った。魏家福は平安保険の全株式の三パーセントを売りたがっていた。私たちは、自分たちに買えるのが一パーセントだったので、残りの二パーセントに張おばさんが興味を持つのではないかと考えた。それは張おばさんとの初めての取引であり、なおかつ一回限りの投資だったので、七〇／三〇のテンプレートは適用されない。そのうえ、私たちには割り当ての三分の一以上を取得する資金はなかった。

平安保険株の買収は不正な取引ではなかった。私たちは、会計事務所が決めた、純資産価値より一〇パーセント高い金額を提示された。当時、同じような価格で同じような売買の交渉が行われていたが、すべてが成立したわけではない。アメリカの投資銀行ゴールドマン・サックスは、一九九三年に平安保険の株の一〇パーセントを三五〇〇万ドルで取得していた。同社は、二〇〇二年に平安保険の株を売ろうとしたが、引き受け手が見つからなかった。（その代わりに、ゴールドマンは、ほとんど無名だったアリババという会社の株を投げ売りした。結局、アリババは世界最大のショッピングサイトになる。もしゴールドマンがアリババの株を持ち続けていたら、掛け値なしに数百億ドルの利益を得ていただろう）

ホイットニーは深圳にある平安保険の本社に行き、創業者でCEOの馬明哲《ばめいてつ》と売買価格について話し合った。もし張おばさんが私たちに協力することに同意したら、私たちと温一家は平安保険の大株主になれるのだ。馬明哲は、香港上海銀行（HSBC）が、かなり多くの平安保険の株を購入する計画を持っていることをあえて明かした。HSBCは金融界の大手であり、リスクの高い投資をしないことで知られていた。私たちは、張おばさんに、平安保険株はローリスクで安定した利益が出る投資だと話した。

話を聞いた張おばさんは特に強い関心を示さず、リリーは反対した。リリーは、平安保険では大した利益は得られないと予測していた。だが、その予測は、平安保険の業務に関するデータから導き出されたものというより、ホイットニーと母親の関係に対する嫉妬から生まれたものに見えた。それでも、張おばさんは腰が引けてしまった。

ホイットニーは張おばさんを説得した。彼女は私たちの判断の合理的な根拠を示した。当時の中国では保険業のライセンスは非常に価値があり、あらゆる種類の保険を扱っている平安保険は将来の大きな成長が見込めると話した。私たちが強調したのは、HSBCのような大きなプレーヤーは怪しげな投資はしない、という事実である。そのうえ、平安保険はどこの証券取引所にも上場していないので、投資家は、会社の業績に関係のない市場の変動から守られる。ＣＯＳＣＯの平安保険株を買い取るために、私たちはどちらも借金する必要があったが、当時の中国では、お金を借りて資産を購入するのは普通のことだった。何日か議論をしたあと、ホイットニーは張おばさんに、もし温一家が興味ないのだったら、とにかく私たちだけで話を進める、と迫った。そのとき、張おばさんはトンとテーブルを叩いた。温一家の小切手帳を持っているのは彼女だった。「乗るわ」と張おばさんは言った。

二〇〇二年十二月、ホイットニーは、平安保険の株式の三パーセントをＣＯＳＣＯから三六〇〇万ドルで買うことで形式的に合意した。私たちが決めた条件に従って、温一家が株式の三分の二を、泰鴻が残りを引き受けることになった。だが、私たちは大きな難問に直面した。両者とも割り当て分を買うお金がなかったのだ。

そのときの私たちがどれほど資金を必要としていたかは、とても言葉では言い表せない。それは、中国のすべての起業家に共通する悩みだった。中国がすさまじい勢いで経済成長を遂げていたときは、投資のチャンスが無数にあったので、みんなが自己資本に見合わない巨額の借入金を抱えていた。それは、どれほど中国市場が異常だったかのしるしであり、中国の未来に対する熱狂が、どれほど社会や金融界に浸透していたかの表れだった。誰もが、かき集められるだけのお金を投資し、誰もが現金不足に陥っていた。もちろん、投資の失敗も多かった。経営判断の誤りや、犯罪、政治的動機による告発、あるいは影響力を失った党内派閥とうっかり手を結んでしまったことで、中国で最も裕福な一〇〇人のうち三分の二が、毎年入れ替わっていた。

ある程度大きなビジネスを行っている人は誰でも、環境や、税金、労働関係など、何らかの法律を犯さざるを得なかった。だから、リターンは非常に大きくても、いつ足元をすくわれるかわからないのだ。中国政府が法律を通すときは必ず遡及効〔訳註・法律が施行前の行為や事実に対して効力を持つこと〕を持たせるので、規制がなかった何年も前のことが、後になって犯罪にされることもあった。

しかし、こうした障害があっても、中国ではすべてが上向きだという共通認識はびくともしなかった。二〇〇〇年代は、とどまることを知らない二桁成長の一〇年であり、壮大な野心と途方もない成功の一〇年であり、史上最大級の富を蓄積した一〇年だった。だから、可能なかぎりの資金を調達しなければ脱落してしまうのだ。できるかぎりの借金をしないやつはバカだった。

そのころも、ホイットニーは、中国の電気通信企業にＩＢＭのメインフレームなどを販売する事業を続けていて、年二〇〇万ドルほどの利益をあげていた。かなりの額だったが、それでも私たちには現金が足りなかった。だから、ホイットニーと私は、二〇〇三年に東方広場の高級マンションで一緒に暮らすようになってからも、私の両親にお金をねだっていた。あるときは一〇万ドル、あるときは二〇万ドルとせびっては、経済的苦境を乗り切っていたのだ。上海の不動産市場でちょっと儲けたうちの親は驚いていた。言うまでもなくホイットニーと初めて会ったとき、彼女は運転手付きのメルセデスＳ６００に乗っていた。言うまでもなくメルセデスの最上位車種である。その後、アウディが6リッターW12エンジンを載せたモデルを出すと、それを買わずにはいられなかった。私たちはとんでもなく高価なマンションに住み、中国では海外の五倍の値段がする車に乗っていた。何を買うにしても最も高価なものを選んだ。それでも親のところに無心に通うのである。「もうちょっと生活レベルを下げるべきよ」と母親にたしなめられた。母も父も、中国が貧しいころに育った。特に父は、国に信用されない身分の家の子どもだった。私の両親は節約してコツコツと貯蓄し、いつも頭を低くしていた。倹約して一生懸命働くことで、ようやく中産階級に入れたのである。そういう両親には、私が足を踏み入れた新しい世界は理解できなかった。上陸許可をもらった船員のようなお金の使い方を、システムの論理によって強いられる世界は、理解の埒外《らちがい》だったのだ。

極上のライフスタイルがビジネス上の利益につながる、というのがホイットニーや私の論理だった。中国で最大級の取引がしたいなら、力のない人間だと思われてはいけないのだ。誰が無力な相手と一緒に仕事をしたがるだろうか？　誰も望まない。見栄を張るのもゲームの一部なのである。

ホイットニーが派手にお金を使うのには、深い心理学的側面もあった。彼女が挑発的な態度を取るのは卑しい出自のせいである。どこかに、自分が見下されているのではないかという不安があるのだ。彼女は「世の中を見返す」ために戦っていた。ホイットニーにとって、車や、ジュエリーや、のちに加わる美術品は、単なる商品ではなかった。それらは、彼女が世界に立ち向かうための勇気を与えてくれるものであり、人々の冷笑に対する防御壁だった。

ホイットニーは、「京Ａ８００２７」というナンバープレートが売りに出されていると聞くと、二〇万ドルで買い、アウディに取り付けた。ただし、そのプレートを使う許可を得るためには、北京市公安局局長に働きかけなければならなかった。

中国では、ナンバープレートが重要なステータスシンボルになっている。北京の街を走る車に付いているナンバープレートは実にさまざまだ。軍の各部隊のプレートや、中南海《ちゅうなんかい》の党本部のプレート、外国人用の黒いプレートもある。そうしたナンバープレートは独自の言語を持っている。常に渋滞している北京の通りをスムーズに走るためには、ステータスの高いプレートが欠かせない。特権的なナンバープレートがあれば、バス専用レーンや歩道を走れるし、違法なUターンや信号無視もおとがめなしだ。お気に入りのレストランに近い駐車禁止区域にも車を停めておける。

ステータスに敏感なこの国では「A80027」を付けた車には注目が集まる。頭の「A」は、北京の都心部で登録されたことを示す。次の「80」は、その車の所有者が、国務院の部長クラス以上であることを表している。そして「027」という若い番号は、所有者が、中国の内閣にあたる国務院と何らかのつながりがあることを示唆している。だから公安局局長の承認が必要だった。そのナンバープレートを付ければ、私たちのアウディは政府高官の車に見えるのだ。欧米では、お金があれば好きなナンバープレートを買えるが、中国ではそうはいかない。「関係《グワンシ》」が必要なのである。

私たちはほかの場面でもステータスを追求した。あるときは、普通の女性より太いホイットニーの手首に合う翡翠のブレスレットを探すために世界中を回った。結局、彼女は五〇万ドルで自分にぴったりなものを見つけた。また、美術品も中国で成功した起業家の証しになったので、私はホイットニーからオークションに通うように指示された。二〇〇四年、私たちは宋代の鳴禽《めいきん》図を含む二点の古い絵画を一〇〇万ドル近い価格で落札した。そのころ、中国のものがすべてそうだったように、絵も値上がりした。ジュエリーの価格は一〇倍になり、絵を落札額の一〇倍で買いたいという人も現れた。だが、私たちは、儲けようと思ってそれらを買ったわけではない。美術品は、オーストリアで買った、洋服ダンスほどもあるアンティークな金庫にしまった。その金庫には、時計が三〇個ぐらい入る引き出しと、骨董品を置く棚と、絵画を入れておくための立って入れるほどのスペースがあった。

私たちにとって、そうした品々を所有することは、仲間うちで自分たちのステータスを証明する手段だった。つまり、私たちは中国社会の頂点にいて、もっと家柄のいい人々でも見下せない地位にあることを、こうした話題で証明するのだ。実際、私たちの生活は、すべてが最高級でなければならなかった。彼女が乗る車、身に着けるジュエリー、仕事をするオフィス、それらすべてが私たちのペルソナ、つまり私たちが何者であるかの反映だった。

私たちと温一家は、平安保険株を買う資金をそれぞれが調達することで合意した。ホイットニーは、ある製薬会社から約一二〇〇万ドルのつなぎ融資〔訳註・資金の調達手段は確定しているが，当座の資金が不足する場合に行う短期の融資〕を受けた。株が手に入ると、それを担保にして銀行から融資を受け、製薬会社からの借り入れを返済した。温一家の持ち分は、ある中国人実業家が張おばさんに融通した現金で支払われた。

張おばさんに金を貸した実業家は、株の一部だけを彼女に渡し、残りは自分の手元に残した。彼は、残りの株はあとで渡すと約束したが、結局、実行しなかった。張おばさんがそれを取り戻せなかったという事実は、温一族がその実業家よりも弱い立場にあったことを物語っている。実業家が取った株の価値は、最終的に数千万ドルに膨れ上がった。

温家宝は、理屈の上では党の序列のナンバーツーだったが、出身が共産党の家系ではなく、やや消極的な性格だったために、同じクラスの幹部たちほどの権力がなかった。党のトップにいる温家宝の僚友たちは、個人的利益のために国の司法制度全体を動かし、汚職などの犯罪捜査を利用して日常的に政敵を処分していた。温家宝にはそうした狡猾な手段を行使する力がなかったか、する意志がなかった。だから、平安保険やその他の取引がどうなっているかについて、一族の誰も、最も権力がある温家宝に報告しようとしなかった。状況が悪くなったり、香港の金融業者のような人物が張おばさんから数百万ドルをくすね取ったりしても、誰かが温家宝に話し、彼が介入することはなかったのだ。

ホイットニーと、張おばさんと、私は、温一族が世間の詮索《せんさく》にさらされるのを避けるために、双方の株を一緒にして泰鴻名義で保有することに決めた。また、私は平安保険の監事（監査役）に就任し、中国の大企業がどのように運営されるのかを勉強することにした。

平安保険の取引を振り返ったとき、私にはそれが不正だったとは思えない。二〇一二年に『ニューヨーク・タイムズ』が、私たちが支払った価格は、ほかよりも低かったと報じたが、実際に私たちが支払った価格は、同時に株を購入したほかの二つの株主と同じである。私たちは、当時の実勢レートだった一株あたり五〇セント弱を支払った。それに、COSCOの私たちへの株の売却は、海外での同様の取引とそれほど違っていない。非上場企業の株の相対売買（訳註・売買当事者が協議によって数量や価格を決めて行う取引）は非公開で行われる。中国の大手国有企業が、バランスシートの体裁を整えるために資産の一部を売りたいと公表し、株を競売にかけることなどあり得ない。限られた範囲の人たちだけが噂を聞きつけるのだ。それは、取引の場所が北京でも、ロンドンでも、ニューヨークでも同じである。

二〇〇四年六月に平安保険が香港交易所に上場すると、株価は私たちが購入したときの八倍に高騰した。私たちの一二〇〇万ドルの投資は、突然、ほぼ一億ドルになろうとしていた。私は、株の少なくとも一部を売って、銀行からの融資を返済したかった。だが、私たちの株を香港市場で売ることは法で禁じられていた。中国は、資本の移動を管理するために、中国株を海外で売ることを禁止しており、中国の法律では、香港は海外だと見なされていたからである。それでも、香港の株価によって、私たちは、少し我慢すればもっと大きな利益が得られるのだという思いを強くした。

# 第9章　空港プロジェクト

香港・北京　2001-2005

ホイットニーと私は二〇〇二年の夏の終わりから同棲していたが、結婚はしていなかった。二人の関係が変わったのは二〇〇四年一月十七日だった。その日、私たちは香港で正式な結婚登録をした。ホイットニーは、結婚生活が長続きすることを確かめてから公表したいと言って結婚式を先送りした。だが、一年後には式の計画モードに入った。

私のほうは、結婚式も、結婚そのものも、強く求めてはいなかった。当時、私たちの関係について主導権を持っていたのはホイットニーで、私は彼女の気持ちが赴くところに従っていた。

フォーシーズンズ・チェーンが新しいホテルを香港に建設していて、二〇〇五年の秋にオープンするのをホイットニーは知っていた。彼女は、私たちが法的に結婚してから一年九カ月になる二〇〇五年一〇月に、披露宴を予約した。お金に糸目をつけない彼女は、多くのウェディングプランナーや、フラワーデザイナー、シェフなどと会い、写真家のサンプルアルバムをじっくりと眺めて、最高のチームを作った。私たちはダンスのレッスンを受けさせられた。会場に音楽を流すために、フルオーケストラに近いものを予約した。ウエディングドレスはヴェラ・ウォン〔訳註・中国系アメリカ人のファッションデザイナーで、ブライダル界の第一人者〕に依頼することに決め、ニューヨークのスタジオに飛んで、採寸し、仕立てさせた。私はトム・フォード〔訳註・アメリカのファッションデザイナーで、特にフォーマルな男性用スーツが有名〕のタキシードを着ることになった。ホイットニーの両親が身に着けるものも彼女が何日もかけて選び、田舎臭さを華やかな衣装で包み隠した。

フォーシーズンズ・ホテル香港がオープンして一カ月後だった。二〇〇五年十月の土曜日の夜、私たちは結婚披露宴を開いた。張おばさんは北京からやってきて、ホイットニーの母親代わりを務めてくれた。これにはホイットニーの実母が腹を立て、披露宴の途中で、張おばさんにベッタリしすぎていると言って娘を激しく非難した。「私があなたの本当の母親なんだからね！」と彼女は叫んだ。

私のほうは、両親のほかに、皇仁《こうじん》書院や、香港で通っていたエグゼクティブＭＢＡ〔訳註・実務経験を重ねた社会人を対象にしたＭＢＡ〕プログラムの同級生も来てくれていた。全員を合わせると、出席者は二〇〇人ほどだった。

ホイットニーと私は、北京で披露宴を開くのはよそうと決めていた。誰を招待するか、誰を誰の隣に座らせるか、花嫁の付き添いは誰で、花婿の付き添いは誰がやるのか、どのテーブルを私たちのテーブルの一番近くにするか。そうした問題に煩わされたくなかったのだ。それに、北京で披露宴をやれば招待せざるを得ない客に、自分たちの交友関係を知られたくなかったし、私たちとのつながりが明らかになることで招待客を困らせたくもなかった。これが欧米だったら、あのような結婚式は人々が知り合ういい機会になっていただろう。だが、情報が厳しく管理され、恐怖が体制に浸透した中国では、十分に注意しなければならなかった。中国ではコネが生活の基盤になっているので、私たちは、競争相手になるかもしれない人々や世間に、自分たちのコネを知られたくなかったのだ。

香港で披露宴を開いたのは、結婚生活の中でも比較的幸せな時期だった。ホイットニーは、私を中国の体制の中で成功できる人間に変えようと一生懸命になっていた。日々の営みが、価値あるものを着実に生み出していた。

披露宴はとても派手で、私たちがすべてに秀でた完璧なカップルに見えるように、細かいところまで入念に演出されていた。しかし、豪華なショーが終わっても、新婚旅行には出発しなかった。北京でやるべきことがたくさんあったのだ。

そのころ私たちが取り組んでいた事業は魅力的だった。ホイットニーと私は、自分たちのキャリアで頂点の一つとなるプロジェクトを進めていた。きっかけは、当時の中国で私たちが頼りにしていた、偶然と、幸運、コネ、努力が混ざり合ったものだった。

前に書いたとおり、私たちは、「関係《グワンシ》」を使って中国で何か途方もないことを成し遂げたいと思っていた。それを実現するうえで重要なのは場所だった。ホイットニーが張おばさんと親密な関係にあることが知れ渡ると、私たちのところに、よくビジネスの話が持ち込まれるようになった。最初は、ホイットニーの故郷であり、彼女がコネを持っている山東《さんとう》省のプロジェクトを検討したが、数週間の苦労は無駄骨に終わった。黄海《こうかい》の沿岸にある日照《にっしょう》という薄汚い町で、市長が切り出したのは、半分しか出来上がっていないコンテナ港を買わないかという話だった。一部分しか出来ていない発電所では、私たちと飲んでいた地方政府の官吏が、酔っ払って頭から溝に落ちた。

ホイットニーは、自分の出身地の山東省ならば確実に成功するだろうと考えて、投資に乗り気だった。だが、私は、コンテナ港や発電所を開発している場所はたくさんあることを知っていた。競争が激しければ、マージンを小さくせざるを得ない。それは「底辺への競争」〔訳註・企業に有利な条件を整えようとするあまり労働条件などが悪化していくこと〕につながるので、ホイットニーを説得してあきらめさせた。

北京に戻ると、私たちは高級住宅を建設する用地を入手することに力を注いだ。二〇〇一年、ホイットニーは孫政才《そんせいさい》という男に近づこうとしていた。孫政才は、当時、北京市の北東の隅にある順義《じゅんぎ》区の党委員会書記だった。ホイットニーと同じく、彼も山東省の田舎の出身だった。彼は生まれながらのリーダーで、独口が達者だった。弓なりの眉毛を持ち、目に力がある孫政才は、特にハンサムというわけではないが、独力で出世したことから生まれる鷹揚《おうよう》な自信をにじませていた。彼の両親は農民で、赤い貴族の一員ではなかった。努力と聡明さで党の階段を登ってきたのだ。

山東省の大学を出たあと、孫政才は北京の大学院で学んだ。課題を部下にやらせる多くの官僚たちと違って、彼は修士論文を自分自身で書き上げた。一九九七年に大学院を修了すると、党は彼を農業農村部〔訳註・日本の農林水産省に相当する〕付属研究所の党委員会書記に任命した。そこから、彼は北京市順義区の区長に登り詰め、二〇〇二年二月には、さらに大きな権力を持つ順義区党委員会書記に就任した。

孫政才が順義区に来たのは、ちょうど中国が不動産分野を民間投資に開放し、順義区が野菜畑や果樹園から首都のベッドタウンに変わりつつあったときだった。北京首都国際空港に隣接する順義区はゲーテッド・コミュニティ〔訳註・周囲を壁や塀で囲い、警備員が門で出入りを管理する高級住宅地〕の好立地となり、最初は、多額の住宅手当をもらえる外国の駐在員や外交官が住み、そのあとは中国人のニューリッチたちがやってきた。

順義区区長として、のちには区の党委員会書記として、孫政才は、味方に付けたい人々に不動産プロジェクトを分け与えた。ホイットニーと私は、温家宝《おんかほう》とのつながりのおかげで、プロジェクトの一つを獲得できた。また、孫政才は、元の国家副主席、曽慶紅《そうけいこう》の親族への土地売却も承認した。曽慶紅は、共産党総書記や国家主席を務めた江沢民《こうたくみん》の側近でもあった。後年、孫政才が、世の耳目を集めた汚職事件で粛清されたとき、党が彼を告発した理由は収賄《しゅうわい》だった。だが、それは事実ではないと私は思っている。あれはむしろバーターのようなものだった。彼は好意で土地を分配し、受け取った人々が、お返しに彼の昇進に力を貸したのだ。二〇〇二年五月、孫政才は、順義区の党書記から、国務院の副部長に相当する北京市党委員会秘書長に昇進した。「高幹《ガオガン》」の仲間入りを果たしたのである。

ホイットニーも私も、孫政才の臨機応変な対応力と、機知で未来を切り開く能力に感心した。ホイットニーは彼に底知れぬ可能性を見出し、交流を途切らせないようにしようと努めた。孫政才は、土地に関して便宜を図ってくれただけではなく、例のナンバープレートをアウディに付ける承認が下りるよう口添えしてくれた。

首都の党委員会秘書長は力量を試される役職だ。対応する相手は、国防部や、商務部、外交部、国家安全部〔訳註・それぞれ、日本の防衛省、経済産業省、外務省、アメリカのCIAに相当する〕といった国家レベルの組織である。それぞれに要求があるし、良好な関係を維持しなければならない。メリットは、権力に自由にアクセスできることである。プレッシャーは大きいが、見返りも大きい仕事だ。

孫政才も野心や自尊心とは無縁ではなかった。彼は、基本的に行き止まりの農業農村部の研究職から、一〇〇万以上の人口を抱える区を経営するリーダーに転じ、ついには中国の首都で中心的な役割を果たすポストまで、比較的短期間で駆け上がったのだ。

私たちは、二〇〇三年の初頭までに順義区の土地を開発しなかったので、開発業者はすぐに開発に着手しなければならないという新たにできたルールによって、権利を手放さざるを得なくなった。事情を知らない人は、中国での不動産事業は濡れ手で粟のような仕事だと思っているが、実際には大きなリスクがある。中国では、厳しい規制があるうえに、方針が突然変更されるのだ。

孫政才はすでに順義区を去っていたが、私たちは順義区の役所に自由に出入りできるようになっていたし、地方政府が催す行事の招待者リストには必ず名前が載っていた。二〇〇三年に順義区で開かれた春節のパーティーでは困った事態が起きた。こうしたパーティーは、たいがい平穏に進むものだ。最初に、区長か党書記が簡単なあいさつをする。人々は乾杯し、多くの料理を平らげ、晩冬の寒さの中を家路につく。ところが、この日は違っていた。李平《りへい》という地元出身の気難しい区長が、台本から逸脱したのである。李平は、順義区に隣接する北京首都国際空港の代表に向かって、もし空港が「区の境界を越えるなら」空港の拡張計画を潰してやる、とすごんだ〔訳註・北京首都国際空港は順義区に囲まれた朝陽区《ちょうよう》の飛び地にあり、空港を拡張すると順義区にはみ出すことになる〕。「真っ先に私のところに来るのがスジだろう」と、李平は酒で赤くなった顔で言い放った。

そのころの中国は混乱の時代で、政府機関同士が、土地や、資源、免許などを巡って争っていた。異常な経済成長のために、あらゆることに大きく金が絡んでいたのだ。競合する国有電話会社同士が、理屈の上では同じ国有企業だというのに、互いに相手の電話線を引き抜く。不動産開発の権利を巡って、官僚がごろつきを雇って相手方のごろつきに対抗する。ライバルのバス製造会社が、省を越えて暴力団を送り込み、相手を拉致する。そうしたことがまかり通っていた。順義区の政府が、隣接する空港を嫌い、空港の拡張計画を妨害しているのは周知の事実だった。ホイットニーと私は、両者が休戦協定を結ぶうえで何らかの役割を果たせないかと考えた。

ホイットニーは、まず、それまでの経緯を把握することにした。発端は、二年前の二〇〇一年七月、国際オリンピック委員会（IOC）が、二〇〇八年のオリンピック開催地を北京に決めたことだった。それが発火点となって、北京中の再開発計画に火が点いた。長らく塩漬けになっていた計画が突然実現できるようになり、北京は、ニューヨークや、パリ、ロンドンなどと競うように、独自の象徴的な建造物を造った。中でも記念碑的なのは、七億ドルをかけた中国中央電視台の本部ビルで、世界で最も大きく、最も高価なメディアの中枢となっている。

オリンピックの玄関口となる北京の空港は、当然、再開発の対象になった。イギリスの高名な建築家ノーマン・フォスターが設計したのは、まぶしく輝く鋼鉄とガラスで覆《おお》われ、龍の鱗を思わせる屋根の付いたターミナルだった。新しい旅客ターミナルを建設するのに加えて、政府は、航空貨物業務を拡張する計画も承認した。空港は人々だけではなく物も運ぶので、是が非でも北京の貨物取扱能力を向上させる必要があった。

国土資源部〔訳註・他の部局と統合され、現在は自然資源部になっている〕は、空港の物流ハブを順義区との境界まで拡大する計画を承認していた。順義区は、対抗策として、区の境界に沿って高速道路を建設する許可を取った。そうすれば空港をフェンスで囲い込めるからだ。ホイットニーが得た情報によれば、順義区政府は、高速道路の外側に倉庫群を建設し、空港に対抗する物流ゾーンを造る計画を立てているらしい。そこで、ホイットニーに一つのアイデアが浮かんだ。高速道路の建設を棚上げし、空港の貨物ゾーンと順義区の貨物ゾーンを一体化するというものだ。そして、製品を中国の内外に送り出す、大規模で、はるかに能率的な物流センターを造るのである。実現すれば、忙しく動き回るフォークリフトや、保税倉庫、輸出入のプロセスセンター、検疫機能、そして厳重なセキュリティーを備えた航空貨物センターが出来上がる。もちろん、この計画を実現するには、空港と順義区を説得して争いを終わらせる必要がある。

私たちは、まず、主要な当事者と知り合いになろうとした。順義区の区長、李平と、空港の総経理〔訳註・日本の社長、総支配人などに相当する〕李培英《りばいえい》である。二人は同じ姓だが、縁戚関係はない〔原註・中国には「李」という姓の人が九一〇〇万人いる〕。私たちは、どんな動機付けをすれば、二人が私たちと一緒にプロジェクトに取り組むかを考える必要があった。

李培英は、空港では伝説の人だった。空港の警備を担当する警察官からスタートして、空港の公安分局局長に就任し、その後、空港の重役へと転身した。彼は、毎日、白いワイシャツと二サイズぐらい大きな紺色のスーツを着て、若い時の転倒で不自由になった足を引きずりながら歩いていた。だが、障害があるからといって、けっして弱気ではなかった。為《な》せば成るというタイプの男だった李培英は、最後には、北京空港だけではなく、中国各地に三六の空港を所有する会社を経営するまでになった。

彼はプライベートジェットで中国を縦横に飛び回り、北京を離陸するときには、国際線の大型旅客機の前に割り込んだ。管制塔から「ボスの飛行準備完了！」というコールがあると、彼のジェット機は大型旅客機のあいだを縫って進み、滑走路の一番前に出るのだ。

李培英は自分を過大評価していた。自分の伝説を膨らませるために、北京市公安局局長からの食事の招待をわざと断ったりしたが、とても賢明な行動とは思えない。それでも、彼は、約四万人の従業員のリーダーとして、人民の味方だという雰囲気を醸し出していた。給料を上げたことと、空港の経営を一般企業のように合理的にやったことで、空港での彼の人気は高かった。

李培英は、飛行機で北京に来るすべての共産党幹部のために、あれこれと手配をした。政界の有力者が到着すると必ず部屋を訪ね、面会時間を最大限に利用した。彼は、数多くの空港のボスとして、さまざまな独占事業のライセンスを管理しており、それをケーキのように切り分けては政府高官の親族に分配した。例えば、国家主席の江沢民の家族には、「日上免税行」という会社を通じて北京で免税品を販売するライセンスを確保した。これは、赤い貴族が好む事業の典型である。日上免税行は、北京空港での免税品販売事業を、国有企業の「中国免税品集団」と分け合っていた。赤い貴族が一社を支配し、国有企業がもう一社を支配するという複占〔訳註・二社による販売市場の占有〕は、まさに中国経済の縮図だった。

李培英の監督の下で空港は大きな変貌を遂げた。新しいターミナルと新しい滑走路が建設され、空港と北京の都心が高速地下鉄で結ばれた。彼は、そのころの空港がまさに必要としたもの、つまり、将来の展望を持った強いリーダーだった。しかし、中国ではよくあることだが、誰かが昼に権力を独占すると、夜には誰もその人をチェックできなくなる。李培英にはギャンブルの嗜癖《しへき》があった。中国南部から突き出した小さな半島に、ポルトガルの植民地だったマカオがある。彼はそこを一四回も訪れ、バカラで六〇〇万ドルの国費をすったと言われている。また、西太平洋にあるアメリカ領サイパンに行き、三日間一睡もせずにギャンブルをし続けたこともある。のちに李培英は検挙され、「中国で転落するのは、たいがい、最も有能な人間だ」という通説を証明することになる。だが、私が初めて会ったとき、彼はまだ人生の絶頂にいた。

私たちは李培英が欲しがっていたものを持っていた。温家宝とのつながりである。何年ものあいだ、彼は、政府のヒエラルキーの中で、司長〔訳註・日本の局長に相当する〕クラスで行き詰まっていた。彼は、何としてももう一階級昇進して、副部長になりたかったのだ。名誉も一つの要素だったにちがいない。副部長になれば、中国のほかの空港の総経理より上に立てるし、「高幹《ガオガン》」の一角を占めることになる。だから、彼には、私たちと組んで、張おばさんに会い、順義区との交渉をまとめる動機があった。

李培英と違って、順義区の区長、李平は出世を望んでいなかった。一六八センチあるかないかの身長で

「老板肚《ラオバンドウ》（上司の腹）」つまり太鼓腹の李平は、いつも同じ共産党の官僚の制服を着ていた。青いズボンに、冬は長袖、夏は半袖の白いシャツだ。李培英が、北京の都心に行って張おばさんと食事をしたり、上流階級が多い朝陽区にある、箱のような外観の崑崙《こんろん》飯店で鮨をつまんだりするのを喜んだのに対して、李平の場合は、順義区から連れ出すことさえ一苦労だった。彼にとって北京の都心部は異国に等しかった。彼が思い切って都心に出て、私たちと一緒に食事をした機会は、片手で数えられるほどしかない。唯一、彼が喜び勇んで出かけたのは、張おばさんから直々に呼び出されたときだった。

李平の本性は、順義区が辺鄙《へんぴ》な田舎だったころの農民なのだと思う。生まれ育った土地に居ると安心するのだ。電話一本かければ、順義区の警察が来て、彼とゲストのために道路を空けてくれる。そこでは誰もが彼を尊敬している。そこでは、彼は「偉い人」だった。

順義区では、李平は手厚いもてなしをすることで有名だった。何より酒に強いのが自慢だった。私たちはみな、自分たちの酒量を正確に把握しているが、李平の場合は八〇〇ミリリットルあたりを前後していた。飲み物は、アルコール含有量が五三パーセントの茅台《マオタイ》酒だ。彼は、自分以上に相手に飲ませるプロだった。それは、酒を飲むことと食べることが中心になる中国の官僚社会では重要なスキルだ。

李平の関心は李培英とは違うところにあった。彼は、順義区で生まれ、順義区でキャリアを全《まっと》うし、きっと順義区で引退するだろう。彼の親族は順義区の官僚社会のあちこちに散らばっている。彼が求めていたのは、引退後に、地元の偉人として、あるいは当時の言葉を使えば「土皇帝《トウホアンディ》」つまり地方のボスとして尊敬を集めるような、確固たる遺産を作ることだった。人に自慢できるような業績が欲しかったのだ。例えば、のちに私たちが中国初の、空港をベースにした無関税港の認可を得たとき、李平は大きな達成感を感じていた。祝賀会では「われわれが一番乗りだ！」と大声を上げた。彼は、順義区で偉業を成し遂げたかったのだ。事業は大きければ大きいほど良かった。

ホイットニーは、空港、順義区、彼女の会社である泰鴻《たいこう》の三者が出資して、「航空貨運大通関基地（エアポート・シティ・ロジスティクス・パーク）」という名前のジョイントベンチャーを立ち上げるというアイデアを提案した。私たちが四〇パーセントを出資し、空港が四五パーセントを、そして残りの一五パーセントを順義区が出資するというものだ。このプロジェクトで総理の家族と関係が築けると考えた李培英は、空港の出資比率がベンチャーの半分未満であることを受け入れた。その取り決めに基づいて、李培英が会長に、私がCEOに指名された。

ホイットニーは、温一家がプロジェクトに関心を持っていると言う必要はなかった。張おばさんのボディーランゲージや、私たちに対する態度から伝わるもので十分だった。二人の李と食事をしたとき、張おばさんはホイットニーと私を褒め、「全員が一致協力して、相互の信頼を築かなければいけない」という趣旨の一般的な意見を述べた。中国の体制の中にいる人間なら誰でもそのメッセージの本質を理解し、彼女が一緒に食事をした理由や、私たちを連れてきた理由を察知しただろう。

私たちが提案した出資比率は、どの国有の出資者もプロジェクトの半分以上を支配しないよう配慮したものだった。それは極めて重要なことだった。もし、いずれかの国有企業がベンチャーを支配したら、プロジェクトは絶対に軌道に乗らなかっただろう。私たちのアイデアは非常に斬新で、多くの部委の承認が必要だったので、国有企業が主体であれば、間違いなく交渉を断念したと思えるからである。関税、検疫、運輸、航空、インフラ、国家計画、国有資産などに関わる部委には、それぞれに意見があった。私たちはそれらすべてに対してロビー活動をしなければならなかった。プロジェクトに加わる二つの国有企業の出資を半分未満にしたのは、重要な判断に関してホイットニーと私に融通が利くようにし、意見が割れたときの決定権を確保するためだった。

ジョイントベンチャーの調印を祝うパーティーで、李平は再び乾杯の音頭を取った。今回、彼の口からは、脅しではなく称賛の言葉が発せられた。彼はホイットニーと私を指して、「もしあなたがたがいなければ、空港と順義区政府は協定にサインしなかっただろう」と言った。「私たちを結び付けたのは、あなたがたの柔軟性にほかならない」

私たちがその役割を全うできたのは、もちろん張おばさんの存在があったからだが、明確なビジョンを持っていたからでもある。ほかの誰であっても、うまくやり遂げられなかっただろう、と李平は言った。私たちは、プロジェクトに、資金と、ノウハウと、政治的な後ろ盾をもたらした。どんな国有企業も、民間の起業家も、外国企業もできなかったことを実現したのだ。そして、休戦協定の締結と同時に、大変な仕事が始まった。

空港と順義区の土地を合わせると、五平方キロメートル以上の土地が確保できた。私たちは、一平方キロメートルの倉庫と、一一キロメートルの道路と配管を建設する計画を立てた。だが、その土地には工場と三つの集落があった。騒動が起きる前に、私たちはまず、工場の労働者と住民を移転させる必要があった。

ＣＥＯになった私は何をすればいいのかわからなかった。それまで何かの建設に携わったこともなかったし、ましてや、大都市圏の巨大な空港に物流ハブを造ったことなどなかった。手始めとして、無関税の輸入品と課税対象とを厳密に区別する必要があった。そして、保安の問題もあった。私は、アジアをはじめ世界の空港を調べてみることにした。フランクフルトや、ソウル、アムステルダム、香港、その他の施設を訪問し、参考になることを探した。この分野に経験のある外国のパートナーをプロジェクトに加える可能性も検討したが、わずかな出資で大きな持ち分を要求するオファーばかりなのがわかって、このアイデアは取り止めた。

私はすべてを一から始めなければならなかった。倉庫の高さはどれくらいにすべきか？　フォークリフトが自由に走り回るためには、柱の間隔はどれくらいあればいいか？　荷物の積み下ろし場の高さは？　道路の幅は？　私の目の前には壮大な夢があったが、計画を思いついてから丸一年が経った二〇〇四年の冬でも、まだ着工できていなかった。おまけに、最も難しいプロセスは建設工事ではなかった。はるかに複雑で困難を極めたのは、さまざまな役所から許可を取る作業だった。

北京空港に航空貨運大通関基地を建設するためには、私たちが計画したほぼすべてのことに関して、七つの部委から承認をもらう必要があった。そして、各部委のなかには、それぞれが権限を持ったいくつもの階層があった。すべて合わせると、必要な「官印」つまり署名の代わりに使われる中国の判は一五〇に上り、その一つ一つに、判をもらうまでの物語があった。建設を始めるまでに三年かかったが、その先もけっして平坦な道のりではなかったのだ。私は、判が必要な官僚のオフィスの外に部下を待機させた。寝たきりの官僚から官印をもらうために、部下を病院に行かせた。部下は、高級なお茶を持っていったり、私用を引き受けたり、サウナに連れていったり、奥さんや子どもの面倒を見たりして、官僚の機嫌を取りながら何カ月も待った。部下の一人などは、あまりに多くの官僚と何度もスーパー銭湯〔訳註・当時はよく接待に利用された〕に行ったために、皮膚がむけ始めたほどだ。

順義区政府の友人たちは私を見て笑った。彼らが知るかぎり、国有企業の代表が、ただプロジェクトを進めるだけのためにこんな面倒な作業をすることはないのだそうだ。官庁ではみんな定時で仕事を終わる。プロジェクトがうまく行っているかどうかなど実際は誰も気にしてない、と彼らは言う。だが、私たちは違う。ホイットニーと私にとって、これは起業家としての挑戦であり、千載一遇のチャンスだった。

そのチャンスを最大限に活かすために、私は官僚たちの前で、相手がどれほど下っ端でも、平身低頭しなければならなかった。確かにそれは屈辱的だった。けれど、温一家は、かすかな威光を感じさせる以外、何もしてくれなかった。張おばさんと、ホイットニーと、私は、ときどき、ロビー活動のために部長や副部長を接待したが、張おばさんはけっして相手に指示を出さなかった。彼女は、まるで私たちの能力を保証する裁判の証人のように振る舞った。その姿勢は、当時の国家主席、江沢民の家族とは違っていた。江沢民の代理人は相手に服従を要求した。だが、張おばさんは、温家宝が家族のビジネスについて知らなかったので、そこまで大胆になれなかった。彼女は、相手が言外の意味を汲み取るのに任せていた。

空港のプロジェクトに取り組んでいるあいだ、私は、中国でビジネスをするあらゆる人と同じように、中央政府のマクロ経済政策や、政治的な気まぐれに細心の注意を払っていた。許認可を申請するたびに、私たちのプロジェクトが中国共産党の政治・経済的な方針の変更に対応していることを示さねばならなかったからである。

こうしたことは非常に恣意的になりがちだ。しかし、中国は資本主義化したと言われていても、経済の重要な側面はすべて国家によって管理されているのだ。中国では、あらゆる重要なプロジェクトは「国家発展改革委員会」という組織の承認を必要とする。国家発展改革委員会は、北京を含む主要都市や、三二の省など、すべてのレベルの政府に支部を置いている。国有企業であれ、民間企業であれ、何か大きな事業がしたい場合は、その委員会の承認を受けなければならない。私たちの物流ハブを建設するためには、すべてのレベルの委員会の承認を取りつける必要があった。そのうえで、中国の最高行政機関である国務院の承認が必要だった。

国家発展改革委員会は中国の「五カ年計画」を策定している。五カ年計画というのは、中国が計画経済を行い、あらゆるものの価格が国によって決められていた時代の名残だ。その後、中国は抜本的な経済改革を行ったが、五カ年計画の重要性は依然として薄れていない。国務院や、省、市、県など、中国のすべてのレベルの政府は、国の計画に沿ってそれぞれの五カ年計画を作成している。大型のインフラプロジェクトを含むジョイントベンチャーのＣＥＯとして、私は、各レベルの政府への申請書で、私たちのプロジェクトが最新の五カ年計画の精神を順守していることを示す必要があった。こうした申請書には決まった書き方がある。冒頭には必ず、私たち申請者が「帽子《マオツ》」と呼んでいるものを書かなければならない。「帽子」は、プロジェクトに関係する組織が作成したすべての五カ年計画に対する同意と、プロジェクトが五カ年計画の目標に合致していることを示す論考を含んだ文章である。

私たちにとってもう一つの難題は、輸出入を管理する「海関総署」の許可をもらうことだった。長いあいだ、関税は中国の歳入の大部分を占めていたので、海関総署は、党と政府の中でひときわ大きな影響力を持っていた。また、海関総署は、中国企業を国際競争から守るための規制障壁を構築する役割を担っていた。そうした状況の中で、私たちは包括的な無関税ゾーンを作る許可を求めていたのだ。当時の中国でそれを認められていたのは二つの海港だけで、空港では前例がなかった。

無関税ゾーンの許可を得ることは、私たちの計画の収益性にとって決定的な重要性を持っていた。もし、北京空港が無関税ゾーンを備えた初めての空港になれば、それまで抑え込まれていた需要を一挙に吸収できる。多くの企業が無関税ゾーンでの操業に関心を抱くはずだ。例えば、飛行機の整備を考えてみよう。無関税ゾーンがあれば、関税を払わずに、スペアパーツや、エンジンや、飛行機本体まで、そのゾーンに持ち込める。作業はゾーンの中で完了し、飛行機は無税で飛び立てるのだ。倉庫も同じだ。企業は輸入した製品すべてにかかる関税を一度に払いたいわけではない。私たちの保税倉庫で製品を保管すれば、製品を中国国内に持ち込む必要ができたときだけ関税を払えばいいことになる。

過去の中国では、個別の製品のために、さまざまな関税ゾーンが作られていた。あるゾーンは大豆用、あるゾーンはコンピューター用といった具合だ。しかし、私たちが計画している包括的無関税ゾーンでは、あらゆる種類の製品が一つのゾーンの中を双方向に流れる。それに、中国はほとんどの輸出品に補助金を出しているので、製造業者が私たちのハブに製品を運び込めば、製品が海外の消費者に届くずっと前に、すぐ国の補助金を申請できる。私たちがしなければならないのは、このブレークスルーを理解してもらうための物語を作ることだった。

二〇〇一年に中国が世界貿易機関（WTO）に加盟したあと、関税当局の改革が行われた。私たちは、プロジェクトをその改革に結び付けてレポートを書いた。また、中央政府のほかの部委の承認も必要だったので、そこでは温一家との関係にモノを言わせた。もちろん、すべての申請において自分たちの創意工夫が欠かせなかった。

当初、私は、プロジェクトを管理するために、チャイナベストが投資した会社のCEOを雇った。彼の会社は、北京の南東の端で倉庫を開発したことがあったので、倉庫業をよく知っていて、海関総署やほかの部委にもコネがあると思ったのだ。私は彼のために、運転手と、受付係、会計担当者を付けた。私がオフィスに顔を出すたびに、彼は満面の笑みで迎えてくれた。椅子からサッと立ち上がり、丁寧なおじぎをするのだ。だが、彼はまったく役に立たなかった。だから辞めてもらった。

ある意味で、中国はほかの国とほとんど変わらなかった。お金と、セックスと、権力で人が動いている。ホイットニーと私は権力へのコネを提供できたので、金銭の提供やセックスの手配はそれほど必要なかった。現金を渡すことはめったになかった。その代わりに品物を贈った。一万ドルのゴルフクラブのセットとか、一万五〇〇〇ドルの時計とかだ。一回香港に行くたびに、中環《ちゅうかん》のショッピング街にある嘉信表行（カールソン・ウォッチ・ショップ）で、同じ時計を六個買った。受け取る人にとっては小銭のようなもので、賄賂《わいろ》というより好意のしるしだった。

温一家での張おばさんと同じように、わが家の財布のひもはホイットニーが握っていた。それは結婚しても変わらなかった。私たちの会社の人事は私が取り仕切っていたが、CFO（最高財務責任者）だけは、ホイットニーが直接雇用すると主張した。当然、彼はホイットニーの配下となった。

私たちがパートナーシップをスタートさせたとき、ホイットニーは私よりもはるかに多くの資本を持っていたので、収益が彼女の名義になるのはある程度自然だった。けれど、時間が経ち、私たちのビジネスが成長すると、お金はデリケートな問題になった。私が何かを購入するときには必ず彼女に話し、請求書をCFOのオフィスに送らなければならなかった。彼女は、私との関係をコントロールする手段としてお金を使っていた。私のほうは面子《めんつ》にとらわれていて、率直にお金の問題を切り出せなかった。お金の管理について同等の権限を与えてくれるように、彼女に頼む必要はないと思っていた。彼女のほうからそれを言い出してほしかったのだ。こちらから嘆願したくはなかった。ときどきこの問題について口げんかになったが、解決することはなかった。

私たちは、コネを付けた官僚を北京のあちこちのホテルで接待した。場所には、人目を避けるために、天安門広場近くの北京飯店のような地味なところを選んだ。そこでは、私たちには必須のプライバシーが守られたし、レストランのスタッフは要領をわきまえていた。ホテルの最上階は食事用の個室に分かれていて、夜になると、必ず三、四人の部長や何人かの副部長が供応されていた。ホテルは二人の専任のコーディネーターを雇って、ゲストの入退室や、料理の搬入、会計のための出入りで鉢合わせが起きないように調整していた。情報が異常な価値を持つ体制の中では、誰が誰を接待しているかは厳重に秘匿されなければならなかった。北京飯店では、すべてが計算されたように正確に動いた。

だが、高官を懐柔できても、もっと低いレベルの問題に直面した。司長、処長、科長〔訳註・およそ日本の局長、部長、課長にあたる〕などが、それぞれの組織を自分の領地のように運営していたからだ。彼らは承認が進まない理由を一〇〇ぐらい挙げられる。はっきりと拒否はしない。ひたすら待てと言うのだ。彼らは非常に強い権力を持っているので、中国の体制の中では「処長幇《バン》」つまり「処長ギャング」として知られていた。そうした処長の一人が匡新《きょうしん》だった。人々は彼を「匡爺《クアンイエ》（匡じいさん）」と呼んでいた。

# 第10章　順義区

北京・ロサンゼルス　2006-2008

背が高く、痩せていて、ふさふさした黒い髪が自慢の官僚「匡《きょう》じいさん」は、中国民用航空局の空港建設処長を務め、のちには、五カ年計画を策定する国家発展改革委員会で同様の役職に就いた。彼は、中国の官僚機構の中でかなり下のほうに位置していた。民用航空局では自分のオフィスさえなく、二人の部下と部屋を共用していた。にもかかわらず、彼は強大な権力を握っていた。

当時の中国は空港建設ブームの最中だった。ホイットニーと私が物流ハブに取りかかったころ、中国には一二〇の空港があったが、物流ハブを売却したときには一八〇になっていた。匡新《きょうしん》が処長を務める空港建設処は、個々のプロジェクトを認可する権限を持っていた。「高幹《ガオガン》」のポストにあり、党のヒエラルキーでは匡じいさんよりはるかに上の副省長が、直々に北京を訪れて計画の承認を彼に嘆願するのは珍しいことではなかった。匡新はそうした陳情者たちをオフィスの外に並んで待たせていたので、彼らは携帯電話のゲームで時間をつぶしていた。匡新はドアの右側の壁に向き合うようにデスクを配置していた。彼は、待ちかねた出願者に謁見を許すときも、わざわざ振り返って顔を向けたりしなかった。椅子を後ろに傾けて二本の脚でバランスをとり、右の肩越しに気のない握手をするだけだった。あいさつの一つもしないのである。

匡新はまだ四十代の半ばだったが、その影響力ゆえに、官僚たちから「じいさん」と呼ばれていた。欧米であれば「おやじ（Big Daddy）」などと呼ばれていただろう。だが中国では、父親よりも祖父のほうが社会的地位が高いので「匡じいさん」と呼ばれたのだ。

匡新はいっぱしのインテリを気取っていた。何回かディナーに誘ったことがあるが、彼は決まって漢詩の一節を口にした。私は、いつも作り笑いをして「匡処長は教養のレベルがすごく高いですね」と持ち上げていた。彼はおだてられているのをわかっていたが、同じ賛辞をほかの人から何度も聞くうちに、本気でそう思い始めていた。

私たちが匡新の承認を必要としたのは、空港拡張計画の規模を拡大したかったからだ。前に書いたように、順義区《じゅんぎ》はもともと、空港との境界に沿って高速道路を造る計画だった。だから、高速道路を取り止めて、順義区のそのゾーンと空港を一体化する必要があった。貨物が飛行機から降ろされたあと、トラックが空港の敷地を離れずに荷物を保税倉庫に運び込めるようにしたかったのだ。

ホイットニーと私は、匡新の気まぐれな要求を満足させるために四苦八苦した。食事の際は高価な料理を山のように出し、十年物の茅台酒《マオタイ》を何本も提供した。ホイットニーは匡新と中国の文学者について語り合い、私と同様に、彼の漢詩の知識を称賛した。一緒に演劇を観たあとは、彼のお芝居の解釈に興味があるふりをした。私たちは二人して匡新の自尊心を持ち上げた。私は、彼が興味を持ち始めた赤ワインを手がかりにした。ワインは、中国で普及し始めたばかりで、匡新はワイン通に見られたいと強く思っていた。彼のコメントは素朴なものだったが、私はとにかく褒めた。二人して何カ月も追従《ついしょう》に励んだ結果、匡じいさんは、ようやく私たちの計画を承認してくれた。しかし彼は、自分より給与等級が上の官僚を、あまりにも多く敵に回してしまった。二〇〇九年十二月、国営メディアは、彼が汚職で起訴されたことを伝えた。下された判決は懲役一〇年だった。

私たちは、同じような接待を、数えきれないほどの官僚たちに行った。許認可の一つ一つはコネを通じて獲得したものだ。それは人間関係への投資であり、大変な努力と、それに勝る量の茅台酒の賜物なのだ。最も難しいのは、個人的なつながりを作り、「関係《グワンシ》」を築くプロセスである。もとより「関係《グワンシ》」は契約による関係ではない。それは、労を惜しまず、長い時間をかけて作り上げる、人間と人間のあいだの絆である。相手に対して心からの関心を示す必要があるのだ。一番つらかったのは、手を掛けなければいけない関係がたくさんあるのに、期限のあるプロジェクトを背負っていたことだった。私は、彼らとのやりとりを一本のパイプに押し込まざるを得なかったが、パイプの直径は時間であり、入れられる数には限りがあった。仕事の一部を人に任せる必要があるのは明らかだった。そうは言っても、私が直接、人間関係の構築に取り組めば取り組むほど、多くの許認可が得られたのである。

匡新のほかに、海関総署や国家質量監督検験検疫総局の許可も必要だった。だが、国のレベルで許可をもらっても、さらに現場の官僚の協力が欠かせなかった。実際、部長を取り込むかどうかは問題にならないことが多かった。下役がいつでも交渉を潰せるからである。彼らは、もっともらしく聞こえて、法的には筋の通る、実行レベルの問題をいくらでも持ち出した。部長自身は直接、詳細に関わらないので、「早急に善処しなさい」と言うだけなのだ。そうして、プロジェクトの主導権は、官僚機構の頂点から底辺に流れ落ちていくのである。

極めつきの難物が首都機場〔訳註・北京首都国際空港のこと〕海関関長だった。五十代半ばの太った男で、髪の毛が薄いせいで、頭がカーキ色のビリヤードの球のように見える都平発《とへいはつ》は、私たちのプロジェクトを自分の業績を残す好機だと考えていた。それまで、北京空港は行き当たりばったりで拡張されてきたので、海関の施設は空港のあちこちに分散し、宿舎や、倉庫、オフィスが一・五キロほど離れていた。私たちのプロジェクトは、海関の施設を一カ所にまとめると約束していた。

都《と》関長は、私たちに協力する見返りとして、いくつかの条件を出してきた。彼は、三〇〇人の職員が働く約三万七〇〇〇平方メートルの庁舎を建設することを要求した。そのうえで強く求めたのが、公式サイズのバスケットボールとバドミントンのコートを備えた屋内体育館、最高級のサーフェスを持った屋外テニスコート、二〇〇席の劇場、四つ星ホテルに相当する部屋を備えた宿舎、高級官僚のための個室が付いた広い宴会場、カラオケバー、二階まで吹き抜けになっている堂々としたロビーだった。都関長は、ある晩、ディナーを食べながらそのプランを細かく説明した。「これを造ってくれないんだったら、建設を許可するつもりはないよ」。そう言って、彼は不敵な笑みを浮かべた。私たちは、いろいろな政治的後ろ盾に手を回してもらったが、彼の意志は変えられなかった。結局、彼の要求のためにプロジェクトのコストは五〇〇〇万ドル増えた。それも、土地のコストを別にしての計算だ。

官僚機構では、ある部門が大きな獲物を仕留めると、別の部門が血の臭いを嗅ぎつける。首都機場検験検疫局は、一万九〇〇〇平方メートルのオフィススペースを要求してきた。彼らは劇場や屋内体育館こそ欲しがらなかったが、テニスコートと、広いレストラン、四つ星ホテルに準じた部屋をねだった。検疫局の官僚はそのことを忘れさせてはくれなかった。「きみには貸しがあるからね」と、ある高級官僚は会うたびに言った。「私たちは海関のように欲張りじゃなかっただろ」

私たちは空港のプロジェクトを三〇〇〇万ドルの初期投資でスタートした。ホイットニーと私が一二〇〇万ドルを出資した。張おばさんは四〇〇万ドル払うと約束してくれたが、まったく資本金を出さなかった。私たちは融資を受けることにした。ここで、私たちと国有企業との結び付きが役立つことになる。

空港のボス、李培英《りばいえい》をジョイントベンチャーの会長に据えたことで、巨大な資金プールへのアクセスが可能になった。プロジェクトへの融資枠は、北京首都国際空港グループの存在によって拡大された。銀行は、国有企業向けに設定された金利での融資を認めてくれた。それは、民間ベンチャー向けの金利より、少なくとも二ポイントは低かった。中国の経済システムは常に、民間企業より国有企業が有利になるように調整されてきた。二〇〇〇年代初めに短期間行われた資本主義的実験の最盛期ですら、ルールは国有企業を偏重していた。それがなければ、私たちはプロジェクトを成功させられなかっただろう。

李培英は持てる力をすべてつぎ込んだ。彼は、権力とカリスマ性を使って、部下が確実に私たちの仕事を支援するようにしてくれた。頼もしい盟友、李培英の尽力と、私たちのがむしゃらな頑張りで、二〇〇六年六月二十九日、私たちはついに着工にこぎ着けた。ホイットニーが構想を得てから三年以上の歳月が経っていた。その時点で、私たちはベンチャーの資本金を、もう三〇〇〇万ドル増やした。

ところが、着工してからほんの数カ月で最初の危機が訪れた。

空港の職員のほとんどは李培英を慕っていたが、彼は、物事を進めるために部下を怒鳴ったり威圧したりして、反感を買うことがあった。四〇近い空港のトップに立つ李培英は、おのずと怨嗟《えんさ》の的になった。また、彼は、多くの官僚を出し抜いて総経理になったので、彼のポストを欲しがるライバルがたくさんいた。

国有企業の官僚のあいだには極めて重要なルールがあった。中国のすべての国有企業を統括する国有資産監督管理委員会が定めた規則によって、各企業は、毎年、純資産額の六パーセントの利益を出すことになっていた。賢明な国有企業のトップは目標額ちょうどを達成する。利益が少なすぎるとクビになるが、多すぎるとライバルが仕事を取ろうと画策するからだ。李培英はその重要なルールを破ってしまった。利益を出しすぎて、彼のポジションを人が狙うようにしてしまったのだ。

それに加えて、李培英のギャンブルの習癖は、汚職の疑惑を招くようなものだった。李培英に敵対する人々は、党の中央規律検査委員会に頻繁に報告書を提出して密告した。二〇〇六年の終わり、申し立ての多くが立証され、ついに李培英は共産党の捜査当局の奥深くに消えた。

李培英とは何カ月も連絡が取れなかった。二〇〇七年一月二十六日、中国民用航空局は李培英が北京首都国際空港グループの総経理を解任されたことを発表したが、奇妙なことに、私たちのジョイントベンチャーの会長の地位にはとどまっていた。それは、プロジェクトを進めるために、まだ彼のサインが要ることを意味していた。だが、私たちは彼を見つけられなかった。当局の誰も彼の居場所を教えてくれなかったのだ。

李培英のサインがもらえないために、確保していた貸付金を銀行から引き出せなくなった。プロジェクトに関わっている人間はみんな、彼が消えたことが意味するものについて考え始めた。上空をハゲタカが旋回し始め、建設業者は代金の支払いを求めて列をなしていた。ジョイントベンチャーは、この事業に数億ドルをつぎ込んだうえに、さらに数百万ドルを借り入れ、預金残高は一五万ドルまで急減していた。建設業者はさておき、スタッフの給料さえ払えなくなっていた。私は、夜中に冷や汗をかいて目が覚め、どうやってこの苦境を切り抜ければいいかを考えた。髪の毛が束になって抜け落ち、二度と元に戻らなかった。ホイットニーは私につらく当たった。「失敗したらどうするの?」と彼女は私を問い詰めた。

さらに悪いことに、このとき、倉庫を建てるために、いくつかのビルを取り壊さなければならなかった。強欲な中国の開発業者が、テナントの権利を無視して工事を進めるというのは、少なくとも欧米ではよく知られた話だ。確かにそういうことはある。だが、同時に、開発計画を知った人々が、既存の所有者から権利を買い取って、多額の立ち退き料を脅し取るということも起きるのだ。

私たちの建設用地の真ん中には数棟のビルが建っていて、所有者は私たちがそこを更地にするのを拒んでいた。彼らは順義区政府の官僚と結び付いていた。だから、順義区政府がジョイントベンチャーのパートナーであっても、地元住民は両者を天秤にかけて、どちらが見返りが大きいかを比べていた。しかし、私はその「見返り」を支出できなかった。私たちのベンチャーには国有企業が入っていたため、国有資産監督管理委員会に帳簿をチェックされていたからである。ビルの所有者たちに数百万ドルを渡して消えてもらおうと思っても、できなかったのだ。こうした騒動のただ中にあった二〇〇六年十一月、順義区区長の李平《りへい》が異動になり、地方政府との重要なコネが断ち切られてしまった。

そのころ、私は、帳簿の辻褄《つじつま》が合わないことに気づき始めた。どうやら、コンストラクション・マネジャー〔訳註・発注者に代わって工事業者と契約条件を交渉するなど、総合的な建設管理を行う職業〕が、ジョイントベンチャーのお金をくすねているようだった。はっきりした証拠はなかったが、私は、ある日、予告なく彼のオフィスを訪れ、資金の使い込みを非難した。「きみは国有企業から金を盗んでいる。それは国の金を盗んでいるのと同じだ。否定したけりゃすればいいが、証拠を警察に持っていくぞ。そうすれば白黒つくだろう」と言った。彼はその日のうちにいなくなった。自分の持っているカードはうまく使わなきゃいけない。私は、中国で人の上に立つのがどういうことかを学びつつあった。

そのころの私を動かしていたのは、私の中の泳ぐことしか知らない少年だったにちがいない。私は水の中で、ただバタバタと手足を動かしていた。プールの反対側にいつ着くのか、あるいは着かないのか、よくわからなかった。だが、泳ぐこと以外には何も考えられなかった。私は、必要とする人々を酒や食事でもてなした。茅台酒を昼食で一瓶空け、夕食でもう一瓶空けるといった日々が続いた。肝臓のことなど気にしなかった。私は、支払いを遅らせ、相手を懐柔し、融資を獲得するために、希望のない水の中でもがいた。もがきながら前に進んだ。そんな私たちを救ったのは二つのブレークスルーだった。

二〇〇七年三月一日、平安保険が上海証券交易所に上場した。その株を売却して自分たち自身の資本を増やすことで、空港プロジェクトを救える可能性が出てきたのである。株は、規則によって六カ月間は売買できなかった。そのあいだに平安保険の株価は八〇倍に跳ね上がり、私たちが持っていた一パーセントの株の価値は、ほぼ一〇億ドルになった。私は、ロックアップ期間〔訳註・新規公開企業の大株主に対して、公開後の株式売却を禁止する期間〕が終われば、私たちの持ち株を初期投資の四〇倍の価格で買うという買い手を見つけた。実現すれば、四億五〇〇〇万ドル以上の利益が出る。ところが、ホイットニーはそれを拒んだ。彼女は、平安保険の株価は上昇し続けると考えていた。彼女と私はリスクに対する認識が根本的に違う。彼女は資産を持ち続けることの負の可能性を考えないが、私は一九九七年のアジア通貨危機を経験していた。彼女や、同世代の中国人起業家たちは、まだ景気後退を経験したことがないのだ。確かに、これまでは下降サイクルが来ても、そのあとは必ずV字回復して大きく反騰した。だが、私は値下がりリスクを制限しておきたかった。

平安保険が上海証券交易所に上場してから六カ月後、私は株を売却する必要があることをホイットニーに納得させた。私たちは、初期投資の約二六倍となる三億ドル以上の純益を得た。張おばさんの持ち分は私たちの二倍だったので、六億ドル以上の潜在的利益があった。だが、彼女は売却しなかった。あまりにも多くの温一家の財産が、形式的に泰鴻《たいこう》名義になっていることに不安を覚えた張おばさんは、株の名義をホイットニーの会社から温家宝《おんかほう》の母親の会社に移した。その変更は、やがて致命的な間違いだったことがわかる。

平安保険株の売却によって、空港プロジェクトは破綻させずに進められるようになった。私たちは、さらに四〇〇〇万ドルの個人資産をジョイントベンチャーに投入し、確実に建設が継続できるようにした。多くの民間起業家が国費を使って個人的な利益を得ているときに、自分たちの資金で国有企業を救済するなんて、どうかしている、と友人たちは言った。ホイットニーもプロジェクトの支援に喜んで同意したわけではないと言えば、雰囲気はわかってもらえるだろう。

一方、李平の異動のあと、私たちには順義区政府に食い込む新たな足掛かりが必要だった。私はそれを、こともあろうにロサンゼルスで見つけた。

二〇〇八年四月、私は、順義区と空港の官僚グループを招待して、アメリカに「視察旅行」に行った。そのころは、視察に名を借りた物見遊山《ものみゆさん》がよく行われていて、中国でビジネスをするには欠かせないものになっていた。いくつかの空港の物流ハブの見学や業界の会議への出席など、研修的要素も少し含まれていたが、私にとっての主たる目的は官僚たちとの結び付きを深めることであり、ゲストにとってはアメリカでの観光や娯楽だった。最初の目的地はロサンゼルスだったが、参加者が楽しみにしていたのはラスベガスだった。

旅行には李友生《りゅうせい》という順義区の副区長が参加していた。李友生は心臓に三個のステントが入っていて、アメリカで言えばウォルター・リード米軍医療センターにあたる中国人民解放軍総医院の、著名な心臓病専門医にかかっていた。その医師は李友生の旅行に許可を出していた。

ロサンゼルスに着くと、私たちはビバリーヒルズのサンタモニカ・ブルバードに面したペニンシュラ・

ホテルにチェックインし、豪華な料理をがつがつと食べた。男たちが外出したくてうずうずしている様子だったので、近くのカジノに連れていった。彼らは一晩中ブラックジャックに興じた。李友生も含め、誰一人眠らなかった。

翌朝、朝食を取っていると、李友生が胸の痛みを訴えた。私は彼をUCLAメディカルセンターに連れていき、心臓病専門医に診てもらった。血液検査で酵素の値が高くなっていることがわかった。医師は経過観察のために入院することを強く勧めた。しかし、ほかのメンバーはすでにラスベガスに向かっていて、李友生もそれに加わりたがった。彼は北京の主治医に電話をした。「あなたの酵素の値がいつも高いのは、ちゃんとわかっている」と電話の向こうで主治医は言った。「アメリカ人は慎重すぎるんだ。北京にいたなら家に帰してるよ」。アメリカ人の心臓病専門医は同意しなかったが、李友生はツアーに戻ると言ってきかなかった。私たちはホテルに帰って昼食を取り、ラスベガスに行ったグループに追いつく計画を立てた。

昼食のあと、李友生と私はペニンシュラ・ホテルのロビーを歩いていた。ホールの真ん中に飾ってあった大きな花束を迂回しようとしたとき、彼がドサッと倒れた。口から泡を吹いている。私はやみくもに携帯電話のボタンを押し、九一一に電話をした。だがとっさに、タクシーに乗せて病院に行くほうが速いと判断した。タクシーが道を間違えたときには、車の中で死んだらどうしよう、と不安になった。

何とかUCLAメディカルセンターにたどり着くと、李友生はERから即座に手術室に運ばれた。外科医のチームが七時間かけてトリプルバイパス手術〔訳註・閉塞した心臓の冠動脈三本にバイパスを設ける手術〕を行った。手術が終わるまでには、視察団全員がロサンゼルスに戻り、病院の待合室に陣取っていた。

私たちのグループがＩＣＵに入るのを許されたとき、李友生は、中国にいる幻覚を起こしていた。「中国共産党に逆らうのか！」と、彼はたくさんのチューブをつながれた体で、見えない敵に向かって叫んだ。

「おまえらみたいなヤクザは、俺が潰してやる！　全員、叩きのめしてやるからな！」

このときは二〇〇八年で、李友生は、視察旅行に出発するまで、来るべき夏のオリンピックのために、競技会場の建設を支援する役割を担っていた。特に、彼が関わっていたのは、建設用地を確保するために住民を移動させる仕事だった。住民の多くが移動に反対していたので、李友生はチームを率いてその地域に入り、何としても住民を立ち退かせようとしていたのだ。彼が姿の見えない住民に向かって怒鳴るのを見て、私は、すごい、と心の中でつぶやいた。この男は本当に党にすべてを捧げているのだ、と思った。

一日後、李友生は意識を取り戻した。そうなると新たに一連の心配が生まれた。当時、ツアーでの放蕩を制限するために定められていた規則では、党幹部の海外への「視察旅行」は一〇日間しか許されていなかった。中国では、七時間ものバイパス手術のあとは、何カ月も入院するのが普通だったのだ。ところが、アメリカのシステムは中国とずいぶん違うことがわかった。医師たちは李友生に、三日以内に退院できるので、一週間しないうちに北京に帰れるだろうと言ったのである。視察団の誰一人として、それが現実になるとは信じなかった。「もし一週間以内に帰れたら、茅台酒のボトルを一気飲みしてやるよ」と、官僚の一人が約束した。手術から三日目に、李友生は立ち上がって外科医と握手していた。私は彼を、近くのＷホテルに移し、それから数日、彼はホテルのプールの脇に置かれたローンチェアに寝そべり、仲間たちに囲まれながら、ビキニの女の子たちをじろじろと眺めていた。一週間以内に、私たちは飛行機で北京に帰った。

それまで李友生のことはよく知らなかったが、彼はプロジェクトの成功を左右する重要人物だった。彼は順義区の開発計画や用地収容の分野を統括しており、空港プロジェクトはどちらにも深く関わっていた。李友生は、区長の李平と同じく地元の出身で、順義区の官僚機構に多くの親戚がいたが、李平とは別の派閥に属していた。彼はプロジェクトのスタートから私たちの計画に冷淡だった。

彼をアメリカに連れていったのは、少しでも打ち解けようとする私なりの試みだった。私たちはいくつかの方面で彼の助けを必要としており、そのなかには、より多くの倉庫を建設するために集落を撤去することも含まれていた。彼は、私たちの目的達成のために欠かせない存在だったのだ。とはいえ、彼の命を救ったことで事態がどう変わるのか、私にはまったく想像がつかなかった。

アメリカから戻ったとき、私たちは順義区をあげての大歓迎を受けた。その後、区政府のどの部門に行っても、部門の長から最初に聞くのは「あなたは順義区の恩人だ」という言葉だった。あらゆる会議、あらゆる宴会で、順義区の誰かが李友生の話に言及した。

李友生は私を、自分にとっての「白い騎士」のようにみなしていた。彼は当時五十歳だったが、一緒に食事をするときには、必ず私を上座に座らせた。そして、私は彼の部下すべてにとって重要人物になった。同僚から「老大哥《ラオダーグー》（あにき）」と呼ばれて慕われていた李友生を、見知らぬ土地で命の危機から救ったことで、私は、彼の一派から順義区の守護神といった目で見られた。私は彼に「新しいエンジン」あるいは、少なくとも修復した心臓を与えて、甦らせたと思われたのだ。プロジェクトに関する交渉は一変した。議論のテーマは「私のために何をしてくれるのか」から「どうやって一緒にこの問題を解決するか」に変わった。おかげで、私の部下たちは、さまざまな戦術を取る余地ができた。李平の異動は遠い記憶になった。

李友生は、私が支援を必要とする官僚たちとのランチに、私を招いてくれるようになった。そして、私たちの問題をその場で解決しようとしてくれた。党の同志へのメッセージは「これを実現しよう」になった。彼は常務副区長〔訳註・副区長より上位で区長に次ぐ地位〕に昇進し、おかげで物事がいっそう円滑に進むようになった。私たちは順義ファミリーの一員になったのだ。

李友生の一件では重要な働きができたし、プロジェクトを成功に導くには何が必要かを学んだ。ホイットニーはトップダウンで障害を取り除いてくれる。だが、ボトムアップで物事を動かすための努力も必要だった。李友生の命を救ってわかったのは、彼だけではなく、順義区に常に存在するヘビースモーカーで大酒飲みの大勢の中年男たちと、一対一の関係を築かなくてはならないということだった。

私は、食事をするために、前より頻繁に区政府の庁舎に顔を出すようになった。することはいつも同じだった。終業時間の五時を少し過ぎたころに、暗く、じめじめした庁舎に入っていく。職員はみんな帰宅している。部屋には誰もいない。階段を上がり、ブーンと音を立てる蛍光灯に照らされた暗い廊下を歩いていく。ドアを開けると、立ち込めたタバコの煙の先に知り合いの官僚がいて、順義区の果樹園で採れた箱入りの果物をがつがつと食べている。私たちは何を話すでもなく、漫然と時を過ごす。

これといった目的もなく、ただ一緒にいるために一緒にいることで、彼らのグループの一員であることを示すのだ。私は、そうした関係に、あらためてなじまなければいけなかった。友だちの肩に腕を回していた上海の少年時代に戻ったようだった。単に絆を作るという理由で毎日集まるのである。すべては帰属意識を強めるためだった。

何が合法で何が違法なのかに関して広大なグレーゾーンがある体制においては、この絆が重要になる。何かを成し遂げようとするときは、必ずグレーゾーンに足を踏み入れなければならないからだ。欧米ではおよそ法律が明確であり、裁判所が独立しているので、白黒を分ける線がどこにあるかがわかる。ところが、中国では、規則は意図的に曖昧に作られており、始終変更され、いつも遡及して適用される。おまけに、裁判所は共産党の支配の道具にすぎない。だから、帰属意識を作ることが極めて重要になるのだ。思い切って一緒にグレーゾーンに飛び込もうと人に決心させるためには、まず、その人に自分を信頼してもらわなければならない。それができたときに、初めて一緒に飛び込めるのだ。ホイットニーと張おばさんのように、お互いが相手の背景を調べるのはそのためである。かつての同僚に話を聞いたり、時間をかけて交流を深めたりして、お互いが本当はどういう人間かを理解するのだ。張おばさんは、ホイットニーと私をマクロレベルで信頼してくれている。だが、ローカルなレベルの信頼の構築は私の役割だった。

小一時間、雑談をして、果物を食べ、タバコを吸うと、私たちは庁舎のあいだを抜けて食堂に行き、ぞろぞろと個室に入る。テーブルには十数種類の料理が並んでいる。あまりに多くの食べ物があるので、四分の一も食べられればいいほうだ。食事の途中にはシェフが顔を出すので、何か特別な料理を頼んだり、シメの麵や餃子を注文したりする。

食事中には、潤滑油である年代物の茅台酒が何本も空けられる。香港にいたころと同じように、アルコールによって私の生まれ持った遠慮は消え、官僚たちとの距離がぐっと近づく。宴の終わりには、五十代の官僚の手を取り、下品な冗談を言い、背中を叩いたりしているのだ。

私は、お茶や果物といった話題についてとりとめなく話すこの環境を、しだいに心地よく感じるようになった。「ほんとにきみは上海の人間じゃないみたいだな」などと言われると、私は自分が受け入れられてきたのを感じる。それはかなりの褒め言葉だ。中国北部の人々は、上海人を、ケチで、女々しく、コソコソしている、一言で言えば欧米化されていると思っているからだ。

私は虚飾を捨て去った。それは、私を生まれ変わらせようとするホイットニーに言われるままに身にまとったものだ。私は、彼女の指導の下に、中国のビジネスエリートの鎧《よろい》を被っていた。眼鏡にゼニア〔訳註・高級オーダースーツで有名なイタリアのファッションブランド〕のスーツ。派手な色は使わない。しかし、順義区の田舎で地元の人々に受け入れられるにつれて、外見はたいして重要でなくなってしまった。私はカジュアルな服装をするようになった。香港で、友だちのスティーヴンと一緒に培ったファッションへの愛が甦ってきた。私は身に着けるものにおしゃれをした。順義区の新しい友人たちはそれをからかったが、私が彼らと同じような格好をしていても、彼らはからかっただろう。

私は、李友生の治療費に約三〇万ドルを支払った。数年後、順義区の政府は、およそ半分を払い戻してくれた。お金は問題じゃなかった。その経験で得た信頼関係には値段が付けられないほどの価値があった。

二〇〇八年の晩春、空港はついに、前総経理の李培英が取り調べ中であることを認めた。彼は、告発されないまま一年半拘束されていたのだ。その発表のおかげで、空港の新しい総経理が任命され、ジョイントベンチャーへの融資にサインしてもらえる道が開けた。一人の命を救い、平安保険株で予想外の収入を獲得し、資金へのアクセスを取り戻した私は、これでプロジェクトが加速すると期待に胸を膨らませた。

# 第11章　息子

北京・ニューヨーク　2007-2013

ホイットニーと私にはまだ子どもがなかったが、つくろうとしていなかったわけではない。二〇〇五年秋のフォーシーズンズでの結婚披露宴のあと、ホイットニーの両親は孫を催促し始めた。特に欲しがったのは男の子だ。山東《さんとう》省出身の彼らは、私の両親や私よりも保守的だった。私たちはあまり性別にこだわりはなかったが、ホイットニーの両親はどうしても男の子が欲しいと言った。ホイットニーも私も三十代後半だったので、妊娠には困難があった。二〇〇七年になると私たちは人工授精について調べ始めた。

私たちは、体外受精（ＩＶＦ）で国内のトップとされている軍の病院が北京にあるのを知った。ホイットニーは生理周期に合わせて数カ月そこに通ったが、私の精子は成果を出さなかった。多くの中国人と同様、すぐに中国の医療体制への信頼をなくした私たちは海外に目を向けた。最初に訪ねたのは、ホイットニーのメインバンクの経営者が紹介してくれた、香港で最も有名なＩＶＦ専門医だった。そこは受診まで二年待ちだったので、ホイットニーがお金を払って順番を繰り上げてもらった。私たちは一年間その医師にかかったが、まったく成果は上がらなかった。次に注目したのはニューヨークだった。

私たちは、多くの裕福な中国人と同じ道をたどっていた。一人っ子政策は二〇一三年まで緩和されなかったので、思い切って海外に行き、二人目をつくったり、中国では違法な男女産み分けの中絶手術を受けたり、子どもが外国のパスポートを得られるように外国で出産したりするカップルが多かったのだ。

ニューヨークで目を付けていたのは、生殖内分泌学の第一人者だった。彼にも長い順番待ちができていた。今度はお金ではなくコネを使った。以前、温総理のスタッフだった人物が、ニューヨークの中国領事に連絡を取り、私たちの予約を確保してくれた。

二〇〇七年の終わり近くに、私たちはニューヨークに渡った。クリニックは非常に洗練されていた。スタッフが、世界中の名士たちに利用されてきたベッドを案内してくれた。メディア王の妻が使ったベッドや、さる王室の王妃が使ったベッドもあった。

ホイットニーは、子どもを持つという私たちの夢を実現させるために、泰鴻《たいこう》から休暇を取っていた。初めはニューヨークのホテルに泊まっていたが、やがて賃貸マンションに移り、結局、クリニックの近くにマンションを買った。ニューヨークから北京には通えないので、ニューヨークにとどまることにしたのだ。ホイットニーは、生活の手助けをしてもらうために母親と義父を連れていった。毎朝、彼女は血液検査を受け、ホルモンレベルに応じて注射を打ってもらった。

ホイットニーは、ニューヨークでの不妊治療に、成功した中国人実業家の価値観を持ち込んだ。医師とのあいだに特別な結び付きがなければ良い治療は受けられないと信じ、医師の家族全員と親しくなろうとした。医師の息子は新進芸術家だったので、私たちはニューヨークで開かれていた彼の展覧会に行き、ホイットニーは高価な絵画をむりやりプレゼントした。私たちは医師の家族全員を招いて何度も食事をした。それがホイットニーの知っている唯一の人心収攬術《じんしんしゅうらん》だった。中国で良い医療を受けるために、彼女はいつもそうしてきたのだ。ホイットニーは、人間の性質は世界中どこでも同じなのだから、ニューヨークでもそんなに違わないだろう、と考えていた。

医師は親切に対応してくれた。彼に感謝の気持ちを抱く患者が多くいるのは納得できた。何といっても、命という宝物を授けてくれるのだ。だが、彼はまったくのプロフェッショナルであり、患者からの贈り物で治療の質が変わることはあり得なかった。文化のズレは、ホイットニーがニューヨークに滞在しているあいだ続いた。医師の家族は、ホイットニーのような行動を取る患者を見たことがないのではないか、と私は思った。

ホイットニーの「秘密工作」には、ときどき恥ずかしくなることがあるが、たいていはちょっと気まずさを感じるだけだ。彼女のやり方は、欧米では場違いなものと受け取られる。子どもが生まれる可能性をくれたことには、すでに相当の代償を支払っている。それ以上のことをする必要はない。しかし、理解してやらなければいけない部分もある。ホイットニーは個人的なつながりを重んじる環境で生まれ育った。そうした絆がなければ、特に医療のような重要な分野では、何も実現しない世界だ。中国では、医者が現金の詰まった「紅包《ホンバオ》」を受け取ってくれなければ、たちまち不安になるのだ。

ホイットニーがうまく気持ちを伝えられず、欧米ではどんなふうに物事が動いていくのかを理解できないのは、彼女のたどたどしい英語のせいでもあった。彼女は二言三言英語で話し、あとは私の通訳に頼ってしまう。私は、いつの間にか逐語的な通訳から逸脱し、彼女が言わんとしていることを、文化に合ったものに修正するようになった。

私たちは、生理周期わずか二カ月で、一個ではなく四個の卵子を受精させることに成功した。そのうち三個を彼女の子宮に移植し、四個目は凍結保存した。移植した三個のうち一個が着床し、それは男の子になると知らされた。

ホイットニーは出産を調整して、息子が牡牛座生まれになるように出産日を決めた。その子は、すでに中国の干支で丑年に生まれることが決まっていたが、彼女は、雄牛のような性質をさらに強めたいと考えたのだった。

二〇〇九年四月二十一日、私はニューヨークの病院の分娩室で息子と初めて対面した。私は、それまでに見た新生児の写真から、老人のようにしわくちゃで、卵のように頭髪がない顔を想像していた。男の子は帝王切開で難なく生まれた。髪の毛はフサフサで、干しプルーンのような皺もなかった。中国人は子どもの愛称を重視する。生まれたばかりの赤ちゃんに「小名《シャオミン》（愛称）」を付けるのは私の役目だった。この世に現れて数分しか経っていなかったが、私はその赤ちゃんの整った顔立ちにびっくりした。小名は「俊俊《ジュンジュン》」にした。実にぴったりだった。

俊俊に英語と中国語のファーストネームを付ける段になると、ホイットニーも私も、彼に託す夢を反映した名前にしたいと思った。英語名には、私が「アリストン」を選んだ。ギリシャ語で「優秀」の意味を持つáristosから取ったものだ。中国語名は、ホイットニーが「健坤《けんこん》」に決めた。私たちが好きな漢詩から取ったものだ。「健」と「坤」は、「泰山」のような重みのある存在になるためには、たゆまぬ努力が必要だということを意味している。

そうした名前は、子どもに過剰な重荷を背負わせると言う友人もいた。だが、ホイットニーも私も、迷信を信じるタイプの中国人ではなかった。縁起を担ぐ中国人は、立派な名前が嫉妬深い霊の怒りを買うのを恐れて、自分の子どもを狗蛙《ゴウワ》（臭い犬）とか狗蛋《ゴウダン》（犬のキンタマ）などと呼んだりするのだ。アリストンはけっして名前の重みに押しつぶされたりしない、と私たちは信じた。

ホイットニーは、子どもを産むという役割を喜んで担い、北京や、香港、ニューヨークで、何度も採卵針を受け入れた。アリストンが生まれた日、産科の病室で、彼が青年へと成長してゆく中国は、今よりももっと多くのチャンスを与えてくれる国であってほしい、と私たちは願った。

ホイットニーが妊娠するために頑張っているあいだ、私は、裕福な環境でどんなふうに子どもを育てるかについて考えていた。アリストンの成長は、私たちとは大きく違うものになるはずだった。ホイットニーも私も貧しい家庭に生まれた。だがアリストンは、銀のスプーン、いや、プラチナのスプーンを口にくわえてこの世に生まれてきた。中国のニューリッチの子どもたちに関して、しばしば恐ろしい話を聞く。私が知っている中国でトップクラスの金持ちの子どもは、ロンドンでの生活費に月二万ポンドの仕送りを受けていたが、彼の友だちは何人もの売春婦を彼に紹介していた。若い子が大金を持つと、寄生虫のような連中が友だちのふりをして近づいてくるのだ。配偶者を含め誰を信じていいかわからなくなって、彼女が自分といるのはお金目当てじゃないだろうか、と常に疑いながら一生を送るような環境に、息子を置きたくはなかった。

私は参考になる本を読み、資産管理や遺産の継承に関する講習を受け、スイスや、スタンフォード大学経営大学院、ハーバード大学でのセミナーに参加した。同時に、アメリカや、ヨーロッパ、アジアの名家について調べた。ロスチャイルド家の歴史に関する三巻本を読破したときは、一族の子孫である三十代のアレクサンドルが驚いたほどだ。「本当に読んだの？」と彼は聞いた。アメリカではグッゲンハイム一族に面会した。フィアット社を所有する家族や、二世紀にルーツを持つバイエルンの王子にも会った。

『ファミリーウェルス』の著者ジェームズ・ヒューズ・Jrからは多くのことを学んだ〔訳註・日本語訳は『ファミリーウェルス：三代でつぶさないファミリー経営学——ファミリーの財産を守るために』文園社・二〇〇七年〕。さまざまな手段を通じて受け取ったメッセージは一点に収斂《しゅうれん》した。ホイットニーと私は、家族の物語と、独自の価値を生み出さなければいけないということだ。私たちに必要なのは、非物質的なもの、つまり、家族を結び付ける信念体系〔訳註・特定の集団において重要な価値を基にして意味づけられた観念、確信、態度の体系〕だった。私が出会った中で最も成功している家族はインドネシア人だったが、彼らは、自分たちの結束の秘訣は、一族の女性家長が独自の宗教を創設したことだと言った。私が学んだのは、一族が無形のものによって統合されなければ、お金はやがて消えていくということだった。私は、早い時期からアリストンが愛情を感じるようにしようと決意した。私の両親は私のために大きな犠牲を払ってくれたが、親としての愛情を感じたことはなかった。私は、愛情こそがアリストンと私を結び付けるものだという結論を出した。そして、失敗を恐れるのではなく、成功の喜びを味わうことで物事を達成する価値を教えよう、と心に誓った。

私がこのテーマについて研究していると知ると、裕福な友人たちは、生き方についてのアドバイスを聞かせるために、息子や娘を私の所に来させるようになった。私はときどき、遺産や、家族の価値、慈善事業について、その分野の第一人者と対話する機会を設けた。中国のニューリッチの多くが、新たに得た富を維持する方法について、情報に飢えているのがわかった。同時に、彼らは、社会にぽっかりと口を開けたモラルの真空にも直面していた。今の中国では、伝統的価値が破壊され、共産主義の共同体主義的な規範は打ち捨てられ、利益の追求だけに焦点が絞られている。私は、中国の裕福な家族が、社会に役立つ資産の使い方を戦略的に考えるための支援センターとして、清華《せいか》大学に「清華凱風家族伝承中心」を創設した。

中国で最も裕福な人の一人、不動産王の許家印《きょかいん》は、妻と息子に、私が企画したセミナーに出席するように指示した。その講演の一つで、彼の息子はハエトリグサのように口を開けて居眠りをしていた。朝の四時までナイトクラブにいたんだ、と私は思った。

もう一人の参加者は令谷《れいこく》という若者で、共産党の高級幹部である令計劃《れいけいかく》の息子だった。私が会ったとき、彼は二十代の半ばだった。彼とはスポーツカーの趣味が一緒だったので、午後に何回か、北京のサーキットをスポーツカーで走り回った。私たちは、彼が私を「沈老大哥《シエンラオダーグー》（沈あにき）」と呼ぶほど親しくなった。

私は令谷に投資についてアドバイスし、勉強を頑張るよう励ました。彼は、イェール大学の秘密結社「スカル・アンド・ボーンズ」（訳註・一八三二年に創設された、ごく少数のエリートからなる閉鎖的な社交クラブ。大統領をはじめ、政財界のリーダーを輩出している〕の歴史について特別な興味を持っていた。令谷は、スカル・アンド・ボーンズをモデルにして、赤い貴族のメンバーと読書サークルを作っていた。彼は、そのサークルを、フラタニティの一種か友愛団体と捉え、赤い貴族の息子や娘が集まって、最新の話題について議論する場所とみなしていた。パーティーを開いたり女の子を追いかけたりするのではなく、思索を通じて親交を深めるのが彼の望みだった。そこで、彼はあらためて読書クラブを結成した。私は本を数冊紹介したが、メンバーは二、三回しか集まらなかった。令谷は、山東省で政府の末端の仕事をしていたことがあり、中国の残り半分の人々がどんなふうに暮らしているかを感覚的に理解していた。彼を見ていると、特権階級の若い世代にも、パーティーや、女の子や、酒以上のものに興味を持つ人間がいるのだ、と希望が持てた。だから、のちに彼がどんなふうに死んだかを知ったときはショックを受けた。

二〇〇九年の夏、アリストンが生まれて数カ月になったとき、ホイットニーは彼を連れて中国に帰ってきた。私たちは、東方広場から、北京の東側にあるパーム・スプリングス（棕櫚泉《しゅろせん》）の高級マンションに引っ越した。彼女が中国に戻ったとき、私は以前の未熟な私ではなくなっていた。空港プロジェクトの第一段階は完成に近づいていた。二〇〇六年六月に仕事が始まったときは、建設工事に関することを何も知らなかった。まともな建設現場がどんなものなのかさえ知らなかった。当時、私の前に広がっていたのは、機材が乱雑に散らばった無秩序な現場だったが、そういうものなのだろうと思っていた。管理が行き届いていないことが原因だとは気づかなかったのだ。だが、今ではわかっている。

私は、苦しい試練をくぐり抜けてトンネルの向こう側に出たのだ。私たちは、汚職の捜査で、空港の総経理だった友人の李培英《りばいえい》を失った。順義区《じゅんぎ》の区長、李平《りへい》も去った。しかし、チームも私も立ち直った。私は一つの命を救って、ある種のオーラをまとった。かつては泥しかなかった所には、今や倉庫やオフィスビルが建ちつつある。

私が大きく成長できたのはホイットニーのおかげだ。彼女は、中国の体制の中でどう行動すれば成功できるのかを教えてくれた。彼女がいたから、私は世渡りのルールを覚えられた。そして、成長するにつれて自信を得ていった。若いころのアヴァンギャルドなファッションに戻り、眼鏡をやめてコンタクトレンズにした。実は、ホイットニーと私は香港に行ってレーシック手術を受けたのだ。同じ日に続けて手術を受けられるように予約を取ったのだが、それは賢明な判断ではなかった。ホテルに帰るまで、視力がほとんどない者同士が誘導し合うという、間抜けな状態になったからだ。私はもはや「少年老成（若いわりに円熟している）」を装う必要がなくなり、本来の私になりつつあった。

二〇〇七年に平安保険株を現金化した結果、ホイットニーと私は、話に聞くだけだったレベルの富を手にした。私たちは、中国銀行の香港交易所への上場に関わった二〇〇六年六月にも大儲けをした。銀行の幹部が、国務院での新規株式公開（ＩＰＯ）の承認手続きを迅速に進めるために、ホイットニーの手助けを必要としたのだ。その支援の見返りとして、銀行が上場の準備をしているときに、約三〇〇万株を購入するチャンスを与えられた。取引開始の初日だった二〇〇六年六月一日、株価は一五パーセント上がった。数日後、私たちはその株を売却した。その後も、何件かの同じようなＩＰＯに関わった。お金がどんどん流れ込んできた。

私は値札を見ずに買い物をするようになり、二〇年前、香港で友だちのスティーヴンと服を買うときに身に付けたあのスキルは必要なくなった。私はランボルギーニやフェラーリを買った。それを、二十代の令谷を含む友だちに貸したりもした。私がワインに興味を引かれたのは、ウィスコンシン大学に留学中に、エベレストというレストランで初めてテイスティングメニューを食べたときだった。お金に余裕ができて、私は、ついに自分自身でワインのコレクションを始めた。今では二つの大陸の貯蔵庫に数千本のワインを持っている。ホイットニーが財布のひもを握っているのは以前と変わらず、私は請求書を彼女のCFOに送っていた。私たちの資産について取り決めができていないことは悩みの種だったが、例によって先延ばしにし、あとでやればいいと考えていた。その日はけっして来なかったのだが——。

派手にお金を使っていたのは私たちだけではなかった。二〇〇〇年代の半ばには、私たちの周りのニューリッチは、みんな盛大に消費していた。中国の東海岸沿いの都市に住む「クレイジー・リッチ・アジアンズ」〔訳註・ケビン・クワンの小説、およびそれを原作にしたジョン・M・チュウ監督の映画の題名にかけている〕が、消費ブームを牽引した。一九九〇年代、中国の富裕層はコピー商品を買っていた。二〇〇〇年代になると、本物のルイ・ヴィトンや、プラダ、グッチ、アルマーニなどを買った。中国では、誰も現金を使わない時代があまりにも長かった。だから、ひとたび余裕が生まれると消費意欲が爆発し、散財のマインドセットを嬉々として取り入れた。私たちは、ついに洞窟から出ることに成功した穴居人のようだった。掘っ建て小屋から出てきたばかりの私たちは、何を買っていいかわからなかったので、一番明るい星、最も有名なブランドを選び、しばしば法外な価格で買った。ワインだったらシャトー・ラフィット、車ならロールス・

ロイスといった具合だ。中国人が贅沢品に惜しげもなくお金を使ったために、そうした商品の価格は世界的に高騰した。

ホイットニーと私は思いがけない莫大な収入にかなり驚いた。とはいえ、平安保険株を売却したときは空港プロジェクトに没頭していたので、資金面で肩の荷が下りたという感じはなかった。自分たちの資産に対する評価は大きく変わったが、有頂天にはならなかった。二四時間、三六五日、一瞬たりとも気の抜けないプロジェクトに取り組んでいたからだ。会社の経営とか、片づけなければいけないこととか、頭の痛い問題に対処するのに精一杯で、ほかのことを考える余裕がなかったのだ。

大金を手にしてすっかり変わったように見えたのは、私よりもホイットニーのほうだった。彼女はそれまでも相当金遣いが荒かったが、平安保険株の売却以降、浪費癖は新たなレベルに入った。高価な物を探し出して買うために、私たちは世界中を飛び回った。そのときの目当てはカラーダイヤモンドだった。香港のマンダリン・オリエンタル・ホテルにある宝飾店ロナルド・エイブラムで、ホイットニーはピンクダイヤモンドを一五〇〇万ドルで買った。次には、イエローを探してニューヨークの大手ダイヤモンド・ディーラーをすべて回った。

私もスポーツカーやワインを買ったが、ホイットニーの欲求は常に膨らんでいくのだ。彼女には、周りの人々に自分の生活のスケールを見せつけたいという深い欲望があり、その欲望は、彼女の富が増えるとともに大きくなっていった。自分が周りの人々よりも偉大で、優秀で、あらゆる面で勝っていることを、思い知らせずにはいられないのだ。彼女が裕福さをひけらかすのは、自分は目の前に立ちはだかるあらゆる困難を乗り越えてきたし、山東省にいたころの自分とは違うのだということを、周囲の人々に証明するためである。かつて、私たちは脚光の当たる場所を避けようと決めたのに、彼女は注目を集めたいという大きな欲求に負けてしまった。それは車の選択にも及んだ。

私は、自分たちにロールス・ロイスは必要ないと思っていた。当時の北京にロールス・ロイスはあまり走っていなかったので、要らぬ注目を集めるのではないかと心配したのだ。けれど、彼女がどうしても欲しいというので、サラマンカブルーのファントムを買った。

ホイットニーは、貧しい生い立ちから自分がいかに遠くまで来たかを示すために物を買い集めたが、私が高価なオモチャを買うのは、ほとんど好奇心のためだった。プールにつながる新しい路地を探したことや、香港を出てウィスコンシンに行ったことを含め、私は幼いころから常に冒険心にあふれていた。お金儲けそのものに興味があったわけではない。新しいことに挑戦するためにお金を使ってきたのだ。フェラーリを所有すればどんな気分になるのかを知りたかったからフェラーリを買った。多くの男たちが夢見るだけの車を所有すると、どんな精神状態になるのだろう、と思ったのだ。だから、実際に持ってみて、どんな気分かわかれば、「済み」のチェックマークを入れて次に進むのである。

ときどき、派手にお金を使ったあとでバカバカしい気分になることがある。四十歳の誕生日に、ホイットニーが、二年かけて一つ一つ手作りされる五〇万ユーロのスイス製腕時計をプレゼントしてくれた。F・P・ジュルヌが製作したシリーズの一個だ。私のはシリーズの七番目だったが、人の話を聞くかぎり、二番目を入手したのはロシアの指導者ウラジーミル・プーチンだったようだ。

温一家との関係があるので、私たちはそれまで自分たちの富が表に出ないように気をつけてきた。収集した貴重品を懇意な官僚に見せることはあっても、ほかの金持ちたちのように、自分の富を誇示したりしなかった。実業家とも交流しなかった。自分たちの噂が広まるのが嫌だったし、交際相手を探してもいなかった。しかし、それが平安保険株を売却した途端に変わり、ホイットニーは自分の交際範囲と影響力を広げたいという欲求にとらわれてしまった。

ホイットニーは、曾梵志《ゾンファンジ》などの画家たちと親しく付き合うようになった。曾梵志は中国現代美術界で最も注目を集めるスターである。彼は、北京の社交界の人々や、作家、批評家、仲間の芸術家、画商、欧米のエリートといった人々に、常に取り囲まれていた。ホイットニーは曾梵志のパトロンの一人になり、彼の展覧会のカタログの序文を書いた。それを読んだ人は、誰もが彼女の文章力に驚嘆した。

ホイットニーは激しく争って曾梵志の絵を買った。彼女のライバルのなかには、グッチ・グループのオーナーで、世界で最も有名な現代美術コレクターの一人であるフランスの大富豪フランソワ・ピノーがいた。ピノーは、アシスタントを曾梵志に張り付かせ、彼が描いている絵の写真を撮らせていた。曾梵志が絵を完成する前に、その絵を買いたいというオファーを出すのである。

ホイットニーとピノーは、曾梵志の『祈禱』と題した絵を巡って争奪戦になったことがある。「私はクリスチャンなの」とホイットニーは曾梵志に言った。「心から神を信じてるわ。この絵には私の心に強く訴えかけるものがあるの。だから、ピノーには売らないで」。曾梵志は納得した。ホイットニーはいつだって勝つ方法を見つけるのだ。曾梵志のパトロンだった彼女は、作品を割安に買うことができた。ホイットニーは『祈禱』を五〇〇万ドルで買ったが、それは曾梵志の大作としては破格の値段だった。

平安保険株の売却は基本的に僥倖《ぎょうこう》であり、裕福な人は聡明なのではなく運がいいのだという、私やほかの人たちが持っていた認識を証明した。私たちが平安保険株を買ったのは、値上がりすると確信したからではないし、平安保険がＩＰＯを計画していることも知らなかった。私は、株価が初期投資の四倍になったら売却しようと思っていたのに、規則によってそれができなかった。私たちがあれほど大きなリターンを得たのは、売りたいと思ったときに売れなかったからだ。

私たちにとって平安保険株の売却は、莫大な利益を生んだ二度の機会の一つであり、どちらの場合も主な役割を果たしたのは幸運だった。私たちは平安保険株を安全な投資としか見ていなかった。たとえコネのおかげで株を買えたのだとしても、そんなことは世界中の何千もの取引で起きているし、そうした取引のすべてには、多少なりとも地位の利用が絡んでいる。平安保険株の売買は、ただの中国版にすぎない。私たちの場合は、官僚の地位を利用した斡旋ではなく、官僚の妻の地位を利用した斡旋だった。だからといって言い訳にはならないが、中国の体制とはそういうものなのだ。

中国で大きなことを成し遂げたければ、体制の内側で仕事をしなければいけない、と私はホイットニーに教わった。中国の興隆に加わりたければ、それが唯一の道だ、と。すべての中国人だけではなく、外国人や多国籍企業も、出している結論は同じだった。

最近、中国の富裕層はみんな道徳的に退廃しているという単純な議論をよく目にする。だが、もしそうならば、当時、中国とビジネスをし、中国に投資し、中国に関わったすべての人が「道徳的に退廃していた」ことになる。そのなかには、海外の人々や、政府や、企業が多数含まれるし、そうした企業の株を持ち、家に中国製品があふれている人々まで含まれるのだ。中国の体制は基本的に欧米の体制と同じであり、やがて民間企業が成長して経済を支配するようになれば、もっと透明でオープンなものになると、大多数の人は本当に信じていた。そのことはここで強調しておきたい。成熟した資本主義へのプロセスは中国共産党によって断絶され、おそらく再開することはないだろう。だが、当時はそれがわからなかった。私は、自分とホイットニーが行ったすべてのことに全面的に責任を負い、下した判断に伴う重荷を背負うつもりだ。しかし、実際にあんなふうに生きてみてわかったのは、物事は、他人が遠くから見て思うよりも、はるかに複雑だということだ。完全な人生などない。私はこれからも歩き続ける。

平安保険株の取引のあと、中国遠洋運輸公司（COSCO）のCEO、魏家福《ぎかふく》は、ホイットニーや張おばさんとの関係を利用して、交通運輸部長〔訳註・日本の国土交通大臣に相当する〕に昇進しようともくろんだ。私たちが張おばさんとのディナーに招待すると、彼は、新たな航路を開設した話や、ギリシャで港を買収した話、ボストン港を救ったとしてアメリカの上院議員（のちの国務長官）ジョン・ケリーから賞をもらった〔訳註・新航路の開設によってボストン港に大きな雇用を創出したことが認められて、二〇〇四年に「エコノミック・ブースター賞」を受賞した〕話などをして、場を盛り上げた。しかし、結局、彼は私たちに株を買う機会を与えたことの見返りを得られなかった。魏家福は部長になれなかったのだ。COSCOは二〇〇八年の世界金融危機で座礁し〔訳註・魏家福は長くCOSCOを率いたことから「船長」と呼ばれていた〕、彼は二〇一三年にCOSCOを退職した。

だが、平安保険株の取引をネタに利益を得ようとする魏一家の試みは、それで終わったわけではなかった。アメリカ人と結婚してカリフォルニアに住んでいた魏家福の娘は、私たちに五〇万ドルの融資を頼んできた。ホイットニーは、その娘が私たちのお金をもらう権利があると思っていることに怒った。私たちは平安保険株を市場価格で買ったのだ、とホイットニーは言った。それを売ったのがCOSCOだからといって、私たちは魏家福にもその家族にも何の借りもない。私たちは魏家福の娘に融資をしなかった。返済されないのが目に見えていたからだ。

平安保険への投資は、温一家が関わった中で最も大きな取引だった。その成功によって、私たちと張おばさんの関係はより強固なものになった。私たちは、あたかも温一族の名誉会員のようだった。私たちの利害はますます一致し、ホイットニーと私は張おばさんにとっていよいよ不可欠な存在になった。

張おばさんとホイットニーの交流は密になり、深い信頼に根ざしたものになった。彼女はホイットニーに指示して私を香港に行かせ、総理の身の回りの物を買わせた。張おばさんは、ホイットニーに、夫婦生活に刺激を与える秘訣を教えた。ホイットニーは、温夫妻を私たちのロールモデルにしようと思っているようだった。張おばさんは、七十歳に近づいても貪欲に生きようとしていたし、温家宝も何とか付いていこうとしているように見えた。

温一家のニーズを先取りするために、ホイットニーと私は、温総理のぱっとしない風采を整える役割を引き受けた。私たちは彼にスーツとネクタイを買った。彼が公の場でそれらをさっそうと着こなしているのを見て、私たちは、にんまりした。ホイットニーと張おばさんは、温家宝が引退後に回想録を書くときに、ホイットニーが非凡な文才を活かしてゴーストライターを務める構想を立てていた。とはいっても、私たちと張おばさんの関係はけっして対等ではなかった。ホイットニーと私は、彼女の行動の一歩先を読み、彼女が気づく前に、彼女の欲求を見極めて満足させることに意識を集中した。

平安保険株の取引は、家族の中で張おばさんが持つ影響力を増大させた。彼女は常に一族を統括し、子どもたちや親戚に仕事やビジネスチャンスを分け与え、夫に助言していた。一方で、平安保険株の取引の成功によって、張おばさんは自分の判断力を確信するようになり、数億ドルの資産を自分の一存で使えるようになった。

私の祖父、沈墉と子どもたち。左端に立っているのが私の父、沈江である。この写真が撮られたのは中国革命の直後で、祖父の家が接収され、法律事務所が閉鎖される前の、まだ穏やかな時期だった。（著者提供）

香港に移住した直後の両親と私。母方の祖父が住むアパートのリビングルームで撮ったもの。70平方メートルのスペースに3家族が同居し、私たちはリビングルームで寝起きしていた。(著者提供)

香港の皇仁書院の水泳大会で優勝したとき。大会は、学校から通りを隔てた向かいにあるヴィクトリアパークのプールで毎年開かれた。このときは15歳だった。トロフィーを授与しているのは、1950年代に共産主義中国に対する貿易禁止令を破って財を成した実業家ヘンリー・フォック（霍英東）である。

(著者提供)

ホイットニーと両親を撮った中国の典型的なポートレート。母親は李宝珍、継父は段祥西である。母親はホイットニーを妊娠中に、ホイットニーの実父の元から逃げ出した。（著者提供）

1990年代後半に、天安門広場に立つホイットニー。彼女のポーズからは屈託がなく自信に満ちた様子がうかがえ、鮮やかな色のフロックは時代の先端を行っている。（著者提供）

ウィスコンシン大学を卒業して香港に帰り、株式仲買人になったころ。左端が私。イケイケ時代の香港では、競争するように酒を飲むことが生活の一部だった。ほかの仲間もほとんどがアメリカ帰りで、極東での一攫千金を狙っていた。（著者提供）

2004年に張おばさんと行ったスイス旅行でのホイットニーと私。背景はレマン湖。（著者提供）

アリストンが5歳ぐらいのとき、中国北部の内モンゴルで撮った写真。川でラフティングをしているところ。（著者提供）

比較的若いころの温一家。写っているのは、のちに総理となる温家宝、妻の張培莉（私たちは張おばさんと呼んでいた）、息子の温雲松（ウィンストン・ウェン）、娘の温如春（リリー・チャン）である。温家宝が人民服を着ていることから、彼が、まだ中国共産党中央弁公庁に勤めていた時の写真だと思われる。（著者提供）

2008年に四川省で起きた大地震直後の温家宝総理。人民のために懸命に働く人物だと思われていた。家族の蓄財が報道されると厳しい批判にさらされるが、私たちの目には、彼は何が起きているのかよくわかっていないように見えた。
(ロイター／Alamy)

平安保険が上海証券交易所に株式を公開したときの様子。右端では馬明哲が銅鑼《どら》を鳴らしている。平安保険の上海市場への上場は、ホイットニーと私に、数億ドルに上る思いがけない利益をもたらした。
(AP フォト)

2011年6月、パリで、1900年から1990年までのシャトー・ラフィット・ロスチャイルドのバーティカル・テイスティングをしているところ。その晩のワインだけでも10万ドルの費用がかかった。写真の左側にはデイヴィッドこと李伯潭が妻の賈蕾と並んで席に着いている。私はホイットニーと一緒に写真右側に座り、隣には、土地開発業者の許家印と妻の丁玉梅がいる。写真左側の私の正面に座っているのが、フランス人の友人フランソワだ。
(フランソワ・オドゥーズ氏提供)

ホイットニーがロールス・ロイスを欲しがったので、私たちは、この写真と同じモデルを、高い輸入税が上乗せされた価格で購入した。目立ちすぎると思ったが、そのころの多くの買い物と同じように、車はある種のステータスを表すものであり、中国の体制でトップレベルのビジネスをするために必要だった。　（チャイナフォト／ゲッティイメージズ）

２枚の絵画の間に立つ中国の世界的画家、曾梵志。ホイットニーは左側の『祈禱』を約500万ドルで買った。彼女は、コレクターとして有名なヨーロッパの実業家に競り勝った。こうした美術品の購入は、私たちが世界でもトップクラスの取引ができる財力を持っていることを示すものだった。　（ダン・キットウッド／ゲッティイメージズ）

北京首都国際空港の北側部分を写した写真。中央に見えるのが、貨物を扱うために私たちが建設した施設である。私たちの会社は、数年をかけて56万平方メートルの土地を開発し、倉庫や、貨物ターミナル、オフィス棟を建設した。

（航港発展有限公司提供）

ホイットニーと私が1000万ドルを寄付して建設した清華大学の図書館。学内で最も人気のある図書館になり、個人自習室を使うためにはネットでの予約が必要になっている。 （エンリコ・カノ）

中国人民政治協商会議のメンバーとして投票する筆者。私は10年間この組織のメンバーだった。毎年、投票に参加したが、投票は何の意味も持たなかった。すべての議案に賛成するからである。メンバーの多くは、会員資格を人脈を広げる手段として使っていた。 （著者提供）

啓皓（ジェネシス）開発プロジェクト。ホイットニーと私が北京で成し遂げた仕事の精華である。右端に見えるのが住居・ホテル棟、真ん中がオフィス棟の一つである。このプロジェクトによって、私たちは創造力を最大限に発揮し、中国の首都に画期的なものを残すことができた。　（KPF 提供）

啓皓（ジェネシス）のオフィス棟のロビーをのぞき込んだところ。2017年 9 月 5 日、ホイットニーはこのエントランスから姿を消した。　（KPF 提供）

友人の孫政才は、2022年には中国でナンバーワンかナンバーツーの政治家になるはずだった。ところが、彼の出世は、明らかに党のボス習近平を利する汚職捜査によって阻止される。写真は法廷での孫政才。彼は終身刑を宣告された。
（AP Images を通じて ImagineChina から）

私はかつて、共産党が組織した香港の民主化に反対する抗議行動に参加した。しかし、この写真は、2019年６月９日に、香港の自由と民主主義を求めるデモ行進に加わったときのものである。（著者提供）

2017年の夏に北京に滞在しているとき、アリストンが描いたホイットニーの肖像画。この数週間後に彼女は失踪する。（著者提供）

# 第12章　アスペン研究所

北京・コロラド　2003-2011

空港プロジェクトを実現させるための苦労は並大抵ではなかったが、ホイットニーと私の未来だけではなく、中国の未来についても希望を与えてくれた。自分たちは祖国に大きなものを創造しているのだという実感があった。私たちは起業家にすぎなかったが、中国の共産主義体制の奥深くで事業を行い、着実に前進させていた。

私たちは、中国が良い方向に変わりつつあるという印象を持っていたし、自分たちのような資本家が国の近代化に欠かせない存在になっていると感じていた。多くの新たな仕事と、莫大な富を生み出していたのは起業家だったからだ。確かに、中国共産党は欧米のメディアに批判されていた。しかし、私たちが暮らしているのは、『ワシントン・ポスト』や『ニューヨーク・タイムズ』が日々伝える国とは別の国なのだと思っていた。ホイットニーも私も、状況は改善しつつあると確信していた。今日は昨日よりも良いし、今年は去年よりも良い。中国の公式な弁明は、「看看我們走了多遠（どれほど遠くまで来たか考えてみよう）」

である。それで私たちは納得していた。中国はもっと速く近代化を進めるべきだという人もいたが、中国は確実に前進していた。そんなふうに感じているのは、ホイットニーや私のような上流階級だけではなかった。社会全体が楽観的な見方を共有していたのだ。私たちは、もっと開かれた自由な社会に否応なく向かっていくのだ、とみんなが感じていた。

二〇〇一年七月一日には、共産党は、すでに公式に資本家に対する方針を変えていた。当時の最高指導者、江沢民《こうたくみん》が、党は、起業家を含むあらゆる指導的立場の中国人を歓迎する、と演説したのである。彼は、起業家を、共産党的な言い回しで「三個代表（三つの代表）」〔訳註・共産党が、先進的な社会生産力、先進的な文化、広範な人民の利益の三つを代表するという江沢民の理論〕に含めたが、そのわかりにくい表現の向こうには、この変更の重要性が透けて見えた。共産主義中国の創設者、毛沢東《もうたくとう》は、私の父方の一族にいたような資本家を、社会の最下層に追いやった。鄧小平《とうしょうへい》は、経済改革による少数者の「先富起来（先に豊かになること）」を認めることで、資本家の地位を引き上げた。それから一世代経った今、江沢民は起業家たちに、共産党に入党し、少なくとも政治権力の一端に加わるように呼びかけたのだ。目がくらむような変化である。

共産党の上層部でも、エリートたちは変化に対する心構えをしていたように思える。二〇〇四年、台湾の総統に陳水扁《ちんすいへん》が再選された。台湾は、中国共産党が長いあいだ中国の領土だと主張してきた人口二三〇〇万人の島である。二〇〇〇年、陳水扁は、野党候補として初めて台湾の総統に選出され、五〇年続いた国民党による一党支配を終わらせた。共産党の大物たちは台湾の民主化の進行にショックを受けた。中国が密かに持つロードマップと共産党の権力独占に対する脅威を、そこに見出したからである。再選されたあと、陳水扁は、今こそ国民党の富を獲得すべき時だという声明を出した。島を支配していたとき、国民党は台湾経済を党の貯金箱のように扱っていたからである。二〇〇四年三月に行われた台湾の総統選挙のあと、私は、鄧小平の長女、鄧林《とうりん》のディナーに招かれた。画家である鄧林は、鄧一族に取り入りたい香港の裕福な実業家たちに凡庸な作品を売って、かなりの資産を作っていた。鄧林は話題を台湾に向けた。「党費を増額して、党の資金を作らなければいけません」と彼女は明言した。「そして、国有企業の資産を取り上げて、党が所有する企業に回す必要があります」。将来、中国共産党が、台湾で行われたような選挙に直面したときに「頼れるだけの貯金は、少なくともできるでしょう」と彼女は言った。トップの人間はそんなことを考えているのか、と私は思った。中国共産党が、いつか本物の野党〔訳註・中国には現在でも「民主諸党派」と呼ばれる八つの形式的野党が存在する〕と権力を分け合わなければいけなくなる可能性を、彼女は本気で考えているのだろうか？　もちろん鄧林は中国政界の重要人物ではないが、彼女の不安はエリートたちの気持ちを反映していた。中国では先行きのわからないことがたくさんあり、彼女の心配は時代の流れを表しているのかもしれなかった。

ほかの政府高官は、資本主義と、より多元的な政治体制への平和的進化を支持しているように見えた。彼らは、私的な会話では、中国の経済はもっと開放的にならざるを得ないという、私たちと同じ見解を披瀝した。長期的に見ると、国有企業は本質的な非能率性のために生き延びられないことを、彼らは理解しているようだった。そうした考えを表明した最高幹部の一人が王岐山《おうきざん》だった。

王岐山は、数十年にわたって中国の経済改革の中心にいた。彼は、長らく朱鎔基《しゅようき》のあとを追ってきた。

朱鎔基は、一九九三年から二〇〇三年にかけて、改革精神を持って中国を好景気に導いた立役者だ。朱鎔基が国務院の第一副総理だった一九九六年、王岐山は中国最大級の金融機関のトップ〔訳註・中国建設銀行の行長〕に就任し、当時、ゴールドマン・サックスのCOO（最高執行責任者）で、のちにアメリカの財務長官となるヘンリー・ポールソンと親交を結んだ。王岐山とポールソンは、崩壊しかけていた中国の金融システムと国有企業のネットワークをアメリカの支援で近代化する取り組みの一環として、中国電信〔訳註・現在の中国移動〕をニューヨーク証券取引所に上場させた。ポールソンらは、朱鎔基や王岐山の動きを、中国経済を民営化する道筋の一つだと解釈していた。しかし、鄧林の懸念にも関わるが、中国共産党の本当の狙いは、国有部門を救済し、それを経済的支柱にして共産党の支配を維持することだった。ポールソンの行動は、欧米人が、より自由な市場を持った、より多元的な国へと向かう中国を支援しているつもりになっていた、多くの事例の一つである。実際には、共産党は、欧米の金融技術を使って、党による支配を強化しようとしていたのだ。

中国電信の上場のすぐあと、朱鎔基は王岐山を広東省《カントン》の常務副省長に任命した。そこで、彼は再びゴールドマン・サックスと手を組み、中国共産党史上最大の破綻企業の再建に成功した。ゴールドマン・サックスは大きな利益を獲得し、粤海《えつかい》企業は救済された。

ホイットニーが、当時、北京市長だった王岐山に会ったのは、二〇〇六年に張おばさんが北京飯店で開いたディナーの席だった。このころには、張おばさんは、夫である温家宝《おんかほう》総理の使者の役割も、自立した実業家の役割もすっかり板につき、ホイットニーとの関係もますます親密になっていた。張おばさんは子どもたちと外出するのを嫌がり、どう見ても「炮友《パオヨウ》（セフレ）」である黄緒懐《こうしょかい》に人前でエスコートされるのも避けていた。スキャンダルになりかねなかったからだ。結果的に、どこへ行くにもホイットニーがお供をしていた。

王岐山は北京市長だったが、温総理の下での副総理候補であり、当然、その可能性を高める手段を探していた。張おばさんやホイットニーとの交流は、間違いなく昇進の可能性を高めるものだった。

食事のあと、王岐山はホイットニーを市長室に招いた。二〇〇八年に彼が副総理になると、二人が会う場所は中南海《ちゅうなんかい》の党本部に移った。彼らは定期的に会うようになった。二、三週ごとに王岐山はホイットニーを呼び出し、彼女の運転手が彼女を中南海まで運んだ。二人は、お茶を飲み、政治を語りながら数時間を過ごした。

王岐山はホイットニーの頭の良さを評価していた。彼女から聞いたところでは、二人は、世界史から、政治思想、中国や世界の政治の動向に至るまで、あらゆることを話し合ったという。官僚のなかにはホイットニーに助言を求める者もいたが、王岐山はそれをしなかった。その代わり、制度上の上司である温家宝について細かい情報を知りたがった。

家父長制の中国で、権力の頂点近くにある狭い世界には、客室乗務員とウェイトレス以外にほとんど女性がいない。その意味で、ホイットニーは貴重な存在だった。彼女自身には何の公的な地位もなかったが、張おばさんという後ろ盾を持ったホイットニーは、実際に物事を動かせる人間として、興味深いゴシップを知るルートとして、内部情報の源泉として、多くの人に必要とされた。そのうえ、王岐山の場合は、結婚していても子どもがいなかった。張おばさんが自然とホイットニーの母親代わりになったのと同じように、王岐山も優しい叔父のように世話を焼きたかったのだろう。王岐山にとって、ホイットニーの存在には多くの意味があったのだ。

それはホイットニーにも当てはまった。二〇〇三年に温家宝が総理になるとすぐ、私たちは、彼が一〇年以内に引退したらどうなるかについて検討し始めた。ホイットニーは、人脈を広げて、自分のチェス盤に駒を増やす必要があると考えていた。王岐山はそれにぴったりだった。

これから中国がたどる道についての王岐山の見解は、ホイットニー自身の見方と一致していると、彼女は考えていた。王岐山は、中国の国有企業はやがて売却されると予測し、そのときの投資のために、資本を取っておくようにホイットニーに助言した。引き金を引く時が来たときに、発射できる弾があるように、弾薬の準備をしておくべきだということだ。王岐山は中国の経済体制を巨大な「椅子取りゲーム」に喩《たと》えた。彼の予測では、ある時点で音楽が止まり、共産党は大規模な民営化を受け入れざるを得なくなる。だから、準備しておく必要がある、と彼は話した。

王岐山も、中国を支配するエリートに特有なパラノイア的妄想をいくらか持っていた。例えば、彼は、宋鴻兵《そうこうへい》という金融の専門家が書いた二〇〇七年のベストセラー『通貨戦争』〔訳註・日本語訳は『通貨戦争――影の支配者たちは世界統一通貨をめざす』武田ランダムハウスジャパン・二〇一〇年〕の熱烈なファンだった。その本で、宋鴻兵はこんな主張をしている。国際金融市場、特にアメリカの金融市場は、ユダヤ人銀行家の小さなグループに支配されていて、彼らは、まず発展途上国にドルで融資し、次にそれらの国の通貨を空売りするという為替操作によって富を増やしている。宋鴻兵の本では、中国の指導者の多くがアメリカに対して持つ、軽蔑と、疑念と、畏怖がない交ぜになっている。少なくとも王岐山はもっと賢明であるべきだった。何十年も欧米の人間と緊密に連係して仕事をしてきたのだから。

人脈作りの達人ホイットニーは、王岐山にとどまらず、最終的に温一族の代わりとなる新たな手づるを探していた。彼女が有望な人物として期待をかけていたのは、前の順義《じゅんぎ》区党委員会書記、孫政才《そんせいさい》である。孫政才は、二〇〇〇年代の初めに、ホイットニーと私に順義区の土地を割り当ててくれたが、結局、私たちはそこを開発しなかった。ホイットニーがアウディに例の特別なナンバープレートを付ける許可を取るときにも、彼が口添えをしてくれた。

孫政才は、二〇〇二年に順義区を去ってから飛躍的に出世し、北京市党委員会秘書長に就任した。ホイットニーは、とりわけ温家宝の総理在任中には、孫政才の昇進を確実にするために懸命に動いた。二〇〇六年十二月、孫政才は温家宝の後押しによって四十三歳で農業農村部長に就任し、中国で最も若い二人の部長の一人となった。

孫政才を部長の地位に就けるのは難事業だった。中国で部長になるためには、一貫して支持してくれる人物が中央政治局常務委員会にいなければならないし、ほかの常務委員が昇進に反対しないように工作する必要がある。ホイットニーと張おばさんは、温家宝が孫政才を後援するように仕向けた。それと並んで、孫政才は、彼を邪魔しないようにほかの委員に働きかけなければならなかった。前に書いたとおり、孫政才は順義区の土地を、中国の副総理、曽慶紅《そうけいこう》の親族に分配した。曽慶紅は前の党総書記、江沢民に近かった。だから、どちらの親族も孫政才を好人物だとみなしていた。彼はこれらのコネを利用した。それも、自ら行ったのである。

この一連のプロセスを指導したのはホイットニーだった。彼女は特に張おばさんに強く働きかけた。孫政才の昇進は、私たちのためだけではなく、温一族を長期的に守るためにも望ましいとホイットニーは考えたのだ。温家宝が政治の舞台から退いたあとも温一族の遺産を守り、影響力を保証してくれる忠実な支持者のネットワークが、温家宝にはなかった。孫政才は、その状況を変え、温一家の旗印を残す可能性を持っていた。彼をその若さで部長に昇進させれば、将来の中国のリーダー候補になる。では、誰が彼をその地位に就けたのか？　温家宝を後ろ盾にしたホイットニーと張おばさんである。

ホイットニーが描いた軌道を孫政才が順調に進んでいることは、二〇〇九年に確認された。彼は、農業農村部長の職を離れ、四十六歳で、中国東北部にある吉林省の党書記に就任したのである。中国の王位を狙う者は、中国全土を経営するという大仕事を担う前に、一度地方に赴いて、小さな帝国の経営を経験することが求められるのだ。

中国では、官僚はけっして野心を表に出さない。「孫子の兵法」の眼目の一つは「静かに好機を待つ」ことである。だが、閉ざしたドアの奥で、孫政才は積極的に動いていた。彼が特に意識したのは、彼とそっくりな経歴を持つ、胡春華《こしゅんか》というライバルの官僚だった。孫政才と同様、胡春華も低い身分の出身で、一九六三年に湖北省の農家に生まれた。年齢は孫政才より六カ月ほど上なだけである。

孫政才と胡春華は、どちらもトップに向かうロケットに乗っているようだった。両者は二〇〇七年に、同時に党の中央委員会入りを果たし、委員会の最年少メンバーになった。二〇〇九年には、共に、省区の党書記に就任し、二〇一二年には、そろって中央政治局に入った。胡春華は共産主義青年団派（団派）の出身で、党の総書記である胡錦濤《こきんとう》の秘蔵っ子だった。そのため、彼は「小胡」と呼ばれていた。彼と孫政才が、二〇二二年に空席となる二つのトップのポストに就くように育てられているのは明らかだった。唯一の問題は、どちらが党の総書記として頂点に立ち、どちらがナンバーツーとして総理になるかである。

孫政才は、たびたび北京を訪ねるうちにホイットニーと出会った。彼は、彗星のように現れた胡春華に脅威を感じていた。夜遅く、ホイットニーと孫政才は北京の東側にある茶館で会い、どうすれば彼が胡春華に勝ってトップの地位に就けるかについて話し合った。

野心を持った官僚は、ひっきりなしに外で会食をしなければならない。孫政才は、北京に滞在しているとき、たいがい一晩に三回、夕食の席に着いた。一回目は、要望や依頼のある下位の人々を中心としたもので、五時に始まる。孫政才が多忙で、ほかにも用事があることを知っている人々は、早い夕食でも了解してくれるからだ。六時半に始まる二回目の夕食は、上位の人々や、政治的同輩のためのものである。政治的に重要な用件は、この時間帯の会合で処理される。三回目の夕食は、気心の知れた人々を集めて八時から始まる。ここに来るころには、孫政才はすでにかなり飲んでいるので、気を許せる環境が求められる。彼を招待する人たちが、中国の夕食時間をとうに過ぎていても許容するのは、彼が出世に躍起になっているのを知っているからである。そして、最後の夕食が終わった十時ごろ、孫政才はホイットニーにメールを送り、茶館の個室で会って、夜半過ぎまで話し続けるのだ。

そんな遅い時間にホイットニーと会っていたことからも、孫政才がどれほど彼女との結び付きを重視していたかがわかる。また、食事にまつわる形式的なものを省き、会話の内容を、孫政才が中国の政治的チェス盤の上で駒を動かすのを、どうすれば支援できるかに焦点を絞ったのだから、それだけ親密な関係だったのだ。孫政才がどれほど神経をピリピリさせているか、昇進が胡春華より数カ月遅れていることをどれほど気に病んでいるか、そして、どれほど必死に追いつこうとしているかを、ホイットニーは理解していた。

孫政才が吉林《きつりん》省に栄転したあとで、ホイットニーと私がマンハッタンに旅行したときには、ミッドタウンのフォーシーズンズ・ホテル一階にある、フランスの高級メンズウェアショップ、ジリーに立ち寄った。そこで私たちは、孫政才のために、毛皮の裏地が付いた高級なブーツを買った。吉林省は冬の寒さで有名だったので、私たちが彼を心配していることを伝えたかったのだ。

それは私たちの常套手段だった。まき餌を投げるべき人々のチェックリストが常に頭の中にあるのだ。海外旅行は、まき餌に使う、安価だが印象的な品物を見つけるいい機会だった。それで手づるとのつながりを深め、気にかけていることを示すのである。ホイットニーと知り合ったころには、ぼんやりしていると叱られたが、私は変わった。大事なことから目を離してはいけないという彼女の考えを取り入れ、中国共産党の主人たちの役に立てる機会を探すようになった。

だが、孫政才は足が凍えるほど吉林省にいなかった。役職上は吉林省が本拠地だったが、彼は生活時間のほぼ半分を北京で過ごし、ホイットニーやほかの支援者たちと会っていた。ホイットニーはしばしば、張おばさんとの食事に孫政才を誘った。そのたびごとに、ホイットニーは彼に便宜を図った。おばさんも孫政才とのディナーに大きな意味を見出していた。孫政才は、必ず彼女の夫に役立つ情報を持ってきたからである。張おばさんは温総理にさまざまな形で貢献していたが、そのなかには情報部員の役割もあるようだった。

二〇一二年十一月、孫政才は胡春華とともに中央政治局委員に昇進し、中国で最も権力のある二五人の官僚のうちの二人になった。その直後、孫政才は、第二次世界大戦中に中国の首都だった重慶の党書記に指名された。一方の胡春華は広東省の党書記のポストを得た。彼らの星は昇り続けていた。

ホイットニーは、中国のルークや、ナイト、キング、クイーンを手なずけるだけでは満足しなかった。ポーン〔訳註・将棋の「歩」にあたる〕も重要だと考える彼女は、権力者の側近たちにも積極的に近づいた。中国語で「秘書《ミーシュー》」と呼ばれる秘書は、権力者への接触を管理し、予定を組み、重要な決定を左右することもある。「太太幇《タイタイバン》」「処長幇」と並ぶ、「秘書幇」つまり「秘書ギャング」は、中国の権力を支える三本目の柱なのだ。

ホイットニーは、秘書たちに自然と親近感を抱いていた。何といっても、彼女は大学の学長秘書としてキャリアをスタートしたのだ。学長は中国の権力の頂点にいるわけではないが、秘書との関係は似ている。ホイットニーは、上司との良い関係を構築する方法を後輩たちに教えた。

とりわけ、王岐山の秘書の一人、周亮《しゅうりょう》はホイットニーと非常に親しく、彼女のことを「姐姐《ジエジエ》（お姉さん）」と呼んでいた。ホイットニーは周亮と電話で何時間も話し、どうすれば王岐山との関係を深められるかをアドバイスしていた。彼女は、周亮について王岐山から話を聞き、仕事をもっとうまくやる方法についてのヒントを周亮に話すのだ。こうした電話は、彼が、国際的な事件の展開を夜通し見守る役割を命じられるなどして、徹夜で仕事をしているときに、よくかかってきた。ホイットニーと私が夜の九時に夕食から帰ったあと、彼女は三時間も周亮の電話の相手をし、王岐山が彼をどう見ているかとか、周亮の欠点は何か、どこを改善すればいいか、どういう地位を目指すべきかなどについて、懇々と話すのだった。時には、あまりにも電話が長くなって私が眠ってしまい、ホイットニーがリビングルームに移動して、未明まで話し込むこともあった。

周亮は、その見返りとして、空港プロジェクトに関して私たちを支援してくれた。いくつかの重要な局面で、ホイットニーは彼に、交通運輸部の秘書に電話をしてもらい、私たちが申請していた認可について問い合わせてもらった。周亮は、王岐山が認可を求めていると言う必要はなかった。相手にその話題を出すだけでよかったのだ。先方は必ず、王岐山がプロジェクトに直接の利害関係を持っているように対応してくれた。こうした電話ですべての障害が突破できるわけではなかったが、別の政府機関のトップの判断を私たちに有利なものにすることで、プロジェクトをスムーズに進めることができた。ホイットニーは、周亮の支援への見返りとして、温一族やほかの人たちとのコネを使い、汚職を取り締まる中央規律検査委員会に周亮がポストを得られるように力添えした。

ホイットニーの持ち駒のポーンは周亮だけではなかった。二〇〇三年から二〇〇七年のあいだ温総理の三人の秘書の一人を務めた宋哲《そうてつ》のキャリア形成にも彼女は力を貸した。二〇〇二年に張おばさんとホイットニーと私がイギリスに旅行したとき、宋哲は駐イギリス中国大使館の参賛〔訳註・日本の参事官に相当する〕だった。私たちをあちこちに案内してくれた宋哲は「北京が恋しいです」と漏らした。そのほのめかしは、宋哲が昇進させてもらいたいと思っているしるしだった。ホイットニーの進言を受け入れて、張おばさんは宋哲を北京に戻し、外交問題担当の秘書として温総理のオフィスで働けるようにした。ホイットニーは宋哲にとって貴重な存在だった。温家宝が自分をどう見ているかについて直接の情報が得られ、どうすればもっとうまく仕えられるかを助言してくれるからである。宋哲も恩に応えた。ニューヨークの不妊治療専門医をすぐに受診できるように手配してくれたのは彼だった。二〇〇八年、ホイットニーのロビー活動や張おばさんの支援もあずかって、宋哲は駐欧盟（EU）大使に任命され、その後、外交部の駐香港特派員〔訳註・香港の外交事務を担っている駐香港特派員公署の責任者。在外公館の長に相当する〕に就任した。宋哲は香港在任中に副部長クラスに昇進し、「高幹《ガオガン》」になった。

ホイットニーの息がかかった官僚が出世したことで、私たちは自信を深めた。新しい中国では、共産党のさまざまな階層に仲間を送り込めば、無限の可能性が開けるのだ。私の野心は、単に世界有数の大空港に物流ハブを建設することにとどまらなくなった。国内や海外のほかのプロジェクトを獲得するために、競争に加わる可能性を考え始めたのだ。また、中国の起業家階級の力を使えば、ビジネスの枠を超えて、もっと大きな変化を起こせるのでないかとも思った。まだ萌芽の段階だったが、私や、ほかの資本家たちの関心は、この体制の中でどんなふうに仕事をすれば、中国の未来を創ることができるのかに、絞られ始めていた。

二〇〇三年、コンサルタントで、作家、実業家でもあるジョシュア・クーパー・ラモに、アスペン研究所を紹介された。ラモとは北京のグランドハイアットで一緒にランチを取ったことがあった。当時、ラモは、翌年発表する「北京コンセンサス」と題した論文に取り組んでいた。その趣旨は、権威主義的政治体制と、エリートによる統治、半自由経済をミックスさせた中国のシステムは、世界中の発展途上国にとっての新しいモデルになる、というものだ。ラモは、間もなくキッシンジャー・アソシエイツで働くことになっていた。キッシンジャー・アソシエイツは、元国務長官のヘンリー・キッシンジャーが創設した企業で、中国でホイットニーが行っている「関係《グワンシ》」ビジネスの外国版で収益を上げていた。

多くのセミナーやフェローシップ・プログラムがあるアスペン研究所は、少なくとも私にとっては刺激的な場所だった。私は、幼いころから好奇心が強く、ずっと新しい知的経験や発想を求めてきたので、アスペンではその欲求が思いきり解放された。アスペンは私の自己啓発への意欲を高めてくれた。それは、上海で中国の哲学者、南懐瑾《なんかいきん》の著作を読んでいたときから持ち続けている欲求である。南懐瑾は、自省は十全な人生の秘訣だ、と言っている。

二〇〇五年に、私はアスペン研究所の「ヘンリー・クラウン・フェロー」〔訳註・成功した若い実業家を対象にした「ヘンリー・クラウン」プログラムの修了者の呼称〕になった。その夏、私はコロラドに滞在し、五日間にわたって、二〇人ほどの人たちと哲学的な文献を読んでは議論した。セミナーのモデレーター（進行役）は、自分の人生について考えるように私たちを誘導した。これが、パームインフォでの失敗以来、初めて自分を省みる機会となったが、今回は、安定した立場での省察だった。北京にいる私のチームは、空港に物流ハブを建設するための認可を得る目前まで来ていたので、私はかなり楽観的な気分になっていた。李培英《りばいえい》の逮捕で始まる危機は、まだ先のことだった。

アスペンでの経験から、私は自分のキャリアの未来について考えるようになった。もしすべてを手に入れたら、人はそのあと何のために頑張るのだろう？　もっと大きな社会的責任を担うのか？　それとも政界進出を目指すのか？　アスペンで参加者として知り合った眼科の外科医は、一年の半分を開発途上国でのボランティアに費やしていた。別の参加者は、一九八三年にコロンビア大学のロー・スクールを修了したジョン・オールダムというアメリカ人の話をしてくれた。悲劇的なことに、オールダムは、その年の九月に起きたソ連の戦闘機による大韓航空〇〇七便の撃墜事件で命を落とした。彼は、北京大学法学部で一年間、教育と研究に携わるために北京に向かう途中だったのだ。彼の死後、友人や家族が寄付を募り、彼の名前を冠した奨学金を創設した。法律を学ぶ中国人学生を毎年一人アメリカに送るのと交換に、法律を学ぶアメリカ人学生を一人中国に呼ぶというものだ。この話を聞いて私は一つのアイデアを思いついた。

当時、中国とアメリカの関係は冷えきっていた。私の目から見ると、中国はアメリカ人が考えるほど悪い国ではなかった。だから、アメリカ人は、中国の一般的な市民のものの見方をもっとよく理解する必要があると思っていた。私たちのセッションのモデレーターの一人がハーバード大学の哲学教授マイケル・サンデルだったので、彼に、ハーバード大学に奨学金を設けるアイデアを提案してみた。歴史学、考古学、社会学、政治学など、どんな分野でもいいので、中国について研究している大学院生を支援するというものだ。サンデルはそのアイデアに飛びついた。二〇〇四年、数百万ドルの寄付で「シャム奨学金」が発足し、ホイットニーと私は、ハーバード大学に寄付をした最初の中国人起業家になった。

私はアスペン研究所で、富裕層がこれまでどのように政治のプロセスに関わってきたかを学んだ。その意味で、資本家階級に国の進路についての発言権を与えていない中国の体制は異常だった。資本家を自認する私たちは意見を言いたかった。私たちは、財産や、投資や、その他の権利の保護を求めていた。司法の独立が無理だとしても、少なくとも地域の党幹部の気まぐれではなく、法に基づいて審判が行われる公正な司法制度を求めていた。そして、政府の方針の予測可能性を求めていた。そうでなければ確信を持って投資ができないからだ。それに加え、キリスト教徒のホイットニーは、より広い信教の自由を求めていた。少なくとも、中国人が神と国家を同時に愛せることを、中国政府に認めてほしいと言っていた。

こうした目標があったので、私たちやほかの中国人は、価値のある活動のために寄付をするようになった。だが、中国の慈善事業はまだ揺籃《ようらん》期であり、恐ろしいほど多くの詐欺行為が横行していた。そこで、ホイットニーと私は、貧しい地域の子どもたちに、清華《せいか》大学に通うための奨学金を給付する、私たち独自の制度を作った。清華大学は中国有数の高等教育機関で、一九一一年にアメリカ政府からの資金援助によって創設された「清華学堂」から発展した大学である。また、私たちは、中国の非政府セクターを発展させ、市民社会を建設するために、自分たちのシンクタンク「凱風公益基金会」を設立した。ここで言う非政府セクターには、一九四九年に中国共産党が政権を握ったときに閉鎖された独立慈善団体や、民間研究機関、人権団体も含まれている。凱風交易基金会は二〇〇七年三月に正式に発足した。平安保険が上海証券交易所に上場し、私たちの資産が一挙に増えたのと同じ月である。ホイットニーの泰鴻《たいこう》から財政支援を受けた凱風交易基金会は、中国で初めて中央政府から承認された民間研究機関となった。

私たちは清華大学とときどき衝突した。恵まれない学生を支援するにあたって、私は奨学金で本や学費以外のものもカバーできるようにしたかった。自分が初めて香港の学校に行ったとき、ポケットにお金がないことで、どれほどつらい思いをしたかを覚えているからである。だから、給費生には、普通の社会生活ができ、二流の学生だと感じなくて済むだけの小遣いを持たせてやりたかったのだ。貧しい家庭の学生にとっての二つの大きな問題は、学業成績が優秀なのにもかかわらず自尊心が小さいことと、人付き合いが苦手になってしまうことである。これらの問題は、適切に対処しなければ、学生の成長を阻害してしまう。ホイットニーと私もその問題に直面し、同じ経験をしていた。だから、私たちは彼らが外出できるようにしたかったのだ。

清華大学は、私たちのように給費生の生活にまで首を突っ込む寄付者に慣れていなかった。大学が難色を示したのは、私たちの奨学金が、学生一人当たりの額としては大学で最も多くなるからだった。清華大学でのこのやりとりは、慈善事業に関するさらに大きな議論につながった。

大学の共産党書記は陳希《ちんき》という清華大学のOBで、一九九〇年代の初めにスタンフォード大学で二年間学んでいた。中国のあらゆる大学は中国共産党によって運営されており、すべての幼稚園~高級中学と同様に党書記がいる。通常、党書記は、学長や、学部長、校長よりもはるかに大きな権力を持つ。同じことは中国の政治システムにも当てはまり、党の総書記は総理よりも上位にいる。中国の学校や、国有企業、研究機関は、党書記に支配されているのだ。

陳希は二〇年間、清華大学の教員をしていた。二〇〇二年に清華大学の党書記に指名されたとき、彼には党内に強力な後ろ盾がいた。陳希は、当時、党の天頂に登りつつある新星だった習近平《しゅうきんぺい》と親しかったのだ。一九七〇年代の終わりに、陳希と習近平が学生として清華大学に通っていたとき、二人はルームメイトだった。一九九九年に習近平が福建《ふっけん》省の省長に任命されたときには、陳希に副省長になってほしいと頼んだが、陳希は断った。陳希は習近平に忠実だったが、何でも言うことを聞いたわけではない。彼は北京では大物だった。誰がその地位を捨てて、辺鄙《へんぴ》な省の副省長になりたいと思うだろうか。

陳希は背が高く、知的な顔立ちで、いざとなれば大きな力を発揮する不思議な魅力を持っていた。清華大学の党のトップとして、彼は容易に学生を惹きつけたし、効果的なスローガンを考え出す才能を持っていた。例えば、二〇〇五年十月の学生へのスピーチを、彼は次のように始めた。「野心を持て、主流に乗れ、大舞台に上がれ、偉大なことを成し遂げろ、正しい目標を選べ、屈せずにやり通せ」。陳希の狙いは、清華大学の学生が共産党の体制に加わり、国家に奉仕するように激励することだった。

陳希のリーダーシップの下、清華大学は中国で最も権威があり、政治的にも重要な大学になった。二〇〇〇年代の半ば、中央政治局常務委員会の七人のメンバーのうち四人は清華大学の卒業生だった。つまり、過半数の常務委員が陳希を覚えているということだ。陳希は学生に、軍事技術、特にロケット工学を学び、中国の軍産複合体に入るように促した。彼は「千人計画」においても中心的な役割を果たした。千人計画というのは、中国や海外の一流の科学者を中国に誘引し、先端的な研究をしたり教えたりさせるという中国政府の政策である。カリフォルニアで二年間勉強した彼は、特にアメリカの俊英を呼び込むことに熱心だった。陳希は、かつての教師や親族をどのように利用して、アメリカにいる中国人研究者を誘ったのかを、ホイットニーと私に話してくれた。清華大学には卒業生の大きなネットワークがあり、陳希はそれを存分に使って、大学と国家に利益をもたらしたのだ。

清華大学は中央政府の管理下にあるので、海外から引き寄せた著名な科学者に払える報酬は限られていた。そこで、陳希は裕福な卒業生や企業に頼んで資金を援助してもらった。陳希は自分の功績について話すのが好きだった。私たちが彼を都心に招いて、張おばさんと一緒に食事をしたときも、二時間の食事時間のうち一時間半を費やして、自分がどうやって世界中から、彼の好きな言葉で言う「天才をかき集めた」かを自慢した。

ホイットニーも清華大学の卒業生のネットワークを利用しようとした。二〇〇八年、彼女は、陳希が未来のリーダーを育成するために開設したＰｈＤプログラムに入学した。ホイットニーのクラス名簿は、将来有望な官僚の人名録のようだった。習近平の右腕の秘書、当時の党総書記だった胡錦濤の息子、局長、副部長、人口一三〇万の都市の党書記などの名前が並んでいた。ホイットニーがこの試練に飛び込んだのは、もっと人脈を広げたいという、彼女の終わりのない追求の一環だった。確かに、私たちには温一家がいたが、彼らとて永遠に頼りにできるわけではない。それに、清華大学の卒業生のネットワークは、中国で最も強力な人脈の一つだった。

ホイットニーが取ったコースは、ハーバード・ケネディ・スクールが設けている公共政策学のエグゼクティブ・プログラムをモデルにしていた。授業は月に四日開かれた。ホイットニーは中国の証券市場をテーマにした論文を書いた。彼女は、実際に自分自身で論文を書いたごくまれな学生の一人だった。ほかの人々は秘書にその作業を任せていた。彼女はクラスのスターになり、学生会の主席に選ばれた。コースに入学したほかの学生は、ホイットニーにビジネスをやめて政治の世界に入ったほうがいいと勧めた。しかし、彼女は何年も前の山東省《さんとう》での決心を固守した。

陳希は、清華大学を、物理学、工学、数学など理系の専門だけではなく、人文系の学部も備えた総合大学に戻す役割を担っていた。清華大学は、中国がソ連モデルをコピーしていた毛沢東時代に、技術者や物理学者を量産する理工系の大学になっていた。二〇〇〇年代の終わり、陳希は、竹の札に墨で文章が書かれた古代中国の竹簡《ちくかん》が大量に発見されたというニュースを耳にした。彼は、清華大学の卒業生のネットワークを通じて、ある起業家を見つけ、オークションでその竹簡を落札し、大学に寄付してくれるように説得した。竹簡は、古代中国に関する最も重要な発見の一つであり、なかには、古代の作家が引用しているものの、長いあいだ失われたと考えられてきた随筆が含まれていた。

陳希はホイットニーと私を、キャンパス内の隔離された研究室に案内し、竹簡を見せてくれた。あなたがたは研究者以外でこれを見た三番目の人だ、と陳希は私たちに言った。前の二人とは、当時、党のトップだった胡錦濤と、その前任者の江沢民である。

私たちは、清華大学に人文系の学部を再建する使命に協力してほしい、と陳希に依頼された。私たちの寄付によって、彼は国内や欧米から教授を集めることができた。私たちは中国文学部〔訳註・正式名称は「人文学院中国語言文学系」〕に資金を提供し、平安保険株を売却した二〇〇七年には、一〇〇〇万ドルを寄付して、面積が一万七〇〇〇平方メートルの図書館を建設した。掉尾《ちょうび》を飾ったのは、自由な学問的議論を促進する屋上庭園とバーベキューの設備である。そのプロジェクトは、二〇一一年に、清華大学の創立一〇〇周年に間に合って完成した。私たちは清華大学に大きな信頼を置いているし、そこで慈善事業の先鞭を付けたことを誇りに思っている。

中国も私たちを信頼してくれているように見えた。二〇〇七年、農業農村部長を務めていた孫政才は、私が「中国人民政治協商会議（政協）」の北京支部に加われるように取り計らってくれた。政協は「中央統一戦線工作部」という官僚機構の一部であり、中国共産党が、チベット族などの少数民族から、信仰心の厚い人々や、起業家、華僑に至る、国内外の非共産党要素を管理するために使ってきた組織である。私は、香港・マカオの代表として北京市支部に招かれた約五〇人のうちの一人だった。

北京支部は国家レベル政協の一段下に位置する。政協は、基本的に、アメリカのロータリークラブのような、人脈を作るプラットフォームであり、メンバーであることは、共産党が、党の影響力にとって潜在的に有用な人物だと認めているしるしである。メンバーは年に数回の会議に出席するほか、私たちの投資を求めている省に視察旅行に行く。年に一回、北京で一週間開かれる会議の期間は、当局が私たちのバスのために道路を封鎖し、五つ星ホテルに泊めてくれる。飛行機のチケットを買う費用も出してくれるが、私には無意味なことに思えた。私たち香港の起業家の代表は、たいがい純資産が一〇〇〇万ドルを超えているからだ。いずれにせよ、政協を本来の目的どおりに受け取っている人はほとんどいなかった。だから香港の代表はよく欠席していた。

政協に参加して驚いたことがある。一つは、香港の代表が中国の官僚に見せるお追従《ついしょう》である。北京に住んで、毎日、本土の中国人と仕事をしている私からすれば、そんなことをする必要はない。だが、香港の裕福な人たちは、そうしなければいけないと思い込んでいる。原因は、彼らが、すぐそばの隣人であるにもかかわらず、中国を皮相的にしか理解していないことだ。視点を変えると、共産党の官僚たちが、自分たちと中国を特別扱いするよう、世界に発信してきたことの反映とも言える。

ほかの発見は、もっと希望を抱かせるものだった。私たちの小規模な会議や、全国政協のフォーラムで提起された問題の中に、興味深いものがあった。中国本土の政協のメンバーの一部からは、党内での民主主義の実験として、党のトップのポストを党員が複数の候補者の中から選んではどうかという、大胆な提案がされた。また、中国の急激な近代化の副産物である環境汚染に対する不満も表明された。それに、ただ人脈を作ったり、取引をしたりする場として政協を利用するだけではなく、政治的な問題にも関心を持った、私たちのような実業家のメンバーを増やしていることも注目に値した。政協が実質的な意義を持つようになり、制度的に中国の法律を公布する役割を持つ全国人民代表大会に加えて、立法府の第二院のような存在になる日が、いつか来るのではないか、と私たちは感じ始めていた。

こうした政協内部の動きは社会全体にも反映された。二〇〇〇年代の初めから、ほかの何百人もの起業家たちが、私たちのようにNGOや教育機関を支援し始めた。民間資金が、『財経』誌のような不正を暴くメディアに投じられ、人々は市民団体を組織し始めた。その状況は「公共心の爆発」と呼んでも誇張ではないだろう。起業家たちは、伝統的にタブーとされてきた領域に踏み込んだ。私たちの凱風シンクタンクも、二〇〇六年に出版された『民主是個好東西――兪可平《ゆかへい》訪談録（民主主義は良いものである――兪可平へのインタビュー）』で有名な政治哲学者、兪可平を所長〔訳註・清華大学凱風研究院政治発展研究所所長〕に任用した。私たちは兪可平を、体制の内部から合理的な政治改革を推進する、信頼のおける学者だとみなしていた。

私たちは海外のシンクタンクと協力して、民主主義がどのように機能するかや、どうやって外交政策を策定するかについて、中国の学者たちが学ぶのを支援した。二〇〇四年に温家宝総理がイギリスを訪問した際は、中国社会科学院の学者たちを同時に訪英させる企画を立てた。私も同行し、ダウニング街一〇番地〔訳註・イギリスの首相官邸〕や、イングランド銀行、上院議会での会議に出席した。二〇〇六年には、私たちの出資によって、欧州委員会の前委員長、ロマーノ・プローディ率いる使節団が中国を訪れ、中国で同じ職責を担う官僚たちと、外交政策についてオフレコで対話をした。中国では、外交関係は常にデリケートな問題だったが、私たちは温家宝の秘書、宋哲がうまく舵取りをしてくれると思っていた。私たちは、どこでもレッドラインを越えないように気をつけていた。そして、心から中国の明るい未来を信じていた。私たちはみんな中国という一つの船に乗っていたのだ。

# 第13章 撤退

北京 2006–2008

今から思えば、二〇〇六年に空港の総経理、李培英《りばいえい》の姿が消え、その後、汚職で逮捕されたことは、何か大きな変化が起こっているという警鐘だったのだ。その警鐘を無視してしまったのは、一つには、彼の逮捕によって生じた状況に対処し、空港プロジェクトが破綻しないようにするために奔走していたからである。

だが、あとから考えると、李培英の失脚は、彼がギャンブルに溺れて、バカラで数百万ドルをすったことだけが原因でないのは明らかだった。私たち資本家が持つリベラルな傾向に驚いた中国共産党が、二〇〇〇年代の半ばから方針を転換したのだ。彼らは、富裕層を弱体化させ、私たちが種をまいた市民社会の芽を摘み取り、共産党による中国社会の思想的、経済的な支配を再び強化する方向に舵を切ったのである。この動きの一環として、共産党は国有企業にテコ入れし、民間企業にダメージを与えようとしていた。

李培英が姿を消して共産党に拘束されたあと、当局は新たな総経理を任命した。李培英がボスだったときは彼がすべてを決めていた。彼が一度イエスと言えば、司処長はそれに従った。確かに、彼は、怒鳴ったり、脅したり、甘言《かんげん》を弄《ろう》したりしなければならなかったが、仕事は確実に進んだ。それに対し、李培英の後任は新体制の申し子であり、あらゆることが官僚主義的になった。一人の人間による専制的な支配は終わり、「集体決策（集団的意思決定）」に変わった。その結果、私たちは、総経理だけではなく下役とも交渉しなければいけなくなった。そして、何かにつけて党委員会を通す必要があると言われた。順義区《じゅんぎ》のほうの仕事は、命を助けた男のおかげでやりやすくなったが、もう一つのパートナーである空港の仕事は困難の度を増していった。

新しい総経理は、ジョイントベンチャーへの支配を強化するために、空港の幹部を私たちの会社に送り込んできた。以前は、ジョイントベンチャーの役員会に参加する空港の官僚は五人だったが、今は二十数人になった。しかも、一人一人意見が異なるのだ。そのために経営構造が複雑になった。かつては私がほとんどの意思決定をしていたが、今は官僚たちすべての意見を取り入れなければならない。そして、彼らの忠誠心は、ジョイントベンチャーではなく空港に向いていた。

なぜ私たち民間の起業家が物流ハブを建設する権利を獲得したのか、と人々は疑問を抱き始めた。敵対していた順義区と空港を劇的な提携に導けたのは私たち以外にいなかったのに、そうした経緯はすっかり忘れられていた。今では、国有施設であるべきものの一部を私物化しようとしている資本家は、いったい何者だ、と思われているのである。こうした世間の目は、私たちのプロジェクトだけに向けられたわけではなかった。それは経済全体に影響を与えていた。「国進民退（国有企業を前進させ、民間企業を後退させる）」

が新たな流行語になったことは、共産党のトップが方針転換したシグナルだった。国有企業は、成功した民間企業を強制的に合併し始めた。起業家は中国の経済成長の原動力だったのに、結局、信頼されることはなかった。一九四九年に政権を掌握して以来、中国共産党は、必要とするときだけ社会のさまざまな要素を使い、用が済めば捨ててきたのだ。

官僚制度も変わりつつあった。かつて地方のリーダーは実力で出世しようとした。李培英は苦労して空港のトップに登り詰めた。李平《りへい》は叩き上げて順義区の区長になった。こうした官僚たちは地域社会に根付いているので、中央政府は管理するのに手を焼いていた。そこで、共産党は、権力を中央に集中させる施策の一環として、ほかの地域出身の官僚を別の地域のトップに降下させ始めた。中国の国営メディアは、「土皇帝《トゥホアンディ》」と呼ばれる人々、つまり、北京からの指令を無視する地域の大立者への批判をあおった。ところが、降下してきた新しい官僚たちは新たな問題を生んだ。彼らは、昇進して異動するまで、二、三年だけ腰かけるつもりで着任する。その結果、自然と、昇進を正当化するための短期的成果を追い求めるようになるのだ。確かに古いシステムには問題があった。汚職がはびこっていたし、土皇帝たちは、しばしば、地域を私的な領地のように経営した。反面、地元の官僚は地域社会をよく理解していて、何が必要で、何が必要でないかを知っていた。彼らは、権力の座を離れて引退したときに近所の住民に恨まれたくないので、たいがい地元を大切にした。地域に暮らす自分の一族や、生涯の友人たちの利益のために働いた。遺産として受け継がれるような長期的な事業に、喜んで取り組んだ。そして、地域社会との強い結び付きがあるために、物事をスムーズに実行できた。

ホイットニーも私も、空港プロジェクトを長期的投資だと考えていた。プロジェクトの第一段階が終わったとき、私たちに施設を売却する気はなかった。さらに成長させようと思っていた。私たちは、北京空港のモデルをほかの空港にも広げたかった。私は、中国各地で空港都市を開発し、次には世界各地に展開しようと考えていた。そのために、二〇〇六年に香港で開かれた「空港都市世界会議」に出席し、二〇一〇年には、会議を北京に招致した。私たちは、成都《せいと》や、広州、深圳《しんせん》、そして中国各地を訪れ、空港の近くに、物流、製造、商業、住宅などの機能をあわせ持った複合施設を建設するビジョンを説明した。私たちのビジョンは大きな関心を集めた。

ところが、最初はわずかだった変化がやがて動かし難いものになると、私は考えを見直し始めた。そして、北京で私たちへの風当たりが強くなり、空港の官僚たちの中に私たちのアイデアに反対する声が高まるに従って、私の考えは変わった。中国では長期的なビジネスモデルは機能しないと確信するようになったのだ。何人かの起業家の友人がずっと言っていたことを、私はようやく理解した。すなわち、中国でビジネスをする賢明な方法は、何かを作り、それを売ったら、テーブルの上のお金をサッと取って、また投資に戻ることだ。一ドル投資して一〇ドル儲けたら、七ドルを手元に残して、残りの三ドルを投資に回すといい。儲けた一〇ドルを全部投資すると、すべてを失う可能性が高い。それが友人たちの助言だった。

共産党はしだいに起業家に脅威を感じ始めたのだ。膨大な資産を持った社会階層は独立性を高めていた。私たちのような起業家は、より大きな自由や発言権を求め、党の支配力を低下させる方向へ向かっていた。党は、自分たちが支配していた領域にズカズカと入り込んでくる私たちが煙たかったのだろう。

例えば外交政策である。二〇〇六年、私たちはEUの代表団を中国に招き、EUと中国の関係について議論する場を設けた。会議の途中で、温家宝《おんかほう》の秘書である宋哲のもとに、総理とのホットラインから電話がかかってきた。電話の向こうの声は尋ねた。「きみはデズモンド・シャムを知っているか?」。宋哲は「はい」と答えた。「彼は香港の住民だ。中国本土の人間じゃない」と電話の向こうの声は言った。宋哲が「はい」と答えると電話は切れた。宋哲は、情報機関が私たちの活動を厳重に監視していることを悟った。彼は、私たちに、ボランティア活動の範囲を、物議を醸さない分野に限ったほうがいいと助言してくれた。私たちは、外交政策をリードするのは将来の課題とし、今は関わらないことにした。

共産党は、私たちのような人間を元の位置に押し戻す手段を、ほかにも持っていた。一時は、自分たちが独立した勢力を形成できるのではないか、と思い上がったことを考えたが、私たちは依然として共産党というメカニズムの歯車にすぎず、共産党の支配を永続させるために作られた巨大なシステムの小さなネジにすぎないことが、党の対応でよくわかった。アリババ(阿里巴巴)の創業者のジャック・マー(馬雲《ばうん》)や、もう一人のインターネットの巨人、テンセント(騰訊《タンシュン》)のCEO、ポニー・マー(馬化騰《ばかとう》)といった人々は、額面上、莫大な富を持っているが、彼らも共産党に奉仕せざるを得ないのだ。共産党は、指示すれば中国のすべての企業に国のためのスパイ活動を強制できる国家安全法のような法律を、間もなく成立させることになる〔訳註・二〇一七年に「国家情報法」として施行された〕。

進歩に逆行する変化が加速し始めたのは、胡錦濤《こきんとう》総書記・温家宝総理体制の二期目となる二〇〇八年だった。最大のきっかけは世界金融危機である。中国の政治・経済システムは欧米のシステムよりも優れているという党内の信念が、金融危機によって確かめられたからだ。

中国政府は、世界金融危機に際して、欧米で試みられたどんな対策よりもはるかに効果的で大規模な景気刺激策で対応した。景気刺激は国有セクターを通じて実施され、国有企業は資金を消費に向けるように命じられた。党は、起業家を説得して投資させる代わりに、インフラ整備に資金をつぎ込むように国有企業に指示したのだ。党が国有企業を支配しているからこそ、世界的な景気後退と戦うことができたのである。より開かれた社会や経済への平和的移行は共産党と中国に災厄をもたらすという強硬論が、資本主義国家、特にアメリカが直面した問題によって勢いづいた。欧米の思想は中国を弱体化させるだけであり、中国は欧米の思想との戦いを強化しなければならない、と強硬論者は主張した。わずか数年前に中国経済を救った民間の起業家は、欧米の影響を蔓延させる第五列〔訳註・戦時に、敵と内通し、国内で諜報、攪乱《かくらん》、破壊活動などを行う部隊〕のレッテルを貼られた。そして、私たち起業家や私たちの資本を管理する必要性が声高に唱えられたのである。

北京空港での私たちのジョイントベンチャーには党委員会が設けられていなかった。もちろん数人の党員はいたが、私たちは、私たちがすることに関して党の発言権を認めなかった。しかし、二〇〇八年から、党委員会を作ることが求められた。いったん委員会ができると、委員会の意見を重視しなければならなくなった。党委員会の存在によって経営判断は混乱した。

共産党は、こうしたことを中国全土のジョイントベンチャーや民間企業に強制した。私は落胆した。私たちは、中国が良い方向に進んでいると信じていたのだ。中国政府は力を持ってきたし、党と政府を分けようとする動きが進んできたように感じていた。人々は改革を支持し、もう少し自由なメディアを求めた。誰も共産党を転覆したいとは思っていなかった。もっと開かれたシステムが欲しかっただけなのだ。だから、静かに党の背中を押していた。ところが、二〇〇八年以降、党の指導者たちは、穏当な働きかけさえ警戒心を持って見るようになった。私たちは富を使って社会の進歩を促進できると思っていたが、間違っていた。それは、私がこれまで経験した中で最も悲しいことの一つだった。

振り返って深く考え、私は、中国社会の後退は避けられなかったという結論に達した。アナリストは、共産党が時代に逆行したことについて、きっと、さまざまな理由を考えつくだろう。二〇一〇年代に中東を吹き荒れた「アラブの春」に、中国の指導者たちがおびえた。二〇〇八年にアメリカ経済を揺さぶったグレート・リセッション（大不況）によって、共産党の官僚たちが中国のシステムの優越性を確信し、自信を持ち、国際舞台で強硬な姿勢を取るようになった。中国が南シナ海に人工島を築いている事実にアメリカ海軍が気づいて攻勢に転じたことで、共産党内に以前からあった強い反アメリカ感情が刺激された——等々である。

しかし、共産党が急に独裁に傾斜したことを、最も納得のいく形で説明するのは、中国共産党が生まれ持った性質だ、と私は思っている。共産党は、ほとんど動物的な抑圧と支配の本能を持っている。それは、レーニン主義体制の基本的ポリシーの一つなのだ。共産党は、抑圧に動くことが可能であれば、いつでもその方向に向かうのである。

一九七〇年代の終わりに、鄧小平《とうしょうへい》が中国の指導者の重責を引き継いだとき、中国は事実上破産していた。

鄧小平が主導した経済改革は、自由市場を伴った資本主義を目指すという確たる信念に基づいたものではなく、必要に迫られたものだった。共産党は、生き延びるために、経済の締めつけを緩めざるを得なかったのだ。一九九〇年代の江沢民《こうたくみん》時代になっても、中国の国有企業は多額の損失を出していた。だから、経済を浮揚させ、失業率を下げるために、依然としてホイットニーや私のような起業家が不可欠だった。しかし、二〇〇七年〜二〇〇八年に胡錦濤・温家宝体制の一期目が終わり、数十年続いた二桁成長が終わると、国有企業の経営は安定し、共産党は、もはや以前のように民間セクターを必要としなくなった。同時に、党は税制改革を行い、中央政府がパイの大きな部分を取るように改めた。こうした改革が成果を上げた結果、共産党が、経済や、ひいては社会を管理する手を緩める必要がなくなった。資本家は、経済の救世主としての役割がなくなると、むしろ政治的な脅威になった。共産党は再び手綱《たづな》を引き締めるようになったのである。

私は、李培英の事件をきっかけに、空港プロジェクトから降りたほうがいいのではないかと考え始めた。ほぼ二年間行方不明だった李培英は、当局に収監されていたことがわかった。彼は一五〇〇万ドルもの収《しゅう》賄《わい》と横領の罪に問われ、二〇〇九年二月に有罪が確定し、死刑判決を受けた。控訴審でも敗れた李培英は、ほとんどの金を返済したにもかかわらず、二〇〇九年八月七日に処刑された。

李培英の致命的な失敗はしゃべりすぎたことである。一般に、中国で汚職の疑いで逮捕されたときは黙秘しなければいけない。中国共産党にはマフィアに似たところがあり、独自の「オメルタ〔沈黙のおきて〕〔訳註・警察に捕まっても口を割ってはならないという決まり〕」を持っているのだ。ところが、聞いたところでは、李培英は中国の高官との取引をすべて暴露してしまった。捜査員たちは彼の証言をどう扱えばいいかわからなかった。というのも、彼の口からは、前総書記で国家主席でもあった江沢民の家族を含む、党の最高レベルの人々の名前が出てきたからである。それに加えて、李培英は体制の中に血縁がいなかった。それがあれば命は助かったかもしれない。二〇〇九年八月に李培英が後頭部に銃弾を受けるわずかひと月前、別の官僚、中国石油化工集団公司の前会長、陳同海《ちんどうかい》が二八〇〇万ドルの汚職事件で有罪判決を受けた。李培英が申告した着服額のほぼ二倍である。しかし、陳同海は死刑を執行されなかった〔訳註・判決は「執行猶予付きの死刑」だったが、これは通常、終身刑に減刑される〕。彼の父親である陳偉達《ちんいたつ》は、革命前の上海で地下活動をしていた共産党の主要な指導者で、一九四九年以降も指導的立場にいた。噂では、戦前の共産党で同じように地下活動をしていた江沢民に、陳同海の母親が直接、寛大な措置を頼んだと言われている。二人の汚職官僚に対する、この大きな扱いの差は、物事がどういう力で動いているかを如実に物語っている。赤い貴族は懲役刑で済み、平民は頭を撃ち抜かれるのだ。

二〇一〇年、ホイットニーと私は空港プロジェクトの第一段階を終え、五六万平方メートルを再開発した。もともとは、何年かかけてプロジェクトを完成し、最終的には三倍の規模にする計画だった。私たちは人が羨むような立場にいた。新しい倉庫を建設するための広大な土地を持っていたからだ。それも、バリアフリーで滑走路にアクセスできる倉庫である。私たちは、空港が扱う貨物量が増えるのに従って、プロジェクトの残りの施設を建設するつもりだった。

しかし、李培英の処刑の余波として、新しい総経理との関係を築かなければいけなくなっただけではなく、海関は関長を三回も交代させるし、順義区の仲間も何人か退職した。官僚機構が民間のビジネスに敵対的になり、人間関係を一から作り直すだけのために、あとどれほど酒を飲んでバカ話をしなければならないかを考えたとき、私はプロジェクトを降りる決心がついた。

二〇一〇年、私たちは株を売るために数社と交渉を始めた。そのうちの二社は中国の国有企業だった。三番目のプロロジスは国際的な不動産投資会社で、空港の視察旅行に行くときに、意図的に安い見積もりを提示した会社の一つだ。ホイットニーと私は株の売却先について議論になった。というのも、私が国有企業に売るつもりがなかったのとは逆に、ホイットニーは、国有企業との交渉のほうが大きな影響力を行使できると考えていたからだ。私には何よりも取引の透明性が大切だった。もし国有企業と取引すれば、必ず数年のうちに中国政府がやってきて、適当な根拠を持ち出し、不当に高い対価を受け取った（つまり、国の資産を盗んだ）と主張して、刑務所に放り込まれるからだ。結局、ホイットニーが望んだ取引は成立せず、二つの国有企業の存在がプロロジスとの取引を後押しする形になった。二〇一一年一月、プロロジスは私たちが持っていたジョイントベンチャーの株を買い取り、私たちは二億ドル近い売却益を手にした。

私にとって空港プロジェクトは、中国の体制がどういうふうに動いているかを学ぶ貴重な機会になった。ある友人は、第一段階を終えただけで悟りの境地に達したね、と冗談を言った。

株を売却したあと、私は二つのことを実行しようとホイットニーを説得し始めた。第一に、私たちは、リスクを分散するために海外に投資する必要があった。私は中国共産党の歴史を知っていたし、一九四九年の共産主義革命のあと、党が財産を没収するのを何とも思わなかったことを知っている。私の祖父の家や法律事務所、私の家族が所有していた土地が、まさにそうだった。共産党は一九七九年から私有財産を許容し始めたが、党が与えたものは党が奪うこともできるのだ。

何千人もの裕福な中国人が資産を海外に置いている。私たちもそうすべきだと私は主張した。ホイットニーはしぶしぶ折れて、ロンドンに投資先を探すオフィスを開かせてくれたが、その対象は、高級ブランド品や、ベルギーのチョコレート、フランスのクリスタルガラス、イタリアのカシミアなどだった。彼女は本気ではなかったのだ。私たちの資産の大半は依然として中国にあった。

第二に、私たちは中国の公開市場での競争によって事業を獲得すべきで、「関係《グワンシ》」による闇取引に頼るのはもうやめよう、と私は提案した。中国政府は土地の競売を始めていて、そのプロセスはしだいに透明になってきていた。SOHO中国〔訳註・中国人夫妻が創業した、北京にある大手不動産開発会社〕のような成長著しい企業が、事業を行って成功しているのは、こうした場だった。コネではなく、入札で契約を獲得しているのだ。そういう企業と競争しようと、私はホイットニーを説得した。泰鴻《たいこう》だったら強力なチームが作れる。私たちはきっと成功する、と私は信じていた。

ホイットニーは首を縦に振らなかった。彼女は公開市場を怖がっていた。使った経験がなかったからである。彼女は、「関係《グワンシ》」のネットワークを使って事業を拡大することに絶対的な信頼を置いていた。中国というチェス盤の上で、古いルールに則《のっと》ってゲームを続けたがっていた。もし私たちの会社が、公平な競争の場でほかの企業と争っても成功するなら、それは彼女にとって何を意味するのか？　彼女は常に、自分の役割は泰鴻を特別に有利な立場に置くことだと考えていた。だが、泰鴻が特別な立場を必要とせず、彼女がいなくても競争に勝てるとしたら、どうだろう？

王岐山《おうきざん》や、孫政才《そんせいさい》、そのほかの部長、副部長、書記たちの連絡先をローロデックス〔訳註・回転式名刺ホルダー〕に入れたホイットニーは、私たちが仕える新しい守護者が党内に見つかると信じていた。そして、常に新しい人脈を探していた。二〇〇八年、張おばさんは、習近平《しゅうきんぺい》という新進気鋭の官僚との食事の席を設けた。彼は中国の副主席に指名されたばかりだった。この新星がどんな人物かを見極めるために、張おばさんは、第二の目と耳としてホイットニーを同伴した。私は家に残った。こうしたディナーに出席する人には、みんな目的がある。私は、新しい人脈を築くこの儀式に必要な参加者ではなかった。

習近平は二番目の妻、彭麗媛《ほうれいえん》を連れてきていた。彭麗媛は人民解放軍出身の魅力的な歌手で、愛国的な甘いバラードを得意としていた。スターとしてのオーラは、アメリカのカントリーミュージックの天才ドリー・パートンを彷彿とさせるものがあった。習近平は、共産党の革命家、習仲勲《しゅうちゅうくん》の息子で、中国の「赤い貴族」の一員である。父親の習仲勲は鄧小平の重要な盟友であり、一九八〇年代に中国の輸出ブームの基盤を築いた経済特区を立案した中心人物の一人だった。

習近平は、福建《ふっけん》省のさまざまな政府や党のポストを一七年務めた。その間に、大規模な密輸スキャンダルが暴露されたが、彼は関与していなかった。習近平は、中国の民間経済の原動力の一つとなった浙江《せっこう》省の党の要職にも就いていた。

二〇〇七年、習近平はある事件によって大きなチャンスをつかむが、その事件は中国の政治体制に関して多くのことを明らかにした。前の年、上海市の社会保障基金から数億ドルが不正流用された汚職事件で、市の党書記、陳良宇《ちんりようう》が罷免された。しかし実際は、陳良宇の失脚は汚職に関連するものではなく、刑事事件を隠れ蓑にした政治的暗殺だった。原因は、陳良宇が、当時の党総書記、胡錦濤に忠誠を誓うのを拒んだことである。陳良宇は、胡錦濤の前任者だった江沢民が率いる「上海幇《バン》」という派閥の主要メンバーだった。二〇〇二年に胡錦濤が江沢民から総書記を引き継いだとき、江沢民は党のポストをすべて放棄することを拒み、中央軍事委員会の首席に、もう二年とどまることを決めた。また、中央政治局常務委員会に自分の息のかかった人間を入れ、彼らに九つの席のうち五つを占めさせた。その結果、胡錦濤は数年間、江沢民の同意なくしては何もできなかったのである。そこで二〇〇六年、胡錦濤の支持者たちは、江沢民の有力な忠臣だった陳良宇を失脚させるチャンスを見つけると、たちまち攻撃したのだ。

二〇〇六年九月に陳良宇がオフィスから引きずり出されると、後任には上海市長の韓正《かんせい》が充てられた。張おばさんの話によると、韓正が着任して数カ月も経たないうちに、彼の家族の一人が、オーストラリアの銀行口座に二〇〇〇万ドル以上を隠し持っていたのが発覚した。だが、共産党は韓正を粛清できなかった。党書記と市長の両方が立て続けに職を追われれば、中国最大の金融センターである上海の安定が失われるからである。習近平が上海市の党書記に就任すると、韓正は元の市長のポストに戻ることを許されたと、張おばさんは教えてくれた。のちに韓正は罪を許され、二〇一七年には中央政治局の常務委員に加わり、副総理に指名された。これは、中国では、政治的な結束と忠誠心がほかの何にも勝ることを示している。

習近平が上海に異動したことは、彼がトップに登り詰めるのに、決定的とは言えないまでも、幸運として働いた。結果的に江沢民に接近する時間ができたからである。習近平は、二〇〇七年の終わりには、江沢民の後押しと胡錦濤の同意の下で中央政治局に入り、北京に異動した。二〇一二年に胡錦濤の任期が終わったとき、中国共産党の次の総書記を争うのは、習近平と、北京大学出身の李克強《りこつきょう》の二人の官僚だということが、この時点で明らかになった。

ホイットニーが驚いたのは、習近平と食事をしているあいだじゅう、彼が妻にしゃべらせていたことだった。彼自身は、少し居心地が悪そうな様子で、ときどきぎこちない笑顔を作っていた。ホイットニーは、習近平と彭麗媛のどちらともウマが合わなかったと言っていた。食卓を囲んだ会話は弾まなかった。ホイットニーは、特に相手が高官の妻だと、話題を見つけるのが得意だったが、彭麗媛は手がかりを与えてくれなかった。習近平はすでに将来の立場が約束されており、夫妻ともガードが固かったのだ。

ホイットニーと私は、浙江省と福建省の人脈を使って、なぜ党が中国のリーダーに習近平を選んだのかを知ろうとした。多くの友人やコネのある官僚の一致した意見は、彼の能力は水準にも達していないというものだった。毛沢東《もうたくとう》の元秘書で、習近平の父親とも親しかった李鋭《りえい》は、その数年前に習近平に会ったときのことを覚えていて、彼には学がないとこぼしていた。言うまでもなく、習近平は、抜け目がなく、冷酷な、内部抗争の巧者としての力を示し、やがて、一世代で最も大きな権力を持った党の指導者になる。

私たち起業家グループの一致した見方は、習近平はすでに確立されている中国のルールに従うだろう、というものだった。ホイットニーは、習近平の政権下でも、胡錦濤政権時代と同様に、「関係《グワンシ》」に頼ったゲームを続けていけると信じていた。

リスクの分散と公開市場での競争に関する、ホイットニーと私との意見の相違は、時間とともに大きくなっていった。ホイットニーは、これまでと違うやり方をすることに大きな不安があるのだ、と私は結論づけた。私たちが中国でコネに頼って契約を取るのをやめたら、自分の存在意義がなくなり、私が独立してしまうことを、彼女は恐れていたのだ。

こうした懸念のために、彼女は私の言動へのコントロールを強めようとしたが、まさに同時に、私は、彼女は手綱を緩めるべきだという確信を強めていた。二人の関係が始まったとき、私は自由にやりたいという欲求を抑え、ホイットニーの足元で学ぼうとした。だが、人生で成功するにつれて、私は自分のルールでやっていきたくなった。北京で成功してからは、おのずと、中国のほかの地域や世界にも仕事を広げたいと考えていた。ホイットニーは抵抗した。そして、私たちの資産は彼女の名義だったから、私は従うよりほかはなかった。私はしぶしぶそうした。

# 第14章　ジェットセッター

北京・ヨーロッパ　2004-2011

中国には途方もないことを成し遂げるチャンスがいくらでもあった。だから、ホイットニーは自分のやり方がもっと効果を上げるように、党の上層部に食い込んで、さらに多くの赤い貴族たちと結び付こうとした。そうしたターゲットの一人が、英語名デイヴィッドで通っている李伯潭《りはくたん》だった。彼は、中央政治局常務委員である賈慶林《かけいりん》の義理の息子だった。

賈親分は、二〇〇三年から二〇一三年まで中国人民政治協商会議（政協）の主席を務め、さらに党の中央統一戦線工作部の部長を務めた。統一戦線工作部というのは、少数民族や、宗教団体、起業家など、社会の非共産党要素を管理する組織である。前に書いたように、私は孫政才《そんせいさい》の口添えで政協の北京支部のメンバーになっていた。

髪を後ろになでつけ、垂れた頬と、でっぷりした腹をしたデイヴィッドの義父は、陽気で社交的な性格で、いつもにこやかに微笑んでいた。彼にまつわる伝説には、彼が行ったとされる汚職も含まれている。

一九九〇年代の初めに、香港の北、台湾の対岸に位置する福建省《ふっけん》で、副省長や、省長、党書記を務めていたとき、賈親分は大規模な密輸事業を幇助《ほうじょ》していたと噂されている。この密輸は桁外れのスケールで、数千台の外国車や、数十億箱の外国タバコ、数億トンの外国製ビール、中国の輸入量の六分の一を超える原油などが含まれており、すべてが福建省の沿岸にある軍港を通じて流れ込んでいた。

賈親分の妻で、デイヴィッドの義理の母である林幼芳《りんようほう》は、このとんでもない密輸が行われているあいだ、福建省最大の国有貿易会社の党書記を務めていた。聞いたところでは、一九九九年にスキャンダルが暴かれたあと、かつて党の社交界のリーダーだった林幼芳は、自分と夫が逮捕されることを恐れるあまり、神経が衰弱してしゃべれなくなり、何年も北京の病院に入院していたそうだ。だが、結局、林幼芳も賈慶林も起訴されなかった。これは、中国で肝心なのは、何をしたかではなく、誰と知り合いかだということを証明している。

党総書記の江沢民《こうたくみん》と賈親分は、一九六〇年代に二人が第一機械工業部で一緒に働いていたときからの知り合いである。江沢民は、賈慶林の家族に処分が及ばないように守っただけではなく、賈親分を昇進までさせた。

一九九六年、江沢民は賈親分を副市長として北京に連れていき、翌年、賈親分は北京市党書記に就任した。二〇〇二年、賈慶林はさらに昇進し、中央政治局常務委員会の九人のメンバーの一人になった。二〇〇二年に江沢民が常務委員を退いたあとも、賈親分は、江沢民の派閥の代表として、もう一期、常務委員にとどまり、二〇一二年まで委員を務める。だから、賈慶林の義理の息子デイヴィッド・リー（李伯潭）

に接近することは、ホイットニーにとって明らかに価値があった。

デイヴィッドは身長が一八三センチあり、成功した中国の実業家のトレードマークである太鼓腹をしていた。服装はおしゃれだがカジュアル。北京の最先端を行く人たちとつるんでいるのが好きで、芸術家や、歌手、映画監督、赤い貴族の息子や娘たちと親しく付き合っていた。

デイヴィッドは義父のコネを使って資産を築いたらしい。彼は、主として、北京に本拠を置く北京昭徳投資という持株会社を通じて、多数の会社の株を大量に所有していた。二〇〇九年十二月、デイヴィッドは「マオタイクラブ（茅台会）」をオープンした。当時は富裕層の誰もがプライベート・クラブを持ちたがっていて、北京や、上海、広州に、雨後のタケノコのようにクラブができていた。クラブを持つ目的の一つは秘密の保持である。私有の施設であれば、政治的な取引やビジネスの取引が気兼ねなくできる。誰と会っているか人に知られずに済むし、人に話を聞かれる心配もない。それに、赤い貴族には人前で自分の富をひけらかすことをためらう人が多いが、信用できる仲間内であれば、そういう話を控える必要もない。プライベート・クラブの閉ざされた扉の奥では、お金にまつわる自慢話もできるのだ。そして多くの場合、一番の利点は、国有財産の中にクラブを作れば、政府が所有する資産を使って私的な利益をあげられることである。経費節減とはまさにこのことだ。

デイヴィッドは、北京中心部の紫禁城《しきんじょう》の近くにある、並木道に面した四合院《しごういん》にクラブを作った。一見して北京市政府の所有物だとわかるその建物の獲得には、賈親分がかつて北京の市長や党書記を務めていた事実が一役買っているようだ。

マオタイクラブに入ると、直径が六メートルもある壮麗なテーブルが出迎えてくれる。素材は、今や絶滅に瀕している中国で最も高価な木材の一つ、ニオイシタン（降香黄檀）の幹だ。テーブルの表面の波打った木目のパターンは、琥珀色の水の中で踊る亡霊のように見える。テーブルの背後には広々とした通路があって、中庭と個室のダイニングルームへと続いている。高価な古美術品か、少なくともよくできた模造品が飾られたクラブは、デイヴィッドや彼の周辺の人々が持つ東洋的なセンスの良さを感じさせた。

デイヴィッドの大きなセールスポイントは、中国のビジネスエリート御用達の酒である茅台酒《マオタイ》の醸造元、貴州茅台酒公司との裏でのつながりだった。デイヴィッドはその会社の役員まで務めていた。このコネは明らかに賈親分の力添えがあってできたものだ。賈親分は、チベットやウイグルといった、少数民族が優勢なあらゆる地域の奥深くまで触手を伸ばしている統一戦線工作部の部長を務めていたからだ。茅台酒を製造する貴州省は、中国南西部の山岳地帯に住み、ベトナムや、ラオス、カンボジアなどにも支族を持つ少数民族、ミャオ族の根拠地だった〔原註・欧米ではミャオ族は「モン族」として知られている〕。

デイヴィッドの話では、貴州茅台酒公司が毎年出荷する一〇年物の茅台酒の三分の一を、彼が押さえているという。中国で普通に売られている年代物の茅台酒は、本当の古酒が一滴でも入っていればいいほうだが、デイヴィッドは本物を入手するパイプを持っていた。

茅台酒は中国の国民酒である。それなりの地位にある人間はみんな、特別な年に醸造された茅台酒を買って人に自慢する。人民解放軍も、国務院も、警察もそれぞれに古酒を求めた。なかには一二万五〇〇〇ドル以上の値が付くものもあった。茅台酒の通を気取る人には、高級ワインの愛好家に見られるのと同様の、相手より一枚上を行こうとする鼻持ちならない感じがある。「きみが八二年のラフィットを持ってくるなら、ぼくは六九年と行こう」。これは茅台酒も同じだ。

デイヴィッドは、彼の一〇年物の茅台酒を赤いボトルに入れて売っていた。私たちはそれを「紅毛《ホンマオ》」と呼んだ。「茅台酒」にかけたシャレである〔訳註・中国語では「茅」と「毛」は同じ「マオ」という音なので、「赤い茅台酒（ホンマオ）」→「紅毛（ホンマオ）」となる〕。私たちの仲間は、普通の店で売られている茅台酒には手を出さなかった。中国の偽造産業はあらゆるものの偽物を作る。その代表が茅台酒である。中国の密造業者は茅台酒の瓶やラベルを偽造するのが非常にうまいので、一般の中国人は海外へ行って茅台酒を買う。外国の店は本物を仕入れていると信じているのだ。

デイヴィッドの貴重な「紅毛」を飲みたければ、マオタイクラブに入会するしかない。マオタイクラブの会員権は数万ドルする。だが、北京の特別なナンバープレートを手に入れるためにコネが必要だったのと同じように、お金があるだけでは会員にはなれない。デイヴィッドは入会希望者を厳密に審査するし、重要人物でなければ会員になれないので、マオタイクラブの会員資格はたちまち北京で垂涎《すいぜん》の的になった。会員には中国でトップクラスの大立者が名前を連ねていた。そのなかには、形としては民間のメディア企業帝国、鳳凰衛視（フェニックステレビ）の主席、劉長楽《りゅうちょうがく》がいる。鳳凰衛視は、香港に本拠を置いて、中国政府寄りのプロパガンダを大量に流している。また、中国最大の国有コングロマリット、CITICグループ（中国中信集団）の孔丹董事長《こうたんとうじちょう》（取締役会長）や、ITの巨人アリババ（阿里巴巴）の創業者ジャック・マー（馬雲《ばうん》）もいる。あるときクラブを訪れると、アルヴィンと名乗る初々しい若者がいた。あとから知ったのだが、彼は党の総書記、江沢民の孫の江志成《こうしせい》（アルヴィン・ジアン）だった。のちに江志成は、二十代にして資金一〇億ドルのプライベート・エクイティ企業を設立することになる。

クラブの経営を始めて一年半が経ったころ、デイヴィッドは私に、スピンオフのワインクラブを作らないかと提案した。権力者に取り入ることに常に関心があるホイットニーは、デイヴィッドと親しくなるように私の背中を押した。ホイットニーと私は、ワインクラブ計画のエンジェル投資家になることに決め、ワインに関する知識をデイヴィッドに教えた。私はいつも、ひたすら彼をおだてた。デイヴィッドは特定のヴィンテージを絶賛した。デイヴィッドがそのワインのコクや、渋み、テロワール〔訳註・ブドウの生育地の地形、土壌、気候などによる特徴〕を褒めると、私は、ワインの味にかかわらず、首振り人形のようにうなずいた。

デイヴィッドと私はワインクラブを開設する場所を探し始めた。ある日、私たちは、中国共産党本部がある中南海《ちゅうなんかい》の北門から通りを隔てた北海公園を、ぶらぶらと歩いていた。北海公園の中の建物を「借りる」というアイデアを検討するために、建物を見て回りながら、リノベーションに適しているかどうかを確認していたのだ。国の資産に少し手を加えて、私的用途に流用する二つ目の例にしようと思っていた。

北海公園を一回りしていると、デイヴィッドが、大股で歩きながらこちらに近づいてくる人物に気づいた。スポーティーなメタルフレームの眼鏡を掛け、ノーネクタイでダークブルーのスーツを着たその男は、中国の官僚の雰囲気を漂わせていた。男が近づくと、デイヴィッドは小さな声で「ヤバい」と言った。「孟部長だ」。孟建柱《もうけんちゅう》は公安部の部長、つまり警察のトップだった。食後の散歩をしていたところらしい。

私たちは、小学生のようにその場から逃げた。「こんなところにワインクラブはあり得ない」。デイヴィッドは、ほうほうの体《てい》で逃げながらつぶやいた。孟部長と鉢合わせして喜ぶ人間はいない。

私は、デイヴィッドがビジネスプランを作れるように、私の経営チームを貸し出した。多くの赤い貴族と同様、彼には優秀なスタッフがいなかった。必要なかったと言ったほうがいいだろう。コネを使って非公開の取引に加わったり、自分の立場を利用して入手したものを売ったりして金を儲けていたからだ。茅台酒を入手できるのも、それを売る保証付きのマーケットがあるのも、賈親分のおかげだった。一時期、デイヴィッドの投資会社で最大の資産は、北京の東側、建国門外大街のランドマークである友誼《ゆうぎ》商店ビルだった。噂では、デイヴィッドがそのビルを手に入れたのは、義父の力を借りて元のオーナーが刑務所から出られるよう便宜を図ったからだと言われている。その実業家は、釈放されるとデイヴィッド・リーにビルを譲渡した。また、デイヴィッドの会社は、北京の至る所にあるバス停の広告を販売する独占契約を獲得した。濡れ手で粟の事業だった。のちに、デイヴィッドは電気自動車技術に投資し、カヌー（Canoo）というアメリカの企業に参画した。

デイヴィッドは生まれながらの赤い貴族ではなかったが、結婚して貴族階級に入り、彼らの習慣をいくつか取り入れた。まず、毛の濃いゴマ塩頭を、いつもクルーカットのように短く刈り込んでいた。これは、軍隊として出発した共産党への原点回帰である。彼のオフィスに入ると、お茶と葉巻が出される。葉巻は、世界革命へのシニカルな支持を示すために、キューバ産でなければならない。お茶は、いつも、年数を経た雲南《うんなん》省産の普洱《プーアル》茶で、彼が求める文化的正統性を表していた。デイヴィッドは、建物の中では、底が白い黒い綿の室内履きに、白いソックスを履いていたが、これは、北京旧市街の「胡同《フートン》」という路地に住む男性の伝統の反映である。その風変わりな履物には、暗に、ある問いかけが含まれていた。解読すると、こう言っているのだ。「私たちの先祖は昔の中国でこうした履物を履いていた。あなたの先祖はどうですか？」

二〇一一年の春、デイヴィッド・リーと彼の妻、賈薔《かしょう》を、ワインの短期集中講座としてヨーロッパに連れていってはどうか、とホイットニーが提案した。デイヴィッドはそのアイデアを気に入り、ワインクラブの出資者になる予定の、ほかの二人の実業家と妻たちを旅行に誘った。一人目は、中国最大の不動産開発会社、恒大《こうだい》集団のＣＥＯ許家印《きょかいん》である。私が企画した家族の資産管理セミナーのあいだ中、居眠りをしていたのは彼の息子だった。二人目の余国祥《よこくしょう》は、下品な話が好きな建設業界の大立者で「小寧波《シャオニンポー》」というあだ名が付いていた。背が低く、上海の南にある港町、寧波《ねいは》（ニンポー）の出身だったからだ。私たちは、五〇〇万ドルずつを出資してワインコレクションを作り、クラブをオープンするつもりだった。

デイヴィッドと妻の賈薔がヨーロッパに行ったことがあるかどうかはわからなかったが、彼らの娘のジャスミン（李紫丹《りしたん》）には間違いなくその経験があった。二〇〇九年十一月、キャロリーナ・ヘレラ〔訳註・エレガントなドレスで有名なニューヨークのデザイナー〕の床まで届くドレスに身を包んだジャスミンは、パリのオテル・ド・クリヨンで毎年開かれる「ル・バル・デ・デビュタント」〔訳註・上流階級の若い女性が社交界デビューする舞踏会〕に華々しく登場した。初々しい顔のデビュタントの写真は『ヴォーグ・パリ』に掲載された。ジャスミンはのちにスタンフォード大学に進み、「パナマ文書」〔訳註・二〇一五年にリークされた、世界中の企業や個人の膨大な租税回避行為が記録された機密文書）では、二つの海外の投資法人の単独株主であることが明らかにされた。それらの法人はイギリス領ヴァージン諸島に登録され、投資とコンサルティングが主な業務ということになっている。賈親分の血は争えないようだ。

私たちのヨーロッパ旅行に関してまず問題となるのは移動手段だった。このころには、ホイットニーもプライベートジェットを使うことに慣れていたし、四三〇〇万ドルのガルフストリームG５００の予約リストにも名前を連ねていた。私たちはプライベートジェットを使うことを提案した。デイヴィッドは賛成してくれたが、利便性を考えて三機で行ったほうがいいだろうと付け加えた。二〇一一年六月、私たち四組のカップルはパリに向けて出発した。

三機のプライベートジェットで行く準備をしていたのだが、出発間際になって、ほかの男たちがトランプをやりたいと言い出した。余った二機は、空っぽで後を付いてくることになった。それもやはり「面《めん》子《つ》」のせいだった。「きみがプライベートジェットを持っているなら、私も持たなきゃいけないな」となるのだ。それに、わかってもらえないかもしれないが、中国人だったら、ビジネスチャンスが飛び込んできたときは、取引を成立させるために自分たちだけ急いで引き返す。

機内では、妻たちがおしゃべりをしながら鮨を味見しているあいだ、私たちは「闘地主《ドウディージュー》」つまり「地主との闘い」というトランプゲームをやっていた。それは中国で人気のあるゲームで、一九五〇年代初めの、共産主義中国による苛酷な土地改革運動にルーツがある。何回かのビッド（競り）を繰り返すうちに、すべての手札を捨てた、すなわち「地主を殺した」プレーヤーが勝利するというものだ。私は賭け金に驚いた。ギャンブルに慣れていない私は、いやいやながら参加した。果たして、最初の一巡で一〇万ドル負けてしまった。落ち込んだというよりバツが悪かった。だが、実のところ、ああいう男たちにお金を持っていかれるのはビジネスに役立つことが多い。進んでカモになる人間を歓迎しない人間がいるだろうか？彼らが私を何度も誘ってくれれば、個人的なつながりを深められる、と私は納得していた。

カードテーブルでの会話はビジネスに話題を変えた。余国祥は、過去に何度か法に触れるようなことをしたらしい。伝えられるところでは、彼は、広州市に環状高速道路を建設する一二億ドルの契約を取るために、浙江《せっこう》省の官僚に五〇万ドルを「貸した」そうだ。その官僚は、結局、汚職の罪で終身刑を言い渡された。また、公表された報告書やアメリカの外交公電〔訳註・二〇一〇年にウィキリークスによって暴露された〕は、二〇〇三年に上海の国営年金基金から余国祥が受けた疑わしい融資と、彼がヒルトン上海ホテル〔訳註・現在の静安昆侖大酒店〕を一億五〇〇〇万ドルで買収したことを結び付けている。

余国祥と、彼の警察との闘いに乾杯して、デイヴィッドはこう宣言した。「今の中国では、刑務所は現代の黄埔《こうほ》軍官学校だ。刑務所に入ったことのない中国人実業家は何も成し遂げていない」。それは、私にとってかなり衝撃的な発言だった。黄埔軍官学校は中国のウエストポイント〔訳註・アメリカの陸軍士官学校の通称〕で、一九二〇年代から一九三〇年代に、中国の第一世代の近代的将校が訓練を受けた神聖な学校だ。実業家が受けた懲役刑を、愛国心にあふれる士官候補生が全《まっと》うした軍事教育と一緒にするのは冒瀆《ぼうとく》だろう。どんな分野でも服役は汚点であり、黄埔は名誉だと思うのが常識だ。それなのに、中国で四番目の権力を持つ政治家の娘婿が、懲役刑を讃えているのである。ほかのみんなは、うなずいて真剣な同意を表し、カチンとグラスを合わせ、フルートグラスに入ったクリュッグ〔訳註・フランスの最高級シャンパン〕のシャンパンを飲み干した。デイヴィッドの大胆さにはかなり驚かされたが、それほど心配していたわけではない。ホイットニーと私は、取引が法律の許容範囲を越えないように、常に注意していたからだ。

ホイットニーが、みんなにショーを見せてあげたら、と言うので、最初の訪問地であるフランスに着くと、私はショーの幕を開けた。二〇一一年六月十日、私はパヴィヨン・ルドワイヤンにディナーの席を設けた。ルドワイヤンは、シャンゼリゼ通り東側の庭園の中にあるパリで最も古いレストランの一つだ。おしゃれなパリ八区にあるこの場所は、ナポレオンが初めてジョセフィーヌに出会った場所であり、近くのブローニュの森で撃ち合った決闘者が、宴を開いて仲直りするために訪れた場所だと、私はゲストに解説した。

ダイニングルームは三方が庭に面していて、白いカーテンを花づな状に掛けた広々とした窓からは、きれいに刈り込まれた植栽が見える。白いテーブルクロスと銀のカトラリーのせいで、テーブルがまぶしい。その夜の客は、フランス人のカップルが少しと、サウジの皇子の一行、ドイツの製造業者たち、日本の実業家たちのグループ、そして、くだけすぎた服装のアメリカ人たちだった。私たちは個室に案内された。シェフのクリスチャン・ル＝スケールは料理の世界の著名人で、トロール船の甲板員にファストフードを出していたところから身を起こし、ミシュランの星付きシェフになった人物である。

私はフランソワというフランス人の友人を招いておいた。彼は、一九六〇年以前に作られたワインの、フランスで最大級の個人コレクションを持っている。ワイン愛好家の国にしてそうなのだから立派なものだ。私は、シェフのル＝スケールと一緒に料理のキュレーターを務めてほしい、と彼に頼んでおいた。中国の友人たちに、フランス人がどれほど繊細な注意を払ってワインを扱い、どれほど美食体験に気をつかっているかを知ってほしかったのだ。中国の共産主義革命は、中華帝国の名高い熟練技や目利きと人々との結び付きを断ち切ってしまった。だから、いつもこうして、旅行友だちに、伝統というもののすばらしさや本当に上質なワインを味わってもらうことにしていた。

三種類のシャンパンと、ロスチャイルド家のコレクションのボトル一本に続いて、フランソワは、シャトー・ラフィットの六種類のヴィンテージをすべてマグナム瓶〔訳註・通常の瓶のおよそ二倍入る1・5リットル瓶〕で用意し、バーティカル・テイスティング〔訳註・同じ銘柄のワインを年代順に飲み比べること〕を体験させてくれた。一九〇〇年に始まり、一九二二年、一九四八年、一九六一年、一九七一年と続き、最後は一九九〇年である。シェフのル＝スケールが、これらのワインに組み合わせてくれたのは、鯔《ぼら》のグリル、ターボット（イシビラメ）の蒸し煮、冬から春に変わるころに生まれた小羊の肉、燻製ウナギのトースト、最後は柑橘類のソルベだった。ワインだけでも一〇万ドルは超え、私たちは何時間も飲んだり食べたりした。確かに、財力を誇示するような散財だったが、ホイットニーと私にとっては、明確な目的を持った羽目《はめ》の外し方だった。

中国においては、政治が富を生み出す鍵であって、富が政治を動かす鍵なのではない。そして、デイヴィッド・リーは政治的に体制とつながっていた。ホイットニーと私がパリにいたのはコネを作るためだった。ホイットニーは、自分のチェス盤にあるほかの駒をいつでも使えた。ホイットニーと私は、デイヴィッドの妻である賈蕃に、良い意味で驚いた。党の大物の娘にもかかわらず、気さくで、親しみやすかったのだ。

ホイットニーがもっぱら力を注いでいたのは、私たちのパーソナルブランド〔訳註・独自性や価値を高めて差別化した個人のイメージ〕を磨いて、私たちカップルがほかの人々とどれほど違うかを際立たせることだった。その中で彼女は「中国の教養を身に付けた東洋に案内してくれる女性」という役割を演じた。一方で、私は「西洋とその生活様式の入り口となる男性」の役割を果たした。私は、ヨーロッパでは、普通は閉ざされているはずのドアを、グループのために開かせた。中国の外の世界に関する知識を強調するために、旅行のあらゆる過程を入念に計画した。ホテルはこことあそことどっちがいいだろう？　どこで食事をし、どこで買い物をしようか？　飲み物はあれとこれと、どちらにしよう？　私はすべてに答えを用意した。そういう観点から見ると、夕食の値段はショーの一部にすぎないのだ。

パリを発つと、私たちはボルドーに向かい、ロスチャイルド家が所有する土地を訪れた。私がこのロスチャイルドの分家と知り合ったのは、家族の資産管理プロジェクトに取り組むために、ヨーロッパを旅した折だった。その屋敷で、ニューヨーク生まれの一族の子孫、七十歳のエリック・ド・ロスチャイルドと、妻のマリア＝ベアトリスは、私たちに食事をご馳走してくれた。銀行家で、ワイン醸造業者で、慈善事業家でもあるエリックは、多彩な才能を持った人物だ。その日、エリックが着ていたのは、仕立てが良く、本人が気に入っていることが一目でわかるスーツで、肘だけでなく、あちこちに継ぎが当てられていた。私の仲間たちはみなびっくりした。新たな学習をした瞬間である。これが資産家の流儀なのだ、と私は仲間たちに説明した。それは、ずっと昔に注文して仕立てたスーツだった。しだいに古びていったが、エリックは手放す気になれず、大事に扱ってきたのだ。いささか下品な中国のニューリッチのグループにとって、スーツの話は、自分の持ち物をどうやって大切にするかを学ぶ良い機会になった。

ボルドーの次は、地中海に面したコート・ダジュールに飛んだ。不動産開発業者の許家印が船を見たがったのだ。一九五八年に河南《かなん》省の田舎の村で生まれた許家印は、自力で社会をのし上がった人間だ。彼の父親は、私の父と同じく、倉庫で働いていた。許家印が生後八カ月のとき、農婦だった母親が亡くなったために、彼は祖父母に育てられた。二十歳になるころには、すでに中国南部の製鋼工場で働いていた。

許家印は昇進して工場の廠長《しようちよう》になった。一九八〇年代の終わりに工場が民営化されると、彼は工場を辞めた。鋳造場で働くのは危険だし、彼はすでに結束の固いチームを作り上げていたからだ。チームは彼と一緒に工場を辞め、不動産開発事業に取り組んでくれると、許家印は確信していた。

それが一九九二年のことである。この年、中国の最高指導者、鄧小平《とうしようへい》は、中国南部の都市、深圳《しんせん》を訪れて経済改革を復活させ、一九八九年六月に天安門広場で民主化デモを弾圧した強硬派を排除した。許家印と彼のチームは、不動産開発の波がまさに盛り上がろうとするときに、その波を捉えたのだ。許家印は中国に形成されつつあった中産階級にマンションを販売し、私たちがヨーロッパに行ったときにはすでに数十億ドルの資産を築いていた。

許家印が人を味方に付けるときの手法は、私たちよりももっと露骨だった。ホイットニーが北京で、許家印と張おばさんと一緒に食事をしたあとのことだった。彼はホイットニーを宝石店に誘い、一〇〇万ドル以上する指輪をプレゼントしたいと言った。ホイットニーは、将来、何らかの形でその代償を払わなければいけないのがわかっていたので断った。すると、許家印はまったく同じ指輪を二個買った。少なくとも一つが彼の妻のためのものではないのは明らかだった。中国では、権力者の注意を引く方法がいくつかある。許家印が好むやり方は、とてつもなく高価なものを贈ることだった。

許家印は、フランスの南海岸でドックに入っている、一億ドルのスーパーヨットを見に行きたいと言い出した。その船は香港の大物実業家（やはり資産数十億ドル）のものだった。許家印も、デイヴィッド・リーのように、自分のプライベート・クラブを持ちたいと思っていた。ただし、彼は、海に浮かぶ施設のほうが、北京の路地にあるデイヴィッドのクラブなどよりも、もっとゲストを世間から隔離できると考えたのだった。許家印が思い描いていたのは、中国の沿岸で官僚たちをワインと料理でもてなす、海に浮かぶ宮殿だった。そこならば、反腐《はんふ》警察や生まれつつあるパパラッチの目を逃れることができる。

一億ドルという値段に誰も驚かなかったと言えば、当時がどんな時代だったか、片鱗《へんりん》がわかるのではないだろうか。そこにいたジェットセッター〔訳註・プライベートジェットで世界各地を飛び回る富豪〕のあいだでは、こうした金の遣い方は、日常的ではないにしても、少なくとも異例なことではなかった。しかし、ドックに着いて船を見たときは、内装の簡素さに驚いた。確かに大きな船ではあった。運用するためには、十数人のコックや、メイドや、ウェイターが必要になるだろう。だが、一億ドル出すなら、もっと優雅で、いくつものシャンデリアが下がり、象眼細工を施した木が使われた船が買えるはずだ。遠い昔、香港で、父親とその上司と一緒に初めてロールス・ロイスに乗ったときに私を魅了した、あの象眼細工である。「一億ドル払って手に入るのはこれだけ？」と私は聞いた。許家印がその船を買わなかったのは言うまでもない。

旅のあいだ中、私の仲間たちは、ヨーロッパの歴史や文化にほとんど興味を示さなかった。彼らは中国の富裕層の第一世代に属する。許家印は自力で叩き上げた起業家、小寧波は豪腕の開発業者、デイヴィッド・リーは共産党の貴族階級のメンバーである。大胆不敵さが成果を上げ、懲役は仕事に付きもののリスクであり、教育は必要条件ではないという時代の人間たちだ。彼らのような人間は、美術館の名画には関心がない。彼らにとっては、自分が生きた証しをこの世に残すことが大事なのである。そうこうするうちに買い物の時間になった。

フランスのリビエラに続いて、私たちが目指したのはミラノだった。男たちがブルガリ・ホテルにこもっているあいだ、妻たちは、購買欲の鬼と化して、ミラノのファッション地区、クアドリラテロ・デッラ・モダに向かった。彼女たちはコロシアムの剣闘士よろしく、誰が何を買えるのかを競い合った。私は、買い物を格闘技だと思ったことはなかったが、何もわかっていなかった。彼女たちがあまりにも多くのお金を遣ったので、ミラノの空港で中国へ帰る準備をするときに、付加価値税の払い戻しに三時間かかった。その間、私はＶＩＰラウンジのカードテーブルに呼び戻された。ここでは二〇万ドル負けたが、幸運にも、誰も支払いを要求しなかった。

帰り道、ユーラシア大陸の上空九〇〇〇メートルで、リクライニングさせた革張りのバケットシートに身を委ねながら、私は、自分たちの人生の驚くべき変わりように思いをはせた。「ほんの数年前は」と、私は大きな声で感慨を漏らした。「飛鴿《ひこう》（フライング・ピジョン）〔訳註・実用車だが庶民の憧れだった中国の老舗自転車ブランド〕の自転車を乗り回せればラッキーだった。それが今はプライベートジェットに乗っている。一生経たないあいだに、あそこからここまで来たなんて、頭がクラクラするよ」。ほかの連中はうなずいていた。中国に戻ると、ホイットニーと私は、ワインクラブを作るにはまだ機が熟していないと結論づけた。

張おばさんは旅行も大好きだったので、ホイットニーと私は、温家宝《おんかほう》が在職しているあいだにいくつもの旅行を企画した。あるとき、「あの人が引退したら、中国から出られなくなるわ」と、張おばさんは言った。「だから、チャンスがあるうちに海外に行っておきたいの」。中国の体制の奇妙なところなのだが、党は、引退したほとんどの最高幹部に国を離れることを禁じていた。例えば、前総理の朱鎔基《しゆようき》は、ハーバード大学の客員教授に就任することを止められた。ほかの国では、水面下で妥協案を探ったり、提案を打診したり、批判の矛先を変えるといった、現職の高官にはできない重要な役割を、元の高官が果たすことがよくある。だが、完全な管理という観念にとらわれた共産党は、自らその手段を封じてしまったのだ。

旅行しているときの張おばさんは、エネルギーのつむじ風だった。私たちは彼女を、アルゼンチンのパンパ、ニュージーランドのフィヨルド、オーストラリアの奥地、フランスのロワール渓谷の城館巡りなど、あちこちに連れていった。スイスへの小旅行では、張おばさんは、長寿のためのトリートメントをしてくれる特別なスパの中に姿を消した。

二〇〇四年、私たちと張おばさんは、ちょっとした冒険のためにチューリッヒへ飛んだ。そこから車でスイスを半分ほど横切り、レマン湖畔のモントルーとヴヴェイのあいだにあるクリニック・ラ・プレリーのスパに着いた。張おばさんは、加齢による変化を防ぐために、フェイスリフトと羊の胎盤の注射を予約していた。私は彼女をチェックインさせると、スパの待合室に座った。顔をガーゼに包み、バスローブを着た女性が列になって通り過ぎていった。数時間後、張おばさんが、同じように包帯を巻いて現れ、私たちはホテルに戻った。

数日後に包帯が取れると、張おばさんは、耳の周りの目立つ切開痕を気にもせず、出発の準備をした。彼女は、私の友人の起業家たちよりも、生きることにずっと貪欲だった。そして、周囲がヘトヘトになるほどのペースで生き急いだ。

五つ星ホテルのスイートルームで五時に目を覚ますと、張おばさんは、朝を迎える儀式のように、北京から持ってきた炊飯器を載せたワゴンを押してダイニングルームに向かう。唖然として見つめるヨーロッパ人のウェイターたちを尻目に、粥《かゆ》を作り、手荷物の中に入れてきた中国の野菜の漬物で味を付ける。六時ごろまでに朝食の準備が整うと、張おばさんは部下に言いつけて私たちを起こさせる。朝寝をしたり、西洋式の朝食を頼んだりするのは許されない。私にはこれが特に苦痛だった。私はクロワッサンが好きなのだ。

張おばさんには、奇妙な取り巻きが付いていた。元廠長の黄緒懐《こうしょかい》はどこにでも付いてきた。彼が、張おばさんの部屋にこっそり入るのを見たことはなかったが、誰もが不倫が続いているものと思っていた。もう一人、おばさんの息子ウィンストンの友人で、サンシャインと名乗る青年も私たちに同行していた。

朝食が終わると、私たちは、中国人ドライバーが運転する大型のワンボックスカーに乗り込んで七時半には出発し、ヨーロッパの田舎をあてもなく走り回った。張おばさんも美術館が好きなタイプではなく、雄大な自然を好んだ。朝早くから夜の九時まで、彼女は休むことを知らなかった。昼食と夕食には中華料理店を見つけなければならなかったが、スイスの山奥やアルゼンチンの牧草地帯では至難の業だった。

私にとって、それは目が回るような旅行だった。張おばさんをヨーロッパで最高級のホテルに泊め、さらに、彼女のために最高級のレストランを探した。毎回、一人分で一泊一〇〇〇ユーロを超える宿泊料金を支払ったが、部屋でくつろぐ時間などなく、最高級のレストランで食事することはまれで、ほとんど夜明けには部屋を出る日々だった。

張おばさんは、旅行をするときにけっして中国のSPを付けなかった。それに、旅行先の国の情報機関も、彼女が何者なのかを把握していないように思えた。ニュージーランドのフィヨルドを見に行った旅行では、私たちや騒がしい西洋人の旅行客が景色を眺めている傍らで、張おばさんがカップ麺をすすっていたので、くすくす笑ってしまった。彼らは、隣でズルズルと音を立てている年配の女性が中国の総理夫人だとは、夢にも思わなかっただろう。

# 第15章 啓皓北京《ジェネシス》

北京 2010-2012

ほとんどの富をもたらすのは幸運だ、と前に書いた。ホイットニーと私は、平安保険の新規株式公開という幸運に恵まれ、その後、別の幸運にも出会った。

李培英《りばいえい》は、空港の総経理になって間もなく、国有の大企業、北京首旅酒店集団（BTG）が北京の中心部に保有するホテルを彼の会社が買収するという覚書を、BTGとのあいだに交わしていた。彼はその土地を再開発し、都心にも北京首都国際空港グループの本社を置きたいと考えていたのだ。それは彼の大きな虚栄心を満たす事業だったが、立ち消えになってしまった。空港での私たちのジョイントベンチャーが始まって一年ほど経ったころ、李培英はその取引のことを私に話した。

もう、あの土地にビルを建てる気はない、と李培英は言った。私は知らなかったが、彼は、そのころ、汚職の疑いで党の中央規律検査委員会から連日のように査問を受けていた。だから、空港コングロマリットの第二本社を（お気に入りの鮨屋のすぐそばに）建てるという夢は、自然と放棄されてしまったのだ。

私たちのジョイントベンチャーが、空港からその事業を買うというのはどうだろう、と私が言うと、李培英は、いい考えだと同意した。私たちはそれをBTGに提案した。

北京の朝陽区《ちょうようく》にあるその土地は、「明るい馬の川」という意味の亮馬河《リャンマ》に沿って四六〇メートルほど延びていた。当時の亮馬河は悪臭を放つ運河で、冬は凍り、春には一面が有害な藻類に覆《おお》われた。その土地の中心に立つ華都《ファドウ》飯店は、少し古びた四階建ての三つ星ホテルで、レストランが驚くほどおいしかった。

私たちは第三者の不動産評価会社に土地を鑑定してもらい、評価額を空港とBTG双方の党委員会に提示した。ホイットニーも私も、不動産価格がその先どう変わるのかわからなかった。だが、景気は良くなっていると楽観視していたので、できるだけ多くの土地を手に入れておくつもりだった。土地とホテルの価値について、双方が約一億ドルで合意すると、ジョイントベンチャーは国有銀行から融資を受けて土地を購入した。

私たちは、この土地も何年か放置していた。すべてのエネルギーと資本を空港プロジェクトに注いでいたからである。その後、ホイットニーがニューヨークに行ってアリストンを産んだ。ようやく事業に取りかかる準備ができたのは二〇一〇年になってからだった。ところが、ここでも政治から横やりが入った。

李培英の逮捕のあと、空港が中核事業以外の事業に関わることを禁じる規則が作られ、特に、腐敗の温床になっていた不動産取引は、厳しく規制されるようになった。そのため、私が華都飯店の再開発に取りかかろうとした途端に、ジョイントベンチャー最大の株主である北京首都国際空港グループの腰が引けてしまったのだ。

空港グループは、私たちのところにやってくると、ほとんど命令するように、泰鴻《たいこう》がその土地をジョイントベンチャーから買い取ることを求めた。空港側は、まず土地を再評価し、新たな価格で私たちに売却したいと言った。もちろん、空港は大儲けを狙っていたのだ。というのも、土地を放置しているあいだに北京の地価が急騰し、特に、亮馬河沿いのまとまった土地といった貴重な物件は、異常な値上がりを見せていたからである。

私たちは、ジョイントベンチャーが購入した価格に利子を加えた額で買い取るという対案を出した。空港が本当に求めているのは、ジョイントベンチャーがその土地を手放すことだと、私たちは見ていた。一方、私たちの望みは、ジョイントベンチャーにその土地を開発させることだった。私たちが、ジョイントベンチャーから、高騰した価格で土地を買わなければいけない理由はどこにもなかった。

規則では、その土地は、公開入札を経なければ売れないことになっていた。だが、手順の設定次第では、競争者がおじけづいて降りるようにも仕向けられる。そもそも、売りに出されるのは、実際には土地ではなかった。売買の対象は華都飯店を所有する持株会社であり、土地を持っているのは華都飯店だった。私たち以外の潜在的買い手には、持株会社の債務がわからなかった。言うならばブラックボックスだったのだ。結局、入札は、私たちが入れた一億三〇〇〇万ドルだけだった。資金は、ホイットニーと私が協力して出した。今回は、張おばさんも、実際に約四五〇〇万ドルを出資した。

再開発プロジェクトは、最終的に、ホテルや、住居、オフィス、美術館を含む、予想もしなかった巨大なものになった。元の華都飯店の総面積は約四万二〇〇〇平方メートルだった。プロジェクトが完成したとき、四棟のビルからなる複合施設は、地上の総面積が約一四万平方メートル、地下が約七万四〇〇〇平方メートルという規模になった。現在の総資産価値は推測するしかないが、二五億ドルから三〇億ドルのあいだだろう。北京の不動産価格があれほど高騰するとは誰にもわからなかった。大きな富を生むのは、ほとんど運なのだ。

再開発プロジェクトに取り組むのは楽しかった。空港の拡張は、海兵隊の新兵訓練のようだったが、それを何とかやり遂げた今、再開発プロジェクトは、訓練の成果を実践し、初歩的なミスを避け、創造力を発揮できる場になった。

私たちが最初に思いついたのは、北京で最も高いビルを建てることだった。ホイットニーと私は、世界で最も有名な建築家数人を含めてコンペを行った。応募作の一つが、建築家のノーマン・フォスターがデザインした高さ三八一メートルのタワーだった。ところが、建設予定地から道路を隔てたアパート地区に、一年で最も日照時間が短い日に日光が二時間当たらなければならない、と規則で定められていたのだ。そのため、ビルの高さを半分にし、可能な場所では、手のひらほどの土地さえ有効に使わざるを得なくなった。一方、ホイットニーは、画家の曾梵志《ゾンファンジ》に、私たちが計画していた美術館の最上階にアトリエを作り、隣をエンターテインメントのスペースにすることを提案した。下の階に設ける美術館では、世界中で数百万ドルで売られている彼の作品を展示するのだ。中国にあるほとんどの美術館は国有だった。民間の美術館ができれば、展示の在り方も変わると考えたのである。

最終的に、私たちは四棟のビルを建設する許可を得た。二〇階建てのビル一棟をホテルとコンドミニアムが共有する。それに、二棟のオフィスタワーと美術館である。オフィススペースがプロジェクトのほぼ五分の三を占め、五分の一をホテルが、残り五分の一をコンドミニアムが使うことになった。店舗の数は抑えた。中国ではショッピングモールが過剰になっているからだ。美術館は亮馬河の川岸からほんの一メートルほどの場所に建てることにした。

私が見たところ、プロジェクトの土地は北京で最高の立地の一つである。南側全体が川岸に沿っているからだ。川の対岸は北京で最も古い外国公館地区の一つで、並木道のあいだに広大な敷地を持つ大使館や二階建ての家が並んでいる。スモッグのない晴れた日にプロジェクトから眺めると、緑の海が広がっているように見える。ちょうど、マンハッタンの五九丁目から北を見たときに、セントラルパークが広がっているのと同じだ。そのうえ、北京市政府が川を清掃しているので、悪臭も過去のものになった。

ホイットニーと私は、一緒に仕事をし始めてからずっと、世界で最も高級なホテルに泊まってきた。最高のホテルがどんなふうに運営されているか知っているし、どうすれば最高の部屋が作れるかもわかっている。空港プロジェクトと違って、ホテルを視察するために世界中を旅する必要はなかった。これまでの生活が、知らず知らずのうちにホテルのリサーチになっていたからだ。私たちは、インテリアデザイナーや、照明デザイナー、建築家、エンジニアなどに、きら星のようなスタッフを集めた。プロジェクトを取り巻く庭園を設計するためには、父親から禅寺を受け継いだ日本人の僧侶にインタビューし、最終的にはオーストラリアのチームと仕事をした。美術館の設計は、独学で建築を学んだプリツカー賞の受賞者、安藤忠雄と契約した。オフィス棟と、ホテル・住居棟の設計は、世界中で超高層ビルを建ててきたニューヨークの建築設計事務所コーン・ペダーセン・フォックスに依頼した。

私たちの使命は、この事業を、中国にかつてなかった最高の不動産プロジェクトにすることだった。それを実現するためには費用を一ドルも惜しまなかった。私たちは、デザイナーを雇って判断を任せてしまう、ほかの資金力のある開発業者とは、意識的に一線を画した。そういうビジネスモデルの問題点は、デザイナーや開発会社の幹部に贅沢な暮らしの経験がないことである。私たちは一〇年間、贅沢な暮らしをしてきた。私たちの美的感覚と開発チームの専門知識を組み合わせれば、結果は素晴らしいものになるはずだった。私はプロジェクトを「啓皓《ジェネシス》」〔訳註・『創世記』を意味する〕と命名した。世界の不動産開発の歴史に新たな一章を書き加えられると信じていたからである。

二〇一一年一月、私たちは北京にデザインチームを集めて、キックオフミーティングを開いた。世界中からやってきた約七〇人が一堂に会した。会議を始めるにあたって、まず私がスピーチをした。私はダークブルーのスーツを着て、フランスの靴工房アトリエ・ドゥ・トランシェに注文して作らせた深紅の「セルジオ」を履いていた。「皆さんは、オーナーがこんな服装で会議に出席するのを見たことがあるでしょうか？」と、私は会場に呼びかけた。「靴に注目してください。私がプロジェクト全体に取り入れたいのは、このスタイルなのです」。会場はどっと沸いた。だが、私が真剣なことはちゃんと伝わっていた。彼らにとって、履歴書に書けるようなプロジェクトに参加するのは刺激的なことだった。最善を尽くし、手を抜かず、完璧を追求するためなら、いくらでも費用をかける用意があると表明し、おまけに深紅の靴を履いているオーナーなど、彼らは見たことがなかったのだ。

中国にホテルがあふれているのは、一つには、中国の実業家が、プライベート・クラブを好むのと同じくらい、ホテルを好むからだ。そして、国有企業の幹部がホテルを造ろうとするのは、体制内の有力者をもてなしたり、女性を口説いたりするクラブハウスのように使えるからである。もちろん、それらはすべて国費だ。国有企業の元幹部は、引退したあとでも、タダでプールで泳ぎ、レストランで食事し、部屋に泊まるのだ。北京は世界中のどの都市よりも五つ星ホテルが多い。私は、プロジェクトにホテルを含めるのなら、規模を抑制したものにしたいと考えていた。少なくとも、努力すれば利益を出せる可能性を与えておきたかったからだ。私は、世界のホテルの至宝であり、プロジェクト全体の価値を高めるブルガリをパートナーに選んだ。当初、私は客室数を六〇にすることを主張したが、ブルガリ側はより多くの部屋を望んだ。結局、一二〇室で決着した。

私は部屋のデザインを細部に至るまで検討した。ほかのホテルでは得られないもの、疲れてぐったりすることが多い旅の体験を改善する心配りを、ゲストに提供したかったからである。例えば、ほとんどの五つ星ホテルの部屋は、かろうじてスーツケース一個を広げられるスペースが確保されているだけだ。しかし、旅行客には二人連れが多い。私は建築チームに指示して、スーツケース二個を広げるのに十分なスペースを確保させた。そのために必要となる〇・五平方メートルには大きな費用がかかるが、それだけの価値がある。

私たちは、最上階をホテルとコンドミニアムのどちらが使うかについてブルガリと協議した。私たちは住居にしたかった。あれほどの立地であれば、北京で最も高い価格で売れると考えたからだ。結局、ブルガリ側が折れて、私たちの希望が通った。ホイットニーと私は、そこに九三〇平方メートルの不規則な形のペントハウスを確保した。私とアリストンのための屋内プールも付いている。私たちの家になるはずだった。

ホイットニーは、プロジェクトがスタートした二〇一〇年に仕事に復帰した。私たちは、プロジェクトの詳細について、スタッフがいるところでも公然と口論するようになった。彼女は、私に反論するのを楽しんでいるかのようだった。夜になって話し合うと、あれはみっともなかったと彼女も認めるのだが、翌日にはまた同じことが始まるのだ。とうとう、私たちは、それぞれの役割を分けて、オフィスでのやりとりを制限することにした。

マーケティング、企画立案、戦略、販売を私が受け持ち、ホイットニーは、施工、経費、品質管理を担当することになったが、重なる部分が多くあった。合同会議では、彼女は、やはり、あからさまに私の発言を封じた。ある会議では住居の広さを議論したが、それには細かい財務上の計算と政治的な計算が関わっていた。どういった顧客を販売対象にするのか？　一三〇平方メートルの小ぶりな区画を三〇〇万ドルで買う人たちなのか、それとも、ワンフロア全体を二〇倍以上の価格で買う人たちなのか？　念のために言っておくが、これは中国経済が急成長していたときの話である。きっと都心の空中に浮かぶ豪邸を欲しがる人がいるだろうと思った。確かに、私たちがそうだった。

社会的地位の点から見れば、二種類の顧客はまったく異なっていた。ただのリッチとメガリッチである。両者が、共通のエレベーターや共通のロビーで混ざり合ってもいいのか、それとも、別々の入り口を設けるべきなのか？　そして、政治的な問題を考慮するなら、共産主義を看板に掲げている国で、人民が一戸のマンションに何千万ドルも使うのは賢明なのか？　中国でそれほどの大金を使うことを、人々は怖がらないだろうか？　社会や政治の流れが急に変わったりはしないのか？

この問題について私のチームは数カ月間検討し、結論をホイットニーおよび彼女のチームと共有した。そもそも、チームのメンバーは依頼されたものを作るのが仕事だった。ホイットニーは、心底からは納得していないようだった。私たちが提案した、二つの階層を混ぜるやり方が気に入らなかったのだ。だが、私がその奥に感じ取ったのは、私に主導権を握られることを快く思わない彼女の本心だった。彼女はオフィスの中を歩き回って、私たちの計画をどう思うかと自分のチームのメンバーに聞いた。彼らは口ごもったり言葉を濁したりした。私は、李培英の後任が総経理になった空港に戻ったような気がした。みんなが異なる意見を言い合って、合意が得られないために、仕事がまったく進まないあの状況だ。

そして、彼女は、当分その決定を棚上げしたいとみんなに告げた。私は激怒した。「そんなに自分が賢いと思ってるんだったら、好きにすればいい」と怒鳴り、「もうたくさんだ」と付け加えると、私は部屋を出ていった。それは、単なる意見の違い以上のものだった。ホイットニーは、常にみんなの前で私をないがしろにしていた。一生、面子《めんつ》をつぶされ続けるのかと思っていた私にとって、この一件は特にこたえたのだ。

私とホイットニーの関係には、常に、私と両親との関係が反響していた。ホイットニーと私が初めて会ったとき、彼女は執拗《しつよう》に私を批判したが、その様子は私の両親にそっくりだった。私は彼女に言われたことを肝に銘じ、自分の生活や、服装、話し方、行動まで変えて、彼女が示す成功のためのレシピに従おうとした。ところが、私がひとたび成功すると、両親とのあいだに起きたのと同じことが起こった。ホイットニーの苦言が充満した私的世界と、成果と称賛にあふれた公的世界のギャップに直面したのだ。そのままではどこかが支障をきたすのは必至だった。

今、考えると、ホイットニーは自分の力をアピールする必要に迫られていたのだと思う。彼女はアリストンを産むために中国を離れていた。その間、会社での私の立場が上昇するにつれて、彼女は自分の立場が低下していくのを感じ取っていた。私は、一人で泰鴻の経営チームを集めた。ＣＦＯ（最高財務責任者）以外のスタッフはすべて私が採用した。空港プロジェクトの立ち上げでは、ゼロから経営チームを作り上げた。そして、空港の持ち株を売却したときのプロロジスとの取引条件には、経営チームが私と一緒に会社を去ることが含まれていた。あのチームを作ったことは、私が成し遂げた最も意味のあることの一つだったと思っている。ホイットニーは、ひたすら党の大物との関係構築にいそしんでいた。だが、私とチームは着実に仕事を遂行した。彼女はその作業にほとんど関わらなかったので、不安がますます募ったのだろう。

私は、チームと協力して、東洋と西洋が交わるハイブリッドな企業文化を創るように努力した。多くの中国人経営者と違って、週末は必ず休みにした。一方で、多国籍企業のように、五〇〇〇キロ離れたところから価値観を押しつけるようなことはしなかった。私はあらゆることを新たにデザインした。そして、人は成長するものだと信じた。そうしなければ、ご都合主義になってしまう。成果はどうであれ、私自身は、パームインフォが潰れたあとには上海で、後年はアスペン研究所で、多くの時間を使って自分自身を向上させようと努力した。福利厚生は国際企業と同等のものにした。何人かの幹部には、会社が費用を持ってMBAを取得させた。それに、自分たちの親戚を雇わなかった。ホイットニーは異母弟がやっている天津《てんしん》の不動産事業を支援していたが、彼はうちの社員にはならなかった。結果的に、多くの中国企業を悩ませる派閥抗争を避けることができた。

夫婦であり、ビジネスパートナーであったにもかかわらず、ホイットニーと私は激しく競い合っていた。ビジネスパーソンとしての私を形作り、成功に導いたのはホイットニーだったが、そのころの彼女は、自分の権威が私に脅かされているように感じ、自分がもはや必要とされないのではないかと不安になっていた。彼女の懸念は当たっていた。時代は私に味方していた。これまで事業を推進してきた私のノウハウがあれば、私たちの会社は、国内外の開発プロジェクトを巡って、すぐに、中国や海外の企業と同じ土俵で競争できるようになると考えていた。それと同時に、ホイットニーと私が、もっとバランスのとれた形で資産を分け合う日が来るのを心待ちにしていた。しかし、ホイットニーは変化を嫌っているように見えた。彼女は「関係《グワンシ》」ゲームをすることが自分の唯一のスキルだと思い、そのスキルや、ひいては彼女自身が、もはや必要なくなる日が来るのを恐れていた。

二〇一二年に、ブルガリ・ホテルの建設が承認されると、プロジェクトは空港のようにコネに頼る必要がなくなり、ホイットニーの役割はさらに小さくなった。仕事を指示するのは外国人だったし、請負業者はすべて国際的な企業だった。だから、私たちは接待のことなど考えなかった。茅台酒《マオタイ》はバックミラーの中に置いてきたのだ。でも、たまにヴィンテージの「ホンマオ」の栓を抜くと、チームのみんなに歓迎された。

仕事で感じる喜びに反して、ホイットニーとの関係はますます悪化していった。私たちの距離を縮めてくれるはずのプロジェクトが、私たちを引き離していくように思えたのは、皮肉というよりも悲劇だった。今、冷静に考えると、結婚に結び付くほど私たちの気持ちが近づいたことはなかったし、自分たちの関係に対して、あまりにも実利的で分析的だったことがわかる。私たちの関係においては、情熱は二の次であり、しっかりした論理に支えられていればカップルとして持続すると、ホイットニーはいつも主張していた。

だが、論理だけでは十分じゃなかったと私は思っている。人間関係が重要なものに変わるのは、崖からのジャンプと利害の計算が合わさったときだ。完全な公式などない。ところが、ホイットニーと私が用いた公式は不適切なものだった。私たちの関係に注がれた感情はあまりにも少なかった。今考えると、もっと豊かな感情があれば、私たちの結び付きは強固になって持続していただろう。感情が人体における軟組織のような機能を果たしたかもしれない。骨が弱くなっても、なお弾力を持った層があれば、転倒の衝撃を緩和してくれるからだ。

# 第16章 スキャンダル

北京 2012-2013

二〇一二年十月二十六日、『ニューヨーク・タイムズ』紙は、一面で、温家宝《おんかほう》の家族が所有する莫大な資産の詳細を報じた。その暴露記事は、企業の記録に基づいて、温家宝の家族の資産を約三〇億ドルと見積もっていた。記事の二〇段落目の冒頭にはホイットニーの名前が出ていた。まさに、私とホイットニーの関係の「骨格」に対する強烈な一撃だった。

記事が掲載される三日前、『ニューヨーク・タイムズ』の記者デイヴィッド・バルボーザがホイットニーに連絡をしてきて、彼女が記事の焦点になることを伝え、コメントを求めた。ホイットニーは、張おばさんと密かに話し合って対策を練った。バルボーザが記事の内容としてホイットニーに伝えたのは、平安保険株を購入する手段として泰鴻《たいこう》が使われたこと、その後、一億ドル以上の価値がある平安保険株が温家宝の母親名義の口座に移されたこと、そして、温家宝の母親が退職した元学校教師であり、公的年金以外に収入がないことだった。

ホイットニーと張おばさんは、当初、記事にコメントしないことに決めた。そして、ホイットニーは、美術界の知り合いを通じて、バルボーザの台湾人の妻に連絡を取った。ホイットニーは、彼女に対し、バルボーザを説得して記事を出さないようにしてほしいと、数時間にわたって懇願した。「私たちはお互い中国人じゃないですか」と、ホイットニーが電話の相手に言っているのが聞こえた。「この問題は穏便に解決すべきです。私には子どもがいます。あなたにもお子さんがいるでしょ。だったら、この件で私の家族がどんなに傷つくかわかるはずです。人の家族を傷つけたりしたくはありませんよね」。これも、ホイットニーの文化と欧米の文化とのズレの例だった。だが、彼女は必死だった。何かが相手の気持ちに訴えないかとやみくもにしゃべっていた。バルボーザ夫妻が関心を示さなかったのは言うまでもない。

その後、張おばさんは考えを変え、ホイットニーに平安保険株の取引の責任を取るように命じた。バルボーザと話をして、総理の母親や親族の名義になっている株は実はホイットニーのものであり、ホイットニーが資産の規模を隠すために彼女たちの名前を使ったと話すように、ホイットニーに指示した。ホイットニーは「平安保険に投資したとき、そのことを記録に残したくなかったの」と、『ニューヨーク・タイムズ』に話した。「だから、親戚に頼んで、私の代わりに株を預かってくれる人を探してもらったのよ」。ホイットニーの弁明は、控えめに言っても不自然であり、はっきり言えば、誰も信じないようなものだった。だが、ホイットニーは、張おばさんへの忠誠心から指示に従った。知ってのとおり、もともと、株はすべて泰鴻の名義になっていた。ホイットニーではなく、温一家を守るためである。二〇〇七年にホイットニーと私が持ち分を売ったあとで、張おばさんが判断を間違い、自分の義母やほかの親族に株の所有権を移転したのだ。それによって証拠となる書類が残ってしまった。もし、株の名義が泰鴻のままだったら、バルボーザは記事の根拠となる十分な資料を得られなかっただろう。

いつか張おばさんはホイットニーを捨て駒にするだろう、と私は心の奥でずっと思っていた。しかし、その局面が来るまでには、ホイットニーはうまく自分を守れるようになっているだろうと想像していた。だが間違っていた。彼女は、自分の人生の大部分を張おばさんとの関係につぎ込んでいたのだ。ホイットニーは中国人が「義気《イーチィ》」と呼ぶもの、つまり「兄弟の契《ちぎ》り」を信じていた。上海で私と仲間たちを結び付けていたのと同じ絆である。彼女は、張おばさんが長いあいだ自分を信頼してきたのは正しかったと証明するために、喜んで身代わりになったのだ。

たいていの人は、ここでヒーローになってもしかたがないと考えて、安全な場所に逃げ込むだろう。しかしホイットニーは違った。彼女がとった行動は、拮抗する絶望と勇気から生まれた極めて個人的な選択だと私は思った。キリスト教の信仰が一定の役割を果たしたのかもしれない。だが、それ以上に大きかったのは、自分が築いてきた人間関係への忠誠だろう。私はバルボーザと話さないように説得したが、彼女の意志は変わらなかった。人間関係は、彼女が持っているもののすべてだったからだ。突き詰めれば、彼女が自分自身をどういう人間とみなしていたかということだ。

その記事は、温一家、ひいては中国共産党の高級幹部に地震のような衝撃を与えた。欧米の報道機関が、中国の指導者の家族が所有する資産について詳しく報じたのは、その年二度目だった。数カ月前の二〇一二年六月には、時の国家副主席で、間もなく党総書記になる習近平《しゅうきんぺい》の親族が保有する資産について、「ブルームバーグ・ニュース」が同様の記事を配信していた。興味深いことに、そのときは、ホイットニーが張おばさんのためにしたように、身代わりになって罪をかぶった人間はいなかった。

党は、温家宝に関する記事に反発して『ニューヨーク・タイムズ』のウェブサイトを遮断した。外交部の報道官は、記事は中国に対する中傷を意図したものであり、背後には「隠された動機」があるとして、『ニューヨーク・タイムズ』を非難した。党は、国内に対しては守りを固めた。党の指導部は、体質的な被害妄想に基づいて、二つの記事をアメリカ政府による中国の政治指導者への組織的な攻撃の一部だと見ていた。もし習近平の家族に関するニュースが配信されていなかったら、党の反応は違っていて、温家宝は批判の標的にされていたかもしれない。だが、習近平のニュースがあったために、人々はアメリカ政府が何らかの形で記事に関わっていると信じた。そして、最善の反応は、動物的なもの、つまり結束を固めることだ、と中国人の誰もが確信した。

温家宝家では、家族、特に張おばさんと息子のウィンストンのビジネスが露顕したことに対して、温家宝が激怒した（娘のリリーは最初の記事には登場しなかったが、のちの『ニューヨーク・タイムズ』の記事で取り上げられる）。ホイットニーと私は、張おばさんと子どもたちが温家宝に多くのことを隠していると思っていたし、彼が、以前から家族のビジネスの一端を知っていて、やめるように言っていたのもわかっていた。

今回、温家宝は張おばさんに離婚を要求したそうだ。怒りに駆られた彼は、退職したら頭を丸めて仏門に入ると、親族に宣言した。その時点で党の有力者たちが介入し、離婚も、仏教徒が言うところの「看破紅塵（欲にあふれた俗世を見限る）」して僧侶になろうとする彼の衝動も、ともに思いとどまらせた。少なくとも公式には無神論ということになっている共産党にとっては、最後の部分が特に不都合だったのである。

記事の影響はさざ波として始まったが、やがて津波のように膨れ上がった。私たちと温一家の関係も変わった。張おばさんは、プロジェクトの利益の三〇パーセントを受け取ることに、もう興味がなくなったと言ってきた。つい先日、ブルガリ・ホテルに着工したばかりだというのに、手を引くと言うのだ。私たちは、それをどう受け取ればいいかわからず、彼女の気が変わる可能性も考えた。これまで、張おばさんとのあいだには契約書を交わしてこなかった。中国では多くのことがそうであるように、すべては暗黙の了解の下に進められていた。

『ニューヨーク・タイムズ』の暴露記事のあと、ホイットニーは人脈作りの活動を停止した。彼女は誰にも接触しようとしなかったし、誰も彼女に接触しようとしなかった。彼女は人を窮地に追い込みたくなかったのだ。一方、私は、自分たちがどれほどのリスクに直面してるかを見極めようとした。今後も記事に関連した問題が出てくるような気がしたが、それが何であり、いつ襲ってくるかは、わからなかった。私たちはひと月待ってホテルの仕事を再開した。国の情報機関や、人々に恐れられている党の中央規律検査委員会の人間が、家を訪ねてくることはなかった。

張おばさんは、息子と娘に、目立つ立場を降りるように指示したと、私たちに話した。ウィンストン・ウェンは国有企業に勤めることになり、リリー・チャンはコンサルティングのビジネスをたたんで、国家外貨管理局に入った。張おばさんも、北京北部の広大な土地を利用してジュエリーの職業訓練施設を建設する計画を取り止めた。彼女はその土地を息子のウィンストンに譲り、彼は、共産主義中国で最も優秀な全寮制学校にするとうたった、キーストーン・アカデミー（北京市鼎石学校）の建設に着手した。

張おばさんはホイットニーに、誰かが自分の家族を壊そうとしていると断言した。彼女は記事の情報源を調べたそうだ。その結果、政府内部の有力者の話として、生死を賭けた党内の権力闘争の巻き添えで、夫の評判が落とされたのだと語った。

権力闘争は、習近平と薄熙来《はくきらい》という官僚のあいだで起こったものだった。二人はともに、毛沢東《もうたくとう》の革命に加わった古参の共産党員である「神仙」（訳註・いわゆる「八大元老」を指す）の息子である。そして、「青年幹部局」の設置によって出世したことも共通している。青年幹部局は、陳雲《ちんうん》という共産党の重鎮が主導し、一九八一年の党の決定によって中央組織部に設けられた特別な組織だ。その目的は、党幹部の息子や娘に、政府や党での高い地位を確保することである。「息子や娘があとを継げば、私たちの墓は暴かれない」と陳雲は、はっきり言った。一九八九年に起きた天安門広場の弾圧によって、この計画は緊急性を増した。赤い貴族たちが騒乱から引き出した教訓は、ことわざにあるように「自己的娃児最可靠（自分の子どもが一番頼りになる）」ということだった。党の指導者の家族は、それぞれ、将来の政治的リーダーに育てるべき後継者を選んだ。習近平と薄熙来は、父親に指名されて党内で昇進していったのである。

習近平の父親、習仲勲《しゅうちゅうくん》は、一九三〇年代から四〇年代に蔣介石《しょうかいせき》の国民党軍とあいだで行われた内戦の英雄だった。また、一九七〇年代の終わりから八〇年代の初めにかけては、中国を世界の工場へと変えた経済政策の策定において重要な役割を果たした。

薄熙来は、やはり毛主席の部下だった薄一波《はくいっぱ》の息子である。薄一波も国民党軍と戦った。経済改革に関しては習仲勲よりも保守的だったが、一九八〇年代には、上海と深圳《しんせん》、二つの証券取引所の設立を主導した。

一九九〇年代の初めまでに、薄熙来は沿岸部の都市、大連《だいれん》のやり手の市長として名をはせていた。その後、遼寧《りようねい》省の省長や国務院の商務部長を歴任し、二〇〇七年には、かつて欧米で「チャンキン」と呼ばれていた南西部の大都市、重慶《じゆうけい》（チョンチン）市の党書記に指名される。オールバックの豊かな黒髪と、こぼれるような笑みが印象的な薄熙来は、メディアの人気が高く、いつでも気の利いた引用が口をついて出てきた。彼がもしアメリカ人だったら、中古車販売チェーンを拡大し、連邦議会に議席を得ていただろう〔訳註・アメリカでは、中古車のセールスマンと政治家は、愛想がよく口がうまい職業の代表と考えられている〕。

習近平は薄熙来ほどの華やかさがなく、ずっと慎重だった。一九九〇年代に彼が福建《ふつけん》省の官僚だったとき、人民解放軍の有名な歌手、彭麗媛《ほうれいえん》に求愛し、ついには結婚するとは夢にも思わなかったと、当時の同僚たちは語っている。最初の妻だった外交官の娘とは、彼女が留学先のイギリスに残ることを望んだために離婚していた。

上海市や浙江《せつこう》省の首長や党書記を含む習近平の経歴は、薄熙来に劣らず立派なものだ。だが、二〇〇二年十一月に党中央委員会に加わって表舞台に立ったとき、彼はメディアにあまり知られていなかった。薄熙来も、父親の強い働きかけによって、同じ年に、誰もが憧れる中央委員のポストに就いた。しかし五年後、習近平は中国の次の支配者を争うレースで一歩先んじる。薄熙来は二〇〇七年に中央政治局に入るが、中国の最高政治機関である中央政治局常務委員会の委員に昇進したのは習近平だけだった。

薄熙来がレースに復帰しようと必死になっていることや、そのために行った、人々の注目を引くための行動については、ホイットニーや私も多くの話を聞いていた。彼が重慶市の党書記として知名度を高めたのは、大衆動員の色彩が濃い政治的キャンペーンを開始したときである。それは、文革期に毛主席の下で行われたものとよく似ていた。薄熙来は、革命初期の中国に対するノスタルジーに訴えて、大規模な集会を開いた。そこには何千人もの市民が集まり、共産主義をたたえる、いにしえの歌を力強く合唱した。

だが、薄熙来の野望は彼を破滅へと導く。転落が始まったのは二〇一一年十一月十五日である。その日、イギリスの実業家ニール・ヘイウッドの死体が、重慶の古びた簡易ホテル、南山麗景度仮酒店（ラッキー・ホリデイ・ホテル）の一六〇五号室で発見された。当初の報道では、彼の死因は「大量飲酒後の突然死」だとされ、遺体は検死を経ずに火葬された。

ヘイウッドは長らく、薄熙来の魅力的な二番目の妻、谷開来《こくかいらい》のビジネスパートナーだった。重慶の公安局長、王立軍《おうりつぐん》がその事件を調べると、彼女が仕事上のもめごとからヘイウッドを毒殺したことがわかった。

王立軍は薄熙来のオフィスに行って彼に話した。薄熙来はそれを暗黙の脅迫だと受け取った。薄熙来の考えでは、王立軍が彼に忠実な公安局長であれば、事件をもみ消し、闇に葬るはずだった。そのため、薄熙来は椅子からバッと立ち上がり、王立軍を鼓膜が破れるほどの力でビンタした。そして彼を解雇し、汚職の疑いで取り調べさせた。

王立軍は、次の殺人事件の犠牲者になることを恐れて重慶から逃れ、二〇一二年二月六日、近くの成都《せいと》にあるアメリカ領事館に駆け込んだ。そこで事の経緯をアメリカの外交官に話し、政治亡命を求めた。王立軍がアメリカの在外公館で自分の言い分を述べているあいだに、対立するさまざまな政治派閥を代表する公安幹部が領事館を取り囲み、緊張をはらんだ膠着《こうちゃく》状態になった。翌日、アメリカ領事館は王立軍を国家安全部の副部長に引き渡し、重慶市の警察のトップは北京に連行された。一連の事実は、間が悪い時に明らかになった。党が、翌月に開かれる全国人民代表大会の年次総会の準備をしている矢先だったのだ。

王立軍が北京に到着したあと、中央政治局常務委員会の九人のメンバーが集まって、そのスキャンダルについて話し合ったそうだ。口火を切ったのは、情報機関の担当で、薄熙来の盟友である常務委員の周永康《しゅうえいこう》だった。彼は、捜査は公安局長の王立軍で止めるべきだと主張した。会議室に沈黙が広がった。周永康の発言は、薄熙来の捜査が行われないことを意味していた。常務委員たちは周永康の意見について考え込んだ。誰も声を上げなかったそのとき、序列の低い習近平が発言のしきたりを破った。党は、王立軍だけではなく、関与した可能性がある者すべてを捜査すべきだ、と彼は主張した。薄熙来や妻の名前を出す必要はなかった。言わんとしていることは、その場にいる誰にとっても明白だった。そこで声を上げなければ、宿命のライバルを追い落とす千載一遇のチャンスを失ってしまうことを、習近平はわかっていた。

常務委員会のナンバーツー温家宝の発言が鍵を握っていた。彼は習近平に同意した。次に、常に慎重な総書記の胡錦濤《こきんとう》も完全な捜査を支持した。こうして議論の流れが変わった。中央政治局常務委員会は、三月七日に開かれた次の会議で、問題にどう対処するかについて最終投票を行った。薄熙来を党から除名し、事件を検察に委ね、彼の妻をニール・ヘイウッド殺害の容疑で捜査するという案に反対したのは、周永康だけだった。

薄熙来を粛清するという決定によって、全人代が閉幕した三月十四日の記者会見は劇的なものになった。それは、温家宝にとって、総理を務めた一〇年間で最後の記者会見だった。『ニューヨーク・タイムズ』からの質問に答えて、彼は薄熙来を批判し、重慶市の党委員会に「真摯に反省し、王立軍事件から学ぶ」ことを要求した。それは爆弾発言だった。温家宝は、密室での習近平と薄熙来の闘いで習近平を支持しただけではなく、公の場で薄熙来の面目をつぶしたのである。翌日、薄熙来は重慶市の党書記を解任され、四月十日には党の中央委員会および中央政治局から追放された。その年の十一月十五日、習近平は中国共産党総書記に就任した。中国の人民法院が薄熙来に終身刑を宣告したのは、翌二〇一三年の九月だった。

張おばさんは、夫が事件の捜査を支持し、薄熙来に公然と恥をかかせたことで、薄熙来一派と衝突する羽目《はめ》になったと考えていた。彼らの仲間は情報機関にもいる。私たちが得た別の情報も、張おばさんの見方を裏付けていた。二〇一二年二月にホイットニーと私が聞いた話では、薄熙来が中国のジャーナリストや学者を雇って、張おばさんと子どもたちのスキャンダルを集めていたという。バルボーザは、どうやってこの話をつかんだのかと尋ねられるたびに、温家宝への仕返しを企てる党内部の人間から情報を得たことを否定している。だが、張おばさんは、薄熙来に忠実な情報機関の官僚が、文書の入った箱を香港でバルボーザに手渡したことがわかったと言っていた。

習近平が反腐敗キャンペーンを開始して約一年が経ち、温一家の資産に関する記事が『ニューヨーク・タイムズ』に出てから、やはり一年が過ぎた二〇一三年のことだ。張おばさんは、自分と子どもたちが訴追されないという保証と引き換えに、全財産を国に「寄付」したと話した。ほかの党幹部の家族も同様だと言うのだ。この行動の裏には別の理由もある。共産党は歴史を書き換えたいのだ。将来、党が体制全体の腐敗を容認したという批判に直面したとき、それらの家族は、自分たちの富を中国に「寄付」することで、国家に奉仕しただけだと主張できるからである。ホイットニーと私には、こうした話すべてが、かなり非現実的に思えた。だが、よく考えてみると、中国の共産主義者たちには、私有財産を盗み、真実をねじ曲げてきた長い歴史がある。

『ニューヨーク・タイムズ』の記事は、将来に関する私の主張の裏付けになった。これからは、海外への投資が大半を占めるようにすべきだし、中国でビジネスをするために党との結び付きに頼るのはやめるべきだ、と私は主張していた。私たちは、すでに公開市場で競争するのに十分なスキルを身に付けている。確かに「関係《グワンシ》」ゲームで大きな成功を収めたが、新しいビジネスモデルに移行すべき時期だと、私は考えていた。親しい友人になった欧米のパートナーの中にも、私の考えを後押ししてくれる人がいた。国際的にビジネスを展開している建築設計事務所コーン・ペダーセン・フォックスのCEOポール・カッツは、私たちの仕事ぶりに感心し、海外のプロジェクトの競争にも加わるように勧めてくれた。

しかし、ホイットニーは同意しなかった。彼女は海外進出を怖がっていた。温家宝は習近平の出世に決定的な役割を果したのだから、習近平は温家宝とその家族、そして私たちを守ってくれるはずだ、とホイットニーは言い張った。彼女は、今までと同じようにやっていけば、中国での私たちの未来は明るいと考えていた。

私たちのあいだには、ほかにもいくつかの問題が持ち上がった。ある晩、ベッドに横になっていると、ホイットニーは私に、占い師に占ってもらった結果を見せてくれた。そのころ、中国のエリートのあいだでは占いが大流行していた。中国の社会的ピラミッドの頂点にいる人々が、占い師や、気功師や、あらゆる種類の作り話を売る人々に頼っていたのだ。権力を握っていた七〇年のあいだに、共産党は中国の伝統的な価値を破壊し、宗教を事実上非合法化してしまった。精神的な真空においては迷信が人々の心をつかむ。人が一瞬にして頂点からどん底に落ちる、予測がつかない体制の中では、人生を解き明かしてくれる超自然的なものが人の心を強く惹きつけるのである。

ホイットニーが取り出した赤い小冊子には、占い師が読み取った彼女の運命が毛筆で書かれていた。だが、私の目を捉えたのは予言ではなく、彼女の生まれ年だった。占い師は「一九六六年」と書いていた。ところが、彼女は最初からずっと、私と同じ一九六八年生まれだと言ってきたのだ。

私が生まれたのは一九六八年十一月だったので、同じ年の十二月に生まれたホイットニーは約一カ月年下だと思っていた。それが突然、二歳年上だとわかったのである。実年齢を私に隠してきたのに、占い師には教えていた。本当の生年月日でなければ、正確な占いができなかったのだろう。

私は、彼女の生年月日を指さして「これはいったいどういうことだ？」と尋ねた。ホイットニーは少し青ざめた。「結婚して一〇年になるのに、きみの本当の年を知らなかった」と私は続けた。

彼女は少し黙ったあとで「私は私に変わりないわ」と、おどおどしながら言った。

「確かにそうだ。でも、正確には同じじゃない」と私は反論した。「人に関する最も基本的な情報は、名前と、生年月日と、性別だ。何かの書類に記入するときは、まずこの三つを書かなきゃいけない。その中の一つが変わっても同じ人間だというのは、おかしくないか」

「私は私よ」と彼女は繰り返した。

私たちが付き合い始めたとき、この件について母親に相談したのだと、ホイットニーは説明した。彼女の母親は、私たちを絶好の組み合わせだと思ったそうだ。「本当の年を言って、せっかくのチャンスをつぶしちゃいけないわ」と、彼女の母親は助言した。二人は、もしホイットニーのほうが年上だと知ったら、私が去ってしまうかもしれないと心配したのだ。中国の家父長制の社会では、妻は夫よりも若いものと決まっていたからである。

こんなに長く関係が続いたあとで欺《あざむ》かれていたのを知ったことで、私はまた大きな衝撃を受けた。私たちは、将来の仕事をどうするかで仲たがいし、スタッフの前でもけんかを繰り返していた。そこに、今度はこれである。

衝突は、ホイットニーが是が非でもやりたがった別のプロジェクトに関しても起きた。私たちは、北京商務中心区にあるチャイナ・ワールド・ホテル（中国大飯店）に隣接する広大な土地の再開発計画への入札を検討していた。それは、約四六万平方メートルの土地に超高層ビルやショッピングモールが建ち並ぶ、巨大事業になるはずだった。不動産の価値としては、中国では比肩するものがなかった。

土地開発の交渉を進める中で、私は、私たちを取り巻く熱気を感じ取った。気がつくと、そのプロジェクトへの参画を狙う実業家や、彼らがコネを持つ党の官僚から接待を受けていた。土地開発の分野では世界有数の企業である香港の新鴻基《サンフンカイ》地産の代表者は、北京にやってきて私たちと張おばさんを昼食に招いた。

食事が終わるとすぐにホイットニーの携帯電話が鳴った。かけてきたのは、当時の国務院港澳（香港・マカオ）事務弁公室の副主任、陳佐洱《ちんさじ》だった。ホイットニーが相手の声をスピーカーから出したので、私はそこに座ったまま、彼がプロジェクトの経営支配権を新鴻基に売るように勧めるのを聞いていた。それはかなりショッキングなことだった。陳佐洱は中国政府の部長クラスの官僚である。その人物が、香港の一企業のために北京の不動産取引を獲得しようと、臆面もなくロビー活動をしているのだ。香港に関わる共産党の官僚と、香港のビジネスエリートとの関係が、どれほど馴れ合いになっているかの表れである。私たちは、考えておきますと返事をした。

私は状況を冷静に見極め、そのプロジェクトがどれほど複雑なものになるかを、およそ把握した。許認可のプロセスは、空港プロジェクトが楽勝だったと思えるほど大変なものになるだろう。プロジェクトの実現に必要なすべての許可を得るためには、味方になってくれる中央政治局常務委員が、おそらく一人では駄目で、少なくとも二人は必要になる。そして二人を確保しても、なお政治的な圧力があるだろう。私はスタッフにその案件から撤退するように言った。ホイットニーは不満そうだった。

そして、別の案件が私たちをさらに引き離した。

二〇一三年の初め、私は、香港市場に上場している企業を買収するという友人に三〇〇〇万ドルを貸し、取引を完了するための二回目の融資を約束した。丁屹《ていきつ》というその友人とは長年の知り合いだった。彼も、私と同じく中国で生まれ、海外で育った。彼の場合はオーストラリアである。知り合ったのは、私が最初に香港に帰ってきた一九九〇年代だった。私たちは、香港の蘭桂坊《らんけいぼう》の歓楽街や北京のバー・ストリートで夜遅くまで遊んだ。私は彼を親友の一人だと思っていた。

丁屹は、スイスの銀行や中国の投資会社で働いて資産を作ったが、二〇〇七年の世界金融危機でそれを失ってしまった。彼の妻は、中国で事業を行う国際的な金属商社の代表をしていた。

あるとき、彼の妻の会社は、ビジネスの紛争に絡んで難しい状況に追い込まれた。すると、中国の某銀行が警察に金を渡して彼女を逮捕させ、人質に取った。中国本土ではよくあることだ。警察が、はるか遠い中国の北西端にある新疆《しんきょう》の寒村の留置場に彼女を放り込むと、丁屹は彼女を釈放させようとして、何年にもわたって力を尽くした。ついに彼がそれに成功したとき、私はずいぶんと感心した。その間に彼は妻と離婚し、妻の受付係をしていた女性と再婚していたからである。彼女は上海出身の元バーのホステスで、英語名をイヴォンヌと言った。だが、ここは中国だ。人は矛盾した人生を生きている。何にせよ、元の妻を助けるために尽力する人間は信用できる、と私は思った。

二〇一三年十月に二回目の融資の支払い期日が来た。私は金を出してもらいにホイットニーのところに行ったが、彼女は拒んだ。「約束してるんだ」と、私は過熱した会議のさなかに言った。「もう貸したくないの」と彼女は応えた。私は丁屹のところに戻り、悪い知らせを伝えた。彼は落胆した。資金が調達できなければ取引は成立しないので、私は、その会社の株を売って三〇〇〇万ドルを返してほしいと頼んだ。彼は難色を示した。丁屹の二番目の妻イヴォンヌが絡んでいるようだった。以前、彼女の夫が私を招いて香港のナイトクラブで開いたパーティーで、彼女に誘惑されて断ったことがあった。繰り返すが、ここは中国だ。より大きな魚を狙えるチャンスを逃す人間はいないし、すげなく袖にされて、そのことを忘れる人間もいない。私は、お金を返さないように、彼女が丁屹をそそのかしたのだと思った。

私は、丁屹が私を手玉に取ろうとしているように感じた。何度も香港に足を運んだが、そのたびに、二人で街に繰り出し、食事をし、バーをはしごした。丁屹は、間違いなく気を許せる友だちだった。だが、ついに金のことを持ち出すと、彼は突然、姿を消した。私にできるのは、弁護士を雇って彼を法廷に連れ出すことだけだった。彼は法廷で、上場企業に投資した金が私のものだったことを否定した。

家では、ホイットニーとの関係に改善の兆しはまったく見られなかった。私たちのやりとりは、ますますぎこちないものになっていった。このころ、私たちは、ブルガリの建設現場に近いフォーシーズンズ・ホテルに併設されたマンションに住んでいたが、二〇一三年の十月の終わり、私はその家を出た。

# 第17章　民主化の波

コロラド・香港・北京　2013-2018

ホイットニーと別居する数カ月前のことだ。二〇一三年七月三十一日、私は、アスペン研究所がコロラド州アスペンで開催している「リーダーシップ実践プログラム」で講演した。中国では、権利意識を持った人々が「増加する傾向」があるだけでなく、共産党も柔軟になり、その流れに適応しようとしている、と私は話した。そして、共産党の最高指導者は、代を経るごとに、ほかの指導者と権力を分担するようになってきたと指摘した。

中国は名目上は共産主義国だが、「実際の運営の仕方はまったく違う」と私は言った。政権が引き継がれるたびに、世論に応えざるを得なくなってきているのだ。「毛沢東《もうたくとう》はすべてを一人で決めた。鄧小平《とうしょうへい》が政権に就いたとき、彼は数人の長老に相談する必要があった。江沢民《こうたくみん》はさらに多くの人の意見を聞かなければならなかった。権力はしだいに分散してきている。中国を一つの固定した体制だとみなすのは間違っている」と私は話した。サンセットカラーのTシャツに、黒っぽい色のジャケット、デザイナーブランドのスニーカー、ノーショーソックス〔訳註・靴に隠れて見えないように作られた小さな靴下〕という、流行に乗った私のカジュアルな服装は、欧米に合わせようとする中国の姿を体現していた。だが、私の胸の中では、中国の体制に関する懸念が、党の新たな指導者、習近平《しゅうきんぺい》の台頭とともに膨らみつつあった。

当初、私は習近平政権について楽観視していた。一つには習近平が陳希《ちんき》と親しい間柄だと聞いていたからである。陳希は、私たちが清華《せいか》大学に大きな寄付をしたときの清華大学党委員会のトップだった。習近平は国家副主席に就任するとすぐ、大学時代のルームメイトだった陳希にブレーンに加わるように頼んだ。陳希は、かつて習近平の申し出を断ったことがある。一九九九年、福建《ふっけん》省長だった習近平が陳希に福建省のポストを提示したときのことだ。だが、中国の最高指導者のために権力の中枢で仕事をするという今回の誘いは陳希の心を動かし、彼は清華大学を去る決心をした。

習近平は陳希を教育部副部長に任命したあと、遼寧省党委員会副書記に抜擢《ばってき》し、七カ月間だけ務めさせた。出世に欠かせない地方勤務の経歴を作るためである。二〇一一年四月、陳希は北京に呼び戻された。その二年後、習近平は陳希を、すべての幹部党員の人事を掌握する中央組織部の重要ポストに就けた。そして二〇一七年、陳希は中央組織部長に就任した。習近平は、そのポジションに仲間を置いたことで、自分の支持者を中国全土の党の要職に就けることができるようになった。

当初、私が習近平に好感を抱いたもう一つの理由は、ホイットニーの友人である王岐山《おうきざん》も新しい党総書記と親しいらしく、ホイットニーとの会話の中で習近平を褒めていたと聞いたことだった。習近平が、陳希と王岐山がともに好意を抱くような人物であれば、習近平政権は、改革開放に慎重だった胡錦濤《こきんとう》政権よりも良くなるだろうと考えたのである。

ところが、習近平は、二〇一二年十一月に党中央委員会総書記に就任すると、すぐに大々的な反腐敗キャンペーンを開始した。ちょっと気がはやりすぎていると私たちは思った。彼が政府の役職である国家主席に就任するのは二〇一三年三月だったが、それに先立って何千人もの官僚の犯罪捜査に着手したのだ。中国ではこうした派手な政治的パフォーマンスは異例であり、それまでの共産党のやり方とは一線を画すものだった。私たちは彼の腐敗との闘いを支持した。やろうと思えば中国では粛清ができる。ところが、キャンペーンが始まって一年が経ったころ、陳希らにその話題を向けると意外な見方が返ってきた。習近平は一期目の半ばまでは腐敗との闘いを拡大するが、その後は縮小するというのが彼らの結論だった。習近平はそうせざるを得ないだろうと彼らは言い、今のキャンペーンは経済に悪影響を及ぼし、官僚の士気を低下させるからだと説明した。官僚たちは調査されることを恐れるあまり、物事を決められなくなっている。そんな状態をいつまでも続けるわけにはいかない。さらに、習近平が逮捕する官僚が数百人であるうちはいいが、何万人もが投獄されるようになれば、民衆はこう結論づけるだろう。一部に腐ったリンゴがあるのではなく、体制全体が芯まで腐っているのだ、と。二〇二〇年までに中国当局は二七〇万人を超える官僚を汚職の疑いで取り調べ、一五〇万人以上を処罰した。そのなかには七人の国家レベルの指導者と二四人の将官が含まれている。

私たちが不安を抱き始めた変化はほかにもあった。二〇一二年七月、習近平が権力を握る準備を整えると、「現在のイデオロギー領域の状況に関する通報」と題された文書が、党中央弁公庁から配布された。

「九号文件」として知られるこの文書は、言論の自由や司法の独立といった危険な西洋的価値は中国に悪影響を与えるので、一掃しなければならないと警告していた。これらの考えは「中国への悪意に満ちたもの」であるため、中国の学校や大学で教えることを禁じるという。また、独立傾向を強めるメディアを厳しく批判し、スキャンダルを暴く定期刊行物の押さえ込みをいっそう強化するように、党組織に命じていた。

これを受けて情報機関は厳重な取り締まりを実施し、弁護士や、市民社会の実現を訴える人々の力を削《そ》いだ。最後まで残っていた多少とも独立色のあるメディアは、廃業に追い込まれるか、党の方針に従う経営者に委ねられた。また、中国人民政治協商会議（政協）で目の当たりにした変化にも不安をかき立てられた。

二〇一三年の初め、北京市政協の委員が招集された。会議場の雰囲気はいつもとすっかり違っていた。一つの理由は、北京市政協の主席が出席していたことである。私たちを前にして党の幹部が演説を行った。彼はその機会を使って、政治的な締めつけが緩和されるのではないかという私たちの幻想を打ち砕いた。彼は、私たちのシンクタンクである凱風公益基金会の運営に携わっていた兪可平《ゆかへい》の名前を挙げ、民主改革が中国を強くすると言っているとして批判した。党幹部はまた、政協が第二の議会の役割を果たすようになる可能性を全面的に否定した。この演説に出席者はみなショックを受けた。それは体制が険悪な強硬路線に転換する一つの兆候だったが、習近平政権下では、同じような事例をさらに多く見ることになった。

中国の外交政策も以前よりはるかに強硬になった。その変化を、私は香港に帰るたびに感じ取った。一九九七年に香港を中国に返還するという取り決めの一部として、中国は「一国二制度」を守ることをイギリスとのあいだで合意し、それに基づいて、五〇年間、香港に自治を認めると約束した。そして、民主主義を大幅に許容し、信教や、言論、集会の自由など、中国国内では与えられていない権利を維持することを認めたのである。ところが、習近平政権の下で、中国はこうした約束を破り始めたのだ。

習政権は香港の民主化を抑圧した。情報機関の要員を香港に送り込み、党の意に沿わない、中国の為政者に関する書籍を出版、販売した人々を拉致した。そして、香港の政治制度を積極的に侵食し始めた。私たち政協の香港代表メンバーは、そのキャンペーンの歩兵として党に招集された。

政協の会議で、当局は香港の政治状況に直接関与するよう私たちに指示した。二〇一四年に香港で「雨傘運動」が起きると、こうした要求は激しくなった。抗議運動の引き金になったのは、共産党が出した一つの決定だった。香港特別行政区のトップである行政長官の候補者は、まず、北京に忠実な人々で構成される選挙委員会で審査されなければならないと決めたのである。欺瞞《ぎまん》は明らかだ。事前に北京に審査された候補者にしか投票できないのであれば「一人一票（普通選挙）」に何の意味があるだろうか。

九月のデモで雨傘運動が始まるとすぐ、私たちは、香港に行ってカウンターデモを組織し、資金を提供するように、当局から指示された。香港に事業所を持っているメンバーは、従業員に金を渡して、中国を支持するデモ行進に加わらせるように言われた。二〇一四年十月の暑い日、私はカウンターデモの一つに参加した。

私たちは銅鑼《どら》湾のヴィクトリアパークに集合した。そこは、皮肉にも、それまでやそれ以降の、民主化を要求するすべてのデモがスタートした場所だった。公園では、共産党のフロント組織や、村民委員会、中国各地の政協、ほかの親中国グループなど、多くの組織の代表が群衆を見回っていた。

私は、香港にある中国政府の出先機関、駐香港連絡弁公室（中連弁）の代表の目に留まるように行動した。自分の努力が認められないのが嫌だったからだ。中連弁の官僚は私たちを集めて集合写真を撮った。彼らは彼らで、自分たちの努力を北京に認めてもらいたかったのだ。忠実な官僚たちから中国の国旗を受け取ると、私たちは行進を始めた。

私たちは香港島のメインストリートである軒尼詩道《ヘネシーロード》を歩いた。途中で民主化を要求するデモ隊に出会うと、穏やかにお互いをからかった。香港での親中派と民主派の関係は、まだそれほど敵対的になっていなかった。隣接する湾仔《わんし》区に着くころには、私たちのグループの一部はこっそりと抜け出し始めていた。

政協北京支部のほとんどのメンバーは香港に住んでいたが、私は北京から飛行機で来てグループに加わっていた。それまでずいぶん政協の活動をサボっていたので、今回の活動には参加して、最後までやり通したほうがいいだろうと思ったのだ。私は、ヴィクトリアパークから、昔のイギリス海軍のドックから名付けられた金鐘（アドミラルティ）まで、二キロ近くを歩いた。もちろん、私が最後まで行進したことを中連弁の官僚たちにアピールするのを忘れなかった。

こうした行動は、全部バカバカしく思えていた。中連弁の官僚から、デモ行進に加わった私たちまで、みんなが演技をしていたからだ。行動の根底にあるはずの、香港の民主主義や自由を抑圧すべきだという考えを持っている人は、たとえいたとしてもほんのわずかだっただろう。人々がそこにいたのは、自分の利益、つまり北京での点数稼ぎのためだ。私は、中国が香港の問題に干渉すべきだと本心から思ったことはないし、香港には中国の指導が必要だと考えたこともない。香港はこれまで、中国の干渉がなくてもうまくやってきたのだ。

二〇一二年と二〇一六年の九月に実施される香港の立法会選挙に向けて、私たちは、党の官僚から当選させたい候補者のリストを渡され、香港に戻って票を取りまとめるように指示された。ところが、あるとき、党の指示が書かれた文書が、ソーシャルメディアである「微信《ウェイシン》（WeChat）」の何者かのアカウントにアップされてしまった。面目を失った党は、文書の配布を中止した。今度は、関与を否認する余地を確保するために、候補者の一覧が掲載された新聞記事に、党が選んだ候補の名前だけ赤い下線が引かれたものが渡された。そして、活動の成果を報告するように要求された。あとで「きみは何人の有権者をわれわれの候補者に投票するように仕向けたのか？」と問われるのである。

香港の選挙制度に特有な点の一つは、特定の職業固有の議席が設けられていて、その分野のメンバーによって代表が選ばれることである。医師は、そうした「功能界別（職能団体枠）」に含まれる職業の一つだった。皇仁《こうじん》書院の卒業生には医師が多いので、私は、同窓生の人脈を使って、北京が承認した医療分野の候補に投票するように、元の同級生に働きかけることを命じられた。

私は、習近平と、彼が中国を導こうとしている方向には疑問を持っていたが、同時に、雨傘運動や「占領中環《ちゅうかん》（中環を占拠せよ）」運動にはそれほど共感していなかった。急進的すぎるし、現実離れしていて、アメリカでのドン・キホーテ的な「ウォール街を占拠せよ」運動の模倣のように思えたからだ。それに、香港の住民の大部分がそうした運動を支持しているとも感じられなかった。

私は、香港をどう扱うかという問題に関して、中央政府は主体性を欠いていると思っていた。そこで、共産党が香港をよりうまく統治するために、自分にできることをしようと決心した。カウンターデモに参加したあと、私は北京に戻ってレポートを書き、友人に頼んで習近平のオフィスに届けてもらった。レポートの焦点は、私が香港の「プルートクラット」と呼ぶ人々である。プルートクラットというのは、共産党の指導者とのつながりを利用して、香港を私的な貯金箱にし、香港の市民に損害を与えている富豪たちの一族のことだ。香港は「クローニー資本家」〔訳註・政治権力者との縁故によって利権を獲得する資本家〕に支配されている、と私は書いた。金持ちがますます豊かになる一方で、一般的な大卒の給与はここ一世代上がっていない。なすべきことは民主化の推進であり、特に、香港の行政長官を指名する組織の民主化が必要である。親中派のビジネスエリートたちだけではなく、民主化グループや若者の代表も選挙委員会に加えるべきだ、と私は提言した。また、香港の政情不安は、中東を席捲《せっけん》した「アラブの春」の影響を受けており、「敵意を持った欧米勢力」によって扇動されているという、中国本土で支配的な考え方を批判した。そして、問題の性質を誤解していては、有効な解決策は導かれないだろうと警告した。中国政府は香港社会のあらゆる階層に目を向ける必要があり、資本家階級に政治権力を独占させていてはいけないのだ。控えめに言っても、中国の民衆に後押しされて権力を握った中国共産党が、香港の大衆を無視するのは矛盾している。

私のレポートは中国政府の最高レベルで読まれた、と友人が報告してくれた。だが、結局、私の提言は無視された。それどころか、政府がむしろ統制を強めたために、二〇一九年に大規模な抗議活動が起こり、二〇二〇年まで続いた。党はついに、自由に発言する権利を無効にする「国家安全維持法」を香港に施行した。その条文は、中国本土で作られる法律と同様、意図的に曖昧にしてあり、グレーゾーンが広いため、党は、自分たちの意に沿わない人物を起訴する広範な自由を手にした。

数千人の香港市民が、国、省、市、県レベルの政協のメンバーになっていた。そして、全員が、香港の選挙に中国が干渉するのを手伝うように指示された。驚いたのは、公の場に出て「私はこういうことをしたが、間違っていた」と言う人が一人もいなかったことだ。考えてみれば、これは重大な問題である。多くの香港市民が地域の未来を売り渡しておきながら、誰も、自責の念に駆られて「もうやめるべきだ」とは言わないのだ。私たちが中国の命令に従ったのは、純粋に自分の利益のためだった。でも、そのことから、私たちがどれほど中国共産党を恐れ、命令を断って自分の意見を表明することへの報復を恐れていたのかがわかってもらえると思う。もしかすると、清華大学で習近平のルームメイトだった陳希のような官僚も、同じような難しい問題に直面したのかもしれない。私たちはみんな、間違っているとわかっている体制に協力していた。そうしなければ、私たち自身や、家族を含めた周囲の人々の、生活手段や、自由、場合によっては命まで犠牲にすることになるからである。代償が大きすぎるのだ。

習近平の反腐敗キャンペーンが実際に始まってみると、それは不正行為の撲滅のためというより、潜在的ライバルを葬るためだったことがわかった。習近平は、同じ太子党《たいしとう》である薄熙来《はくきらい》の拘束に、すでに一役買っている。続いて、中央政治局常務委員会で薄熙来の仲間だった周永康《しゅうえいこう》を投獄した。そのあとは方向を変え、今度は、共産党体制のもう一つの派閥である共産主義青年団派（団派）の壊滅に狙いを定めた。団派は、習近平の前任の党総書記、胡錦濤に率いられてきた。胡錦濤の右腕で、私がレーシングカーを貸したことがある令谷《れいこく》の父親、令計劃《れいけいかく》は、二〇一二年の終わりに胡錦濤が引退したとき、彼に代わって団派の顔になるはずだった。

令計劃は、党中央委員会中央弁公庁の主任、つまり一九九〇年代の初めに温家宝《おんかほう》が務めたのと同じ「首《しゅ》席太監《せきたいかん》」として胡錦濤に仕えてきた。二〇一二年十一月に胡錦濤が退任したときには、中央政治局に入り、おそらく常務委員に昇進するものと見られていた。

温家宝が引退したときに備えて常に計画を立てていたホイットニーは、令計劃を籠絡することに強い関心を持ち、彼の家族と親しくなろうとした。彼女は私を令谷のメンター（指導役）にし、自分は、令計劃の妻、谷麗萍《こくれいへい》と友だちになった。当時、谷麗萍は、若い起業家に資金を提供する、共産主義青年団の慈善団体「中国青年創業国際計画」を創設し、総幹事を務めていた。ホイットニーは、谷麗萍と夫の令計劃が、いつか彼女のチェス盤の駒として動いてくれるという思惑で、その団体に数百万ドルを寄付した。

そこに悲劇は起きた。二〇一二年三月十八日の未明、令計劃と谷麗萍の息子、令谷は、自分のマンションから一・六キロほどのところで、フェラーリ４５８スパイダー（私が貸していたものではない）を運転中にスピンし、コントロールを失って激突した。令谷と、同乗していた二人の女性が死亡し、三人は裸に近い格好で発見された。その事故は、香港の中国語タブロイド紙の格好のネタになり、各紙は赤い貴族の息子や娘たちの放蕩について競って報じた。しかし、令谷を知っている私には、何かが違うような気がした。

彼は確かに速い車が好きだったが、思想にも興味を持っていたし、ほかの赤い貴族に見られる虚無的な放縦さは感じられなかった。

事故の詳細が明らかになったのは、令計劃をその年に中央政治局常務委員に昇進させるかどうかを決める会議の数日前だった。そのため、令計劃は、息子は本当は事故で死んだのではなく、すべては自分や団派のメンバーを失脚させるために仕組まれたものだと、ずっと信じていた。この説を欧米の友人に話すと、共産党がそんなごまかしに関わる可能性は薄いだろうという答えが返ってきた。だが、多くの人は、権力の存亡がかかっている場合に党がどこまでのことをするか、わかっていないのだ。

事故のあと、令計劃は致命的な過ちを犯した。張おばさんによれば、彼は、党の情報機関のトップ周永康を説得して、衝突事故に関する情報が漏れないようにさせた。だが、党の総書記である胡錦濤は、事故の話をどこからか聞きつけた。胡錦濤が令計劃に何が起きたのかを聞くと、彼は息子の関与を否定した。しかし、前任者の江沢民に事実を突きつけられると、胡錦濤はついに事故の実態を知ることになる。令計劃の嘘が暴露されたために、胡錦濤も彼を守れなくなった。結果として、胡錦濤は中国の権力の頂点に仲間を就かせるチャンスを失った。

六カ月後の二〇一二年九月に令計劃が「首席太監」を解任されると、彼を二度と立ち上がれないようにするための本格的な攻撃が始まった。二〇一二年十一月十五日に開催された中国共産党第一八期中央委員会第一回全体会議で、彼は中央政治局に席を得られなかった。

党は、令計劃を二年間、政治的宙づり状態に置いたあと、二〇一四年十二月に、彼が党の中央規律検査委員会の取り調べを受けていると発表した。令計劃は党を除名され、汚職の罪で起訴された。二〇一六年七月、彼は終身刑を宣告された。

令計劃の告訴には、妻の谷麗萍に対する嫌疑も含まれていた。検察官は、谷麗萍が、夫に政治的便宜を図ってもらおうとする企業から賄賂《わいろ》を受け取っていたと主張した。だが、谷麗萍と何年もの付き合いがあるホイットニーと私は、検察の主張には無理があると思った。第一に、彼女はほとんど夫と会っていなかった。「首席太監」として、令計劃は、ほぼ毎日、中南海《ちゅうなんかい》の党本部で寝泊まりしていた。彼には、妻と共謀して汚職ビジネス帝国を築く時間などなかったのである。

第二に、ホイットニーは谷麗萍と北京でしばしば会うほかに、二人で香港にショッピングに行くことがあったが、谷麗萍は腕時計や服に大金を使うのをためらっていた。ホイットニーは、谷麗萍も彼女の夫も、たいして金持ちではないし、それほど腐敗に手を染めていないという思いを強くした。あるとき、ホイットニーは、香港の中環のショッピング街にある嘉信表行（カールソン・ウォッチ・ショップ）に谷麗萍を連れていった。嘉信表行で売られている腕時計のなかには五〇万ドルするものもある。だが、谷麗萍は二万ドルの値札が付いたものを見ただけで青ざめた。次には、スーツを見に、近くのシャネル・ショップに行ったが、値段をチラッと見るなり、高すぎるわとつぶやいた。シャネル・ショップは初めてだったようだ、とあとでホイットニーは言っていた。北京では、二人はよくグランドハイアットでお茶を飲んだ。ホイットニーはときどき、ビジネスの提案を持った人物を連れていったが、谷麗萍は熱心に聞くだけで、話に乗ろうとはしなかった。結局、ホイットニーは彼女と出かけるのをやめてしまった。谷麗萍には、政治的な後ろ盾も、将来の展望も、何かをなそうという意志もないと判断したからだ。「彼女は話をするだけで行動しようとしない」とホイットニーは不満を漏らしていた。

彼らの死んだ息子、令谷に対する嫌疑も疑わしいものに思えた。国営のメディアは、彼が政治的な秘密結社を作ろうとしていたと非難したが、冗談じゃない。彼がやっていたのは読書サークルだ。私はこの目で一部始終を見ていた。本をいくつか紹介したくらいだ。

中国では、共産党は、証拠をでっち上げ、自白を強要し、事実に関係なく自分たちが選んだ容疑をかけることができる。システムが非常に不透明なために、多くの人がだまされて、党がかけた容疑を信じるのだ。中国の経済成長率と同じである。党が目標を設定すると、毎年、奇跡のように、小数点以下まで一致した数字が達成される。外国人を含めて誰もが同じ嘘を受け売りするのは、共産党が、真実を隠し、異論を封じることに熟達しているからだ。事実とフィクションを見分けるのは不可能に近い。

だが、私たちは個人的に令一家と親しくしてきたので、彼らに対する嫌疑は馬鹿げているし、国営メディアが報じた彼らの推定資産はでたらめだとわかった。令計劃が粛清されたのは、平均的な官僚よりも腐敗していたからではなく、競合する政治勢力を彼が代表していたからだ。それが衆目の一致する見方と言っていい。

そして孫政才《そんせいさい》の事件である。彼は、二〇二二年から二〇二三年に国家主席および党総書記としての二期目を終える習近平の後継を争っていた。二〇一二年に薄熙来が失脚したあと、孫政才は重慶市のリーダーの地位を引き継ぎ、国営メディアに手腕を称賛されていた。

ところが、二〇一七年二月を境に、彼の人生は暗転する。中央規律検査委員会が、重慶市への薄熙来の影響力を十分に排除できていない、と彼を批判したのだ。二〇一七年七月の初め、孫政才は重慶市の職を解かれ、後任には、習近平が浙江省《せっこう》のトップだったときに彼のプロパガンダの責任者をしていた男が就いた。共産党の典型的なやり方どおり、検閲官は写真やビデオクリップから孫政才の存在を消し始めた。七月の終わり、党は、彼が党規違反の疑いで捜査を受けていると発表し、孫政才は、二〇一二年に習近平が権力を握って以降、初めて汚職の嫌疑をかけられた中央政治局の現役メンバーになった（周永康が起訴されたのは降格後のこと）。彼は、二〇一七年九月には党を除名され、二〇一八年五月八日、二四〇〇万ドル相当の収賄《しゅうわい》の罪で終身刑を宣告された。孫政才の一番のライバルだった胡春華《こしゅんか》は、彼よりもわずかにうまくやっていた。胡春華は投獄はされなかったが、習近平は彼の昇進も認めなかった。二〇一七年に、彼は中央政治局常務委員会に席を得るはずだったが、一つ下のレベルに留め置かれた。

孫政才と令計劃に対する嫌疑は、習近平の命令に従った党の情報機関によって作られたものだと私たちは思っている。おそらく、胡錦濤や温家宝の息のかかった人間を中央政治局常務委員会に入れないようにしろ、と習近平が命じたのだ。彼らがいくら横領したとか、そもそも横領をしたということ自体が、手品のように帽子から出てきたものだと、私たちは思っている。習近平が彼らを粛清しろと命令し、中央規律検査委員会がその命令に従った。そして、国の検察官が、中国の法律の底なしの柔軟性を利用して、彼らをさっさと刑務所送りにした。習近平はこうやって権力を固めてきたのである。

令計劃と孫政才が続けて逮捕されたことで、少しでも中国を理解している人には、これらが汚職事件でないことがはっきりした。私の言葉で言うなら、これは政治的な暗殺である。反腐敗キャンペーンは、例えば赤い貴族など、習近平がひいきにする人々は捜査対象にしなかった。その典型が、上海幇《バン》を率いる江沢民に関係する人々である。二〇一四年一月、党は、北京の超高級ナイトクラブに閉店を命じた。だが、デイヴィッド・リーの「マオタイクラブ」は閉鎖されなかった。デイヴィッドの義父である賈親分が、江沢民と固い絆で結ばれており、江沢民の後押しがなければ、習近平の今の地位はなかったからである。

孫政才は、二〇〇六年に農業農村部長になった日から、出世階段を登ることにレーザーのように照準を合わせていた。ヘマをしないかぎり、最後には中央政治局常務委員会に入り、国家主席になれなかったとしても総理になると、彼はホイットニーに言っていた。彼は、どんな行動をするときも、常に目標を見据えていた。

党は、孫政才が売春婦を買い、賄賂を受け取ったと主張した。だが、私たちは彼をよく知っている。彼は金銭やセックスに対して強い欲求を持っていない。彼が執拗に欲しがっていたのは権力だ。人口一四億の国を手中に収めることができるかもしれないのに、どうして女性や数百万ドルの金を追いかける必要があるだろうか。

ホイットニーと私が見てきたところでは、汚職の誘惑に負けるのは、たいがい退職が近く、私腹を肥やそうとしている官僚で、国を支配しようと競い合っている人間ではない。私たちの見てきた孫政才は、不正行為の嫌疑をかけられないように注意して仕事をしていた。順義区《じゅんぎ》にいたとき、彼は確かに有力者たちに便宜を図って土地を分配したが、あれは、厳密に法的な意味で汚職ではなかった。それに対し、習近平と手下たちは、明らかに意図して、孫政才に関する事件をでっち上げたのだ。そうなったら、彼にはなすすべがない。中国では、歴史を通して、多くの皇帝がたくさんの皇子たちを葬ってきた。今、起きていることも同じだ。

もし令計劃と孫政才が粛清されなかったら、今ごろは二人とも中央政治局常務委員になっていただろう。そして、中国共産党は、一九八〇年代に鄧小平が生み出した集団指導という考え方を維持していただろう。集団指導体制は完璧なシステムではなかったが、一人の人間が、この場合は毛主席がすべてを支配する時代に、中国が逆戻りするのを防いでいた。競争相手や後継者候補が、出世コースから外されたり投獄されたりした今、習近平はさらに大きな権力を掌握する方向に向かっている。二〇一八年三月、彼は、国家主席の任期を廃止する憲法改正案を強硬通過させ、自分が終身皇帝になる道を開いた。共産党中央宣伝部の彼の従者たちは、習近平を「人民領袖《りょうしゅう》」〔訳註・「人民の指導者」を意味し、もっぱら毛沢東に冠せられていた呼称〕と呼んだ。毛沢東を取り巻いていた個人崇拝への逆行である。習近平の顔は、ポスターや、茶碗や、皿に描かれ始め、習近平の名前は、党の機関紙『人民日報』の一面を毎日飾るようになった。彼があまりにも多くの権力を握ったために、中国人は彼を「全面主席（万能の主席）」と呼び始めている。

# 第18章　別離

## 北京・イギリス　2014-2017

北京のフォーシーズンズ・ホテルに併設されたマンションには会議室があり、そこがホイットニーと私の休戦地帯だった。私たちはときどきそこで会い、アリストンの養育やほかの問題について話し合った。二〇一四年八月のある午後、私はホイットニーに呼び出された。彼女はいつも単刀直入だったが、このときもそうだった。「離婚したいの」と彼女は言った。

私は驚かなかった。小さな出来事から、彼女がその方向に動いているのを感じ取っていたからだ。彼女は、私たちがマンションに据え付けたオーストリア製の金庫の暗号を変えた。それが表すメッセージは明らかだった。「この中のものをあなたにあげるつもりはない」ということだ。よりを戻すことは考えていなかったので、彼女の宣言にも気持ちは動揺しなかった。それでも、こういう結果になったのは残念だった。

あとになって、彼女の行動は、自分の出す条件で私を引き戻すための手段だとわかった。別居しているあいだ、ホイットニーは自分の母親をよこして、家に戻るように私を説得させ、私の母に関係を修復するのを助けてほしいと頼み込んだ。私は、ホイットニーが私たちの関係を実質的に変えると言ってこないかぎり戻るつもりはないと、はっきり伝えた。私が望んでいたのは、二人の立場を、彼女が優位な状態から平等なものに変えることだった。彼女は、仕事でも私生活でも、自分が決めることに慣れてしまっていた。それは変えるべきだった。確かに、ホイットニーは、私が暗闇をさまよっていたときに、指針となり、いろいろなことを教えてくれた。だが、私は、自分が成長するにつれて彼女も一緒に成長し、私の居場所を作り、私を対等に見てほしいと思うようになったのだ。

ホイットニーは、自分が出す条件で私を引き戻すことしか考えていないという私の印象は、彼女の離婚調停案を聞いてさらに強まった。彼女が私に渡すものとして提示したのは、香港に住む旧友の丁屹《ていきつ》に貸した三〇〇〇万ドルだけだったからだ。だが、その金は裁判のために凍結されていた。

東方広場での話し合いが険悪さを極めたとき、彼女は、離婚するのだったら、びた一文あげるつもりはないと断言した。「友だちから取り戻せばいいじゃない。あなたがやった取引でしょ。私の友だちじゃないわ」と彼女は言った。

「でも、きみが急に手を引かなければ、こんな問題は起きてなかった」と、私は反論した。

「運が悪かっただけよ」と、彼女は言い返した。

基本的に、ホイットニーは私を資金難に追い込もうとしていた。そうなれば、私が両手をついて復縁を請わざるを得なくなると思っていたのだ。私たちは、ずっと、自分たちの資産を泰鴻《たいこう》名義の口座で管理していた。私個人のお金はほとんどなかったし、どんな書類にも私の名前は載っていなかった。確かに、私は苦境に立っていた。

かつての妻と、かつての親友という、二つの前線での戦いを余儀なくされた私は、人生で最も困難な状況に直面していた。それは、パームインフォの失敗や、空港のボス李培英《りばいえい》の失踪が引き起こした大混乱や、『ニューヨーク・タイムズ』の記事よりも苛酷だった。この状況を何とか乗り切ろうとして、以前の危機で学んだ教訓を思い出した。瞑想を再開し、かつて読んだ哲学的な本を手に取った。日常生活の些事《さじ》から距離を置き、感情を遮断し、私の両親が香港に移住したときのように、その日を乗り切るために必要なことだけをした。

北京の郊外に香山《こうざん》という丘があり、古いものは十二世紀に遡る建造物が点在している。頂上に続く数千段の石段を登りながら、私は日々の生活に活かせる教訓を得た。頂上ではなく目の前の階段に意識を集中させ、一歩一歩を重ねていけば、行くべき所にたどり着ける、と自分に言い聞かせるのだ。この教訓は、私にとって今でも有効だ。自分にコントロールできるものをコントロールしろ。ほかのことは気にするな。プールからはいつだって出られるんだ、と私は心の中で繰り返した。それでも、ひどくつらい時期ではあった。片や二〇年来の友人が私から金をだまし取ろうとし、片や私の息子の母親が私を一文なしにしようとしていた。

私が三〇〇〇万ドルを取り戻そうとした旧友の丁屹は、香港の法院に提出した書類の中で、温一家の資産についての『ニューヨーク・タイムズ』の記事を取り上げ、状況を複雑にした。おそらく、法官を怯《おび》えさせて、裁判を取り止めさせようとしたのだろう。幸いなことに、それはうまくいかなかった。だが、丁屹はまだ別のカードも持っていた。私の訴訟が係属中であるにもかかわらず、破産宣告をしたのである。金を二番目の妻の名義に移したのではないかと思う。あれから数年経つが、裁判はまだ結審していない。

ホイットニーも、あらゆる手段を使って私と戦おうとしていた。私たちは香港で結婚したのに、彼女は北京の人民法院に離婚訴訟を扱わせることに成功した。中国本土のほうが法官に圧力をかけやすいからである。中国には共有財産という概念がない。彼女は完全勝利を狙い、どんな経済的安定も私に与えたくないと思っていた。

残された選択肢は強硬手段しかなかった。実行するかどうかじっくり考えた末に、私は、重大な損害につながる情報を漏らすと言って彼女を脅した。『ニューヨーク・タイムズ』の記事も利用した。私たちのビジネスは中国当局の捜査対象になっており、意図して柔軟性が与えられた共産党の法律の性質を考えると、否定的に解釈される事実が必ずあるのだ。犯罪の嫌疑をかけられないように注意してきたホイットニーだったが、私の脅迫によって和解を受け入れざるを得なくなり、私は快適に暮らすのに十分な資金を得た。二〇一五年十二月十五日、私たちの離婚はついに成立した。

二つの厳しい試練から、私は、人生の不確かさについて、特に一寸先が闇の中国で生きることについて、多くのことを学んだ。友情は信じられないし、結婚も頼りにならなかった。それなら、どんな関係が残るというのだろう。

もちろん、こうした問題は中国の外でも起きている。しかし、この二つの話には明らかな特徴がある。

一つは、ホイットニーや、丁屹、彼の二番目の妻イヴォンヌまでが、一方の得が他方の損になり、勝者がすべてを獲得するという非情な考え方を貫いたことだ。かつてバーのホステスだったイヴォンヌは、破産宣告をした夫の跡を継いで、香港交易所の上場企業の会長になった。イヴォンヌの転身には唖然とするが、当時の中国では、そうした「大躍進」は珍しくなかった。

情け容赦しないという姿勢は、共産主義体制が生んだものだ。私たち中国人は、幼いころから熾烈な生存競争の中で戦わされ、強い者だけが生き残るのだと言われて育つ。協力することや、チームプレーヤーであることは教えられない。私たちが学ぶのは、どうやって世界を敵と味方に分けるかであり、味方との同盟関係も一時的なもので、仲間は消耗品だということである。党に命じられれば、両親や、教師、友人でさえ密告する覚悟ができている。そして、重要なのは勝つことであり、良心の呵責に苦しむのはバカだけだと教えられる。これが、一九四九年以来、共産党が権力を維持するのを可能にした指導原理なのだ。マキャベリが中国にいたら、きっと居心地が良かったにちがいない。私たちは、生まれた時から「目的は手段を正当化する」と教えられるからである。共産党が支配する中国は非情な世界なのだ。

もう一つは、こうした出来事の中で政治が大きな役割を果たしたことである。ホイットニーが離婚訴訟を北京で起こしたのは、お得意の「関係《グワンシ》」を使って和解に持ち込めると考えたからだ。ある審問の最中に、法官が、電話が入ったので失礼と言って席を外した。ほら来た。法官に自分の思いどおりの裁定をさせようと、彼女が裏で動いているんだ、と私は心の中でつぶやいた。電話の内容は知るよしもなかったが、この一件で、私は脅迫が唯一の解決策だと確信した。丁屹も、『ニューヨーク・タイムズ』の記事を利用して私の悪評をアピールし、訴訟を有利に導こうとした。一方は離婚訴訟であり、もう一方は金銭的な紛争だったが、どちらにも政治が絡んできた。そのため、離婚と裁判が進行するにつれて、再び、中国を去るべき時が来たのではないかと、私は考え始めた。

中国の体制からの疎外感は、ほかでも強まっていた。私は、ホイットニーに促されて赤い貴族のメンバーと付き合うようになった。最初に、デイヴィッド・リーのような有力な縁故を持つ青年に会ったときは魅力も感じたが、時が経つにつれて、この階級のメンバーに失望するようになった。

中国の指導者たちの息子や娘は、自分たちだけで一つの種を構成している。彼らは、一般人とは異なる法則に従って生き、次元が違うと思える所に暮らし、ほかの中国人から隔離されている。彼らが住む場所は高い塀の向こう側にあるのだ。大衆とは買い物をする場所が違うし、食べ物は独自のサプライチェーンを通じて入手する。運転手付きのリムジンで移動し、一般人が入学できない学校に通い、特別な病院で治療を受け、政治的な縁故を通じて資産を作り、それを売却したり貸したりするのだ。

ホイットニーの差配で、私はそうした人々とたびたび顔を合わせ、知り合いになった。その中に劉詩来《りゅうしらい》がいた。彼は、中国革命に参加した古参であり鄧小平《とうしょうへい》の仲間だった谷牧《こくぼく》の孫である。谷牧は、一九七〇年代から一九八〇年代にかけて副総理を務め、中国の経済改革を推進したキーパーソンだった。劉詩来はうちの近くに住んでいた。

劉詩来は、多くの赤い貴族に典型的な方法で、つまり、政治的なコネを売って資産を作っていたようだ。例えば、ディスコのために消防署の許可を取ったり、美容外科のために医師免許を取ったりし、それと引き換えに収益の一部をもらうのである。

劉詩来は、彼らのような赤い貴族が本物の貴族のように見られることを望んでいた。彼は世界中でポロをプレーし、タイの大会で優勝したり、北京でトーナメントを主催したりした。そこでは、共産主義中国という王家の貴顕《きけん》たちが交歓し、中国の貴婦人たちは、お手本であるイギリスの上流階級を見習って、つばの広い帽子を被っていた。

一九八九年の民主化運動が弾圧された六月四日のことについて、劉詩来と話し合ったのを思い出す。彼はまだティーンエイジャーだったが、デモ隊が本当に中国共産党の転覆に成功したらどうしようと親族みんなで怯えていた、と言っていた。当時、彼は、祖父の谷牧と一緒に、北京市中心部の四合院《しごういん》に住んでいた。六月三日の夜、劉詩来は膝の上にＡＫ－47〔訳註・旧ソ連で開発された自動小銃で、人民解放軍でも使用された〕を載せ、家で寝ずの番をしていたという。外では、人民解放軍がデモ隊を攻撃し、天安門広場を一掃していた。

もう一人の赤い貴族の友人は、仮にヴォルフガングとしておこう。彼の祖父は、一九三〇年代から一九四〇年代にかけて中国共産党の最高指導者の一人だった。革命後は重要なポストに就いていたが、一九五〇年代後半に、何百万人もの人が餓死した破滅的な「大躍進政策」を批判して、毛沢東《もうたくとう》と衝突した。祖父は、数十年間、政治的に追放されていたが、一九八〇年代に鄧小平によって地位を回復された。

祖父は、自分の経験から、息子、つまりヴォルフガングの父親に政治の世界を避けるように命じたため、父親は科学を学んで研究機関に就職した。鄧小平が市場志向の経済改革をスタートさせると、ヴォルフガングの父親は小さな製造企業を興し、中国で広く使われているが厳しい規制のある製品を作り始めた。彼は、血筋を利用して政府との契約を獲得した。

ヴォルフガングは、北京で赤い貴族の一員として育ち、党の高官の子弟と一緒に、エリート校の景山《けいざん》小学校に通った。彼がティーンエイジャーになると一家は中国を離れ、彼はアメリカで教育を受けた。大学卒業後、父親は一人息子のヴォルフガングを中国に戻し、自分の会社に入れた。

会社は着実に利益をあげていた。実際、スターバックスで一杯のコーヒーを飲むときから、上海で数百万ドルの豪邸を購入するときまで、中国で行われるあらゆる商取引で利益が生まれた。やがて、人民解放軍が経営する別の企業が同じ分野に参入してきたが、そこには二つの企業が繁栄するのに十分な余地があった。国有企業が、共産党のエリートの子孫が支配する企業と市場を分け合う複占は、中国ではよく見られる。

ヴォルフガングは、会社の生産ラインを拡張し、膨大なデータにアクセスできるサービスを始めた。そのデータに中国の警察が大きな関心を示した。彼は、暗に血統のために彼を信頼した警察とデータを共有した。警察は、代償として、彼の会社への発注を増やした。

ヴォルフガングと私は、よく中国の体制について話したが、彼は、党の大物たちに売春婦をあてがった話で私を楽しませてくれた。党の官僚とのあいだに強い絆を作る一番効果的な方法は、官僚と数人の女性を一つの部屋に入れることだそうだ。彼は、体制の欠点も、腐敗も、それがどれほど人々の心をゆがめているかも理解していた。彼は、イデオロギーや価値観の点では中国を擁護しなかったが、自分の血筋を利用して大金を稼ぐことは楽しんでいるようだった。『ゴッドファーザー』のマイケル・コルレオーネ〔訳註・マフィアのドンの三男。大学出の知的で沈着冷静な人物で海兵隊の英雄だったが、ファミリーの危機に際して図らずもドンを継ぐことになる〕にちょっと似ていると思った。私には、彼がしぶしぶやっているマフィアに見えた。

表面的には、彼はすっかり欧米化されていた。完璧な英語を話すし、妻は台湾人だった。ところが、共産党の体制には疑問を抱いていなかった。実際に、自社のデータを警察と共有し、国家安全部に食い込んで体制の維持に協力していた。

その一方で、ヴォルフガングは外国のパスポートを持ち、資産の大部分を海外に投資していた。彼と、政治について議論になったことがある。私は、彼の資産の大半が国外にあることを知りながら、「きみの資産はどこにあるんだい？」と尋ね、中国のものでないことを知りながら、「どんなパスポートを持っているの？」と聞いた。

海外で教育を受けたヴォルフガングのような人々が中国を変える原動力になる、と評論家たちは長いあいだ主張してきた。海亀族が欧米から普遍的な価値観を持ち込み、中国を良い方向に動かすと言うのだ。だが、ヴォルフガングのような人々は、自分たちがそんな役割を担っているとはけっして考えていない。彼の利益は、中国が今の状態を維持することにあるからだ。今の中国があるから彼は裕福でいられるのであり、欧米的な自由と、権威主義的な中国の管理された複占という、二つの体制の恩恵を享受できているのである。

ヴォルフガングのような人々を見れば見るほど、私は、害を増していく中国の共産主義という災厄を、彼らが効果的に助長していると思うようになった。彼らは、巨万の富と引き換えに魂を売り渡したのだ。ホイットニーと私は、彼らやその親たちが決めたルールに則《のっと》ってプレーし、成功した。しかし、ルールがゆがめられていることも知っている。ホイットニーはこのゆがんだ体制を快適だと感じていたが、私は抜け出したかった。

法廷ではホイットニーと争っていたが、アリストンの養育に関しては表面的な協調を保っていた。彼が生まれてすぐに、ホイットニーは綿密な教育計画を立てた。まず、北京にある3eという小さなインターナショナルスクールの幼稚園に入園させた。そして、中国のエリートという立場にふさわしい趣味として、劉詩来の乗馬クラブに申し込んだ。幼稚園のあとは、北京で最も優秀な、中国人民大学の附属学校に行かせる計画だった。大学では海外に出して、アメリカかイギリスの大学へ進学させようと考えていた。

しかし、北京のひどい大気汚染と、中国を離れたいという私の欲求が後押しして、ホイットニーの考えが変わった。二〇一五年、アリストンと私はイギリスに引っ越した。ホイットニーと私は彼のために学校を見つけ、四月にはイギリスに落ち着いた。

その年の後半、ホイットニーは二、三カ月イギリスにやってきて、私の家の近くにタウンハウスを借り、環境の激変にアリストンを慣れさせようとした。私は、すでにアリストンの主たる養育者の役割に専念していた。家族の遺産継承に関する研究から私が学んだことを一つ挙げるとしたら、子どもに多くの時間を使ったことを後悔する親はいないということだ。

また、私は、自分の両親との関係を改善するために、彼らを世界各地へ旅行に連れていった。日程の細部まで念入りに計画し、彼らが快適に過ごせ、おいしいものを食べ、世話が行き届くようにした。イタリアを旅行中にフィレンツェで昼食を取ったとき、母が、遠くを見ながら、誰に話しかけるでもなくつぶやいた。「驚いたわ。おまえがこんなに親孝行だったなんて」

ホイットニーは、依然として、復縁する気があることを私の母にほのめかしていた。あれほど容赦なくやり合った離婚のあとで、彼女がまだ私に戻ってきてほしいと思っているのは皮肉だった。それを考えると、彼女は、心のどこかで、二人で一緒に作り上げたものや、私が彼女の人生にもたらしたものに、価値を見出していたのかもしれない。そして、心の奥底には、ビジネスでの闘いや中国の体制との闘いに一人で臨まなければならない孤独や恐怖があったのだと思う。ホイットニーは屈折した人間だった。彼女が、イギリスにいるあいだに乗る車を買おうとしていたとき、私に、ショールームまで一緒に行って、選ぶのを手伝ってほしいと言ってきた。

「きみの車だろ」と私は言った。

「でも、あなたが選んでよ」と彼女は言葉を返した。「あなたなら、どれが一番いいかわかるでしょ」

別の時には、私のほうを見て「私は人間関係がじょうずじゃないの。不安なのよ」と言った。だが、私の気持ちは動かなかった。私が求めていたのは心からの謝罪だったが、彼女はプライドが高すぎるのだ。

いろいろ言っても、彼女は、中国に関する判断ではまだ自分のほうが勝っていて、私は中国でのやり方についてまだ学習する必要があると信じていた。二〇一六年のある日、私たちは落ち合ってコーヒーを飲んだ。そのときは二人とも香港にいた。私は、再び、きみはリスクを分散するべきで、泰鴻の資産の一部を国外に移したほうがいいと勧めた。ただ単に、親身になってアドバイスをしたつもりだった。みんなそうしている、と言葉を足した。実際、あまりにも多くの人が中国から資金を持ち出すので、政府は資本移動の規制に踏み切っていた。ホイットニーは、したり顔でにやにや笑い、「中国はこれからもすごい勢いで成長を続けるわ」と言った。そして、意味ありげな沈黙のあと、「みんな先を見る目がないのよ」と付け加えた。あたかも、その能力が自分にはあって、私にはないような言い方だった。二〇一七年、私が北京を訪れているときに、彼女は口を滑らせ、党の当局に出国を禁じられているのだと漏らした。だが、心配している様子は見えず、頼むから中国を出てくれという私の懇請をあっさりと退けた。「こんなの、一《いっ》時《とき》のことよ」と彼女は言った。

# あとがき

二〇一七年八月、私がホイットニーと共有していたマンションを、私の友人が訪ねた。夏休みを母親と過ごしたアリストンをイギリスに連れて帰るために、迎えに行ってもらったのだ。ホイットニーは、別れのあいさつをするために階下に降りてきた。外では、空港に向かう車が彼らを待っていたので、ホイットニーは寂しげに微笑んだ。「あの子をこの世に産み落としたのは私なのに、これからは私なしで生きていくのね」と彼女はつぶやいた。

ホイットニーに、自分が間もなくいなくなるという予感があったかどうかは、わからない。もしあったのなら、もっときちんと身辺整理をするなり、自分を守ろうとするなりしていただろう。それでも、わが子を引き渡す孤独な女性のイメージは、私の頭から離れなかった。ホイットニーは、当局が連行しに来るのを感じ取っていたのだろうか？　習近平《しゅうきんぺい》の反腐敗キャンペーンでは何千人もの人々が拘束された。ホイットニーは出国を禁止されたが、深刻に受け取っている様子はなかった。だが、数カ月前にその話を聞いたときには、かつてのように率直に語り合えなくなって、ずいぶん時間が経っていた。

夫という立場ではないにしても、私が親身になって話を聞いたり助言したりする存在として、彼女の生活の中に留まる努力をしていたら、事態は違っていただろうか？　そう考えずにいられなかった。私が家を出て、二〇一五年に離婚に至ったとき、ホイットニーは、すべてを共有していた世界で唯一の人間を失ってしまった。確かに、ほかにも親密な付き合いをしていた人はいたが、かつての私のように彼女を理解している人間はいなかった。彼女は荒馬のような野望に乗っていた。壮大な夢を抱き、脇目もふらず突き進んだ。彼女のしようとしていることが、あまりにも危険に思えたり、リスクが大きすぎると感じたときは、たびたび引き止めた。しかし彼女は、客観的な意見を言い、転落を防ぎ、警告を発する存在を、離婚によって失ってしまった。彼女が拉致されたのは、私たちが建設したブルガリ・ホテルの複合施設にある、彼女の新しいオフィスだった。私は中国じゅうの当局の知り合いに問い合わせたが、彼女の行方を知る人はいなかった。

さまざまな噂を耳にした。ある中国有数のエコノミストは、ホイットニーは薬物を打たれ、おそらく暴行を受けただろうと推測した。たとえ生きて帰ってきても、共産党の秘密警察によって脊椎に何かを注入され、生ける屍《しかばね》になっているだろう。そのときはもう別人になっている、と彼は語った。中国人実業家で反体制派になった郭文貴《かくぶんき》〔訳註・二〇一四年にアメリカに亡命し、中国上層部の腐敗を暴露したと言われている〕は、彼女は共産党の当局に殺されたと知らせてくれたが、噂話を広めるのが好きな人間なので、その見解はまず当てにならない。『ニューヨーク・タイムズ』の記者デイヴィッド・バルボーザまでが、私のコメントを取ろうと連絡してきた際に、ホイットニーは死んだという噂を口にした。彼女が帰されないのは、一つには、罪を否認しているからではないか、と私は思っている。「私の死体を棺桶から引きずり出して鞭打っても、ほこり一つ出ないようにする」と、彼女はいつも言っていた。ホイットニーはとてつもなく強情な人間なのだ（だった、と言うべきかもしれない）。

ホイットニーの失踪は、私の中で膨らんでいた共産主義中国に対する見方を強固にした。私は、祖国と党を愛するように育てられた。私の世代の多くの人々がそうだったように、自然と愛国心が身についた。共産主義革命家たちの偉業を詳しく描いた漫画を読みあさっていたころから、私は、中国を再び偉大な国にする運動に無意識に参加していた。一九八〇年代後半にアメリカへ留学していたときグリーンカードを取得しなかったのは、中華圏で自分の道を切り開くという目標があったからだ。二〇〇〇年代の北京では、文字どおり首都の建設に没頭して、空港を大きく改善し、間違いなく中国で最も洗練されたホテルと、オフィス棟からなる複合施設を建設した。

だが、いったいどんな体制が、ホイットニー・デュアンを襲ったような違法な拉致を許可するのだろう？　人を世の中から消し去り、そのことを両親や息子に知らせもしない権利を捜査機関に与えるのは、どんな体制なのだろう？　アリストンは当然、母親に会いたがっていたが、彼や私たちみんなを最も苦しめたのは、彼女に何が起きたのかがわからないことだった。ホイットニー・デュアンはどこにいるのか？　果たして、生きているのだろうか？

中国にも、容疑者の取り扱いについての規則がある。一九九七年に施行された改正刑事訴訟法は、警察に最長三七日の容疑者の勾留を認めているが、そのあとは釈放するか、正式に逮捕しなければならない。きついジョークだ。ホイットニーは失踪してから何年にもなるが、影さえ見せていない。

また、共産党が党員を捜査する仕組みの不透明さも、体制の基本的な倫理観に疑問を抱かせる。捜査を実施するのは中央規律検査委員会だ。一九九四年に党が制定した「双規」と呼ばれる制度は、捜査機関に、党規違反が疑われる人物を拘束する権限を与えているが、「双規」はどんな法律の制約も受けない。規則上は無期限の勾留が可能なのである。ホイットニーがその制度によって拘束されているのは間違いない。繰り返すが、いったいどんな体制が、法律を超越した活動を政党に許し、被疑者を何年も外部との連絡が取れない状態にしておくのだろう？　こうした運命に陥っているのはホイットニーだけではないが、彼女は、音信不通のまま最も長く監禁されている人間にちがいない。

中国に対する私の見方は、胡錦濤《こきんとう》総書記・温家宝《おんかほう》総理体制の二期目だった二〇〇八年に悪化し始めた。中国のレーニン主義体制の論理は、毛沢東《もうたくとう》主席の時代から基本的に変わっておらず、完全な支配を追求することを共産党に求めている。党が管理の手を緩め、自由な起業を認め、市民の自由を拡大するのは、危機的状態になった時だけである。共産党はしぶしぶ規制を緩和し、また元の形に戻すのだ。二〇〇八年以降、党は、経済や、メディア、インターネット、教育制度などに対して、再び管理を強化し始めた。編集者は首にされ、出版業者は逮捕され、大学教授は解雇され、インターネットは検閲され、すべての民間企業に党委員会の設置が義務付けられた。中国経済が成長したことで、共産党が支配を強化する機会が生まれたのである。

党と、ホイットニーや私のような起業家との蜜月は、敵を分断して殲滅《せんめつ》するという、ボルシェビキ革命で生まれたレーニン主義の戦術にすぎなかった――それが私の結論である。実業家との同盟関係は一時的なもので、社会を完全に支配するという党の目標の一部を達成するために必要だっただけなのだ。ひとたび経済が発展し、海外への投資が進み、香港の自由を制限できると、私たちは無用になり、党の敵になったのである。

二〇一二年に習近平が権力の座に就くずっと前から、中国は反自由主義的な方向に動いていた。彼はただその動きを加速させたにすぎない。習近平は、党を巧みに操って中国国内の支配を最大限に拡張しただけでなく、党を使って中国の抑圧的な体制を海外に輸出した。これもまた、中国の体制の論理に沿ったものだ。中国共産党は、力を増すにつれて領域を拡大し、その中で自らを守ろうとする体質を持っているからである。この動きは、二〇二〇年に、香港の「国家安全維持法」を成立させたことでも見て取れる。この法律は、意図的に曖昧に書かれているが、実際は、誰がどこで行うかにかかわらず、香港政府を批判する発言を非合法化するものだ。まさにインペリアル・オーバーストレッチ〔訳註・大国が他国に過剰に介入すること。ポール・ケネディが『大国の興亡』で用いた用語〕である。

中国共産党が個人の自己中心的な利益よりも集団の利益を優先しているというのは、彼らが作った嘘である。個人の権利という強迫観念に辟易している多くの欧米人が、中国共産党は公益を重視しているという幻想を信じている。現実には、党の主な目的は、革命家たちの息子や娘の利益に奉仕することだ。最大の受益者は彼らであり、彼らこそが、経済的、政治的権力の中心にいるのである。

三〇年前、両親は私を共産主義国から香港へ連れ出した。自由で、資本主義的な、欧米志向の文化の中で育ち、教育を受けた私は、人間が潜在的に持つ能力の可能性と価値を学んだ。中国共産党が、自分たちの破滅的な失敗から立ち直るために、国民に一息つかせた一九七〇年代の後半、党は少し窓を開け、世界の人々が、もっと自由で開放された中国を想像できるようにした。ホイットニーと私は窓の隙間を通り抜け、またとないチャンスをつかんだ。能力のすべてをつぎ込み、夢を実現し、中国を建設する機会だった。

今、さまざまな資源を手に入れた中国共産党は、逆戻りして本来の性質を露呈し始めた。時を同じくして、私は、人間に得られる最も貴重なものは、富や仕事の成功ではなく、人としての基本的な尊厳や人権だということに気づいた。その理想を共有できる社会で生きるために、中国ではなく、西洋世界を選んだ。それは私だけのためではなく、息子のためでもある。

# 謝辞

本書は、愛と勇気から始まったプロジェクトである。愛情と、愛すること、愛されることによって、この本は生まれた。

私が本書を書いたのは、息子アリストンへの愛情のためである。アリストンは、私が抱き続けてきた父親になるという夢をかなえてくれた。父と母が実際はどういう人間で、何を成し遂げ、どんな経験をしてきたかを、彼に知ってほしいと思ったのだ。

私を愛してくれる人がいる。その最愛の人の支えがなければ、この仕事を最後までやり遂げられなかっただろう。妻のCi Sunは、私の人生に天から与えられた恵みである。彼女がいなければ、中国に別れを告げたあとの道のりは、とても困難なものになっていただろう。彼女は、私がしようとすることをすべて受け入れ、前に進むよう励ましてくれた。

本書が出版されたあとにどんな嵐が襲ってきても、彼女は、自分の人生の一部を犠牲にして、私と一緒に立ち向かってくれるだろう。中国へはもう戻らない覚悟をしているのだ。これは、彼女にとって、とても重い決断である。

元の妻、ホイットニー・デュアンにも感謝したい。彼女がいなければ、今の私はなかった。彼女は、本書の影のパートナーだ。そして私の両親がいる。彼らは、彼らなりのやり方で私に愛情を注いでくれた。

今は、このプロジェクトを支援するために、中国共産党から受けるかもしれない迫害に備えている。

本書を書き上げるには勇気が欠かせなかった。中国共産党という無法な権力に対して、ひるまずに真実を語るためには、持てるかぎりの勇気を振り絞らなければならなかった。執筆に至るまでにも多くの人々の助けがあった。キース・バーウィックは、アスペン研究所のクラウン・フェローシップ・プログラムで私のメンターだった。私がビジネスよりも大きな価値があるものを探していたとき、彼は貴重なヒントを与えてくれた。勇気と、正義と、愛という指針を教えてくれたのだ。彼は今なお、私に意欲と勇気を奮い起こさせてくれる。「第九交響曲クラス」〔訳註・アスペン研究所の二〇〇五年のヘンリー・クラウン・クラスに付けられた名称〕の仲間たちの、人を助けるための献身や、自分以外の誰かのために生きたいという願望には、大きな刺激を受けた。ジョーダン・カサロウの、窓を開けて嵐と向き合う話は特に印象に残っている。もう一人のアスペンのクラウン・フェローであるビル・ブラウダーが『レッド・ノーティス』〔訳註・日本語訳は『国際指名手配――私はプーチンに追われている』集英社・二〇一五年〕を出版した勇気には、ずっと鼓舞されている。その回顧録と出版後の彼の行動は、無法な権威主義体制に立ち向かうすべての人々の道しるべとなった。マシュー・ポッティンジャーは、アメリカの国家安全保障会議に四年間勤めていた。彼が、完璧な北京官話で「寧鳴而死、不默而生（沈黙して生き永らえるより、声を上げて死んだほうがいい）」と、范仲淹《はんちゅうえん》の詩の一節を朗唱する姿は、今も脳裏に焼き付いている。范仲淹の詩は、本書を執筆するうえでのモットーであり、巻頭のエピグラフにも使った。

人間の尊厳を追求するために、圧力に屈せず、自分を犠牲にした香港の人々を外せないのは、言うまでもない。私は、彼らの勇気に畏敬の念を抱いてきたし、自分も、故郷と呼んでいた街のためにできることをしたいと思っている。

また、執筆パートナーのジョン・ポムフレットがいなければ、本書は実現しなかっただろう。彼の中国に関する知識と経験のおかげで、スムーズで実り多いやりとりができた。また、思慮深く、勤勉なポムフレットとの共同作業はとても楽しいものだった。これからも友だちでいてくれたら嬉しい。

プロジェクトの過程で意見を交換した友人たちにも感謝したい。アンドリュー・スモールは、彼がオックスフォード大学を卒業したときからの友だちだ。その後、地政学の第一人者になったので、ますます会話の機会が待ち遠しくなった。彼と話していると、必ず新しい発見があるのだ。范疇《はんちゅう》は、台湾の政治と両岸関係に関する代表的な思想家・著作家である。既成概念にとらわれない彼の思考は、一〇年以上にわたって重要な示唆を与えてくれている。トマス・エイモン゠ラリタスは、常に私を支えてくれる、思いやりのある友人である。地球全体を視野に入れた政治とビジネスに関する彼の知識は、他の追随を許さない。ほかにも名前を挙げるべき友だちはいるのだが、反逆者の友人や家族に制裁を加えようとする中国共産党の悲しい習性を考えて、自分の胸にとどめておくことにする。

おとなになってから、ずっとファッションやスタイルを楽しんできた。気に入った服に身を包むと、気分が高揚して夢が膨らみ、もっと大きなことができるように思えた。そんな世界に連れていってくれたのが、生涯の友人であるスティーヴン・ラックだ。四〇年経った今でも、ファッションのアイデアを語り合い、愛用する製品を作る最高の職人について情報を交換している。

一九九〇年代の初め、中華圏でトップクラスのプライベート・エクイティ企業だったチャイナベストに対する感謝は、忘れたことがない。ジェニー・ホイは私を採用してくれた。デニス・スミスとアレックス・ナンは、私がビジネスプランの作り方や投資のセンスを磨くのを助けてくれた。

力を合わせて中国で有数の不動産プロジェクトを成功させてきた泰鴻《たいこう》の仲間たちにも感謝している。中国共産党の報復の恐れがあるので、名前を挙げることができないが、本人はわかるはずだ。さまざまな支援をありがとう。

エージェントを務めてくれた、エイミーとピーターのバーンスタイン夫妻にも感謝したい。二人は私の話の意義を見出し、主要な出版社に企画を持ち込んでくれた。本書が完成にこぎ着けたのは、二人の手引きがあったからである。そして、スクリブナー社は理想的なパートナーだった。担当編集者のリック・ホーガンは、この駆け出しの書き手に対して、尋常でない寛容さを示してくれた。彼の見識と忍耐力には驚くべきものがある。本書の緊急性を理解してくれたスクリブナー社のチーム全員に感謝したい。チームのメンバーは、発行人のナン・グレアム、宣伝とマーケティングの責任者ブライアン・ベルフィリオ、権利関係の責任者ポール・オハロラン、マーケティングの上級責任者ブリアナ・ヤマシタ、上級進行責任者のマーク・ラフラー、アートディレクターのジャヤ・ミセリ、編集アシスタントのベケット・ルエダである。そして最後に、写真に関して素晴らしい仕事をしてくれたメグ・ハンドラーにお礼を言いたい。

# 北京飯店くらい大きなダイヤモンド——訳者あとがき

原著が出版される三日前の二〇二一年九月四日、イギリスに住むデズモンド・シャムの元に一本の電話がかかってきた。電話口から聞こえてきたのは、四年間耳にすることのなかったかつての妻の声だった。ホイットニーは彼に出版を思いとどまるように懇願した。デズモンドは彼女が誰かに操られているように感じたという。その電話からさらに一年が経つが、ホイットニーの所在はいまだにわかっていない。

中国の政治経済の頂点で起きていることを記した本書は、出版とともに大きな反響を呼び、一種の暴露本、告発本として多くのメディアに取り上げられた。確かに、本書は、中国でのビジネスの実態や、官僚たちの根深い腐敗、「赤い貴族」の暮らしぶり、熾烈な権力闘争、共産党の強権体質と無法性などをリアルに描いている。しかし、本書の面白さはそうした視点だけでは捉えきれない。そもそも、著者が書けなかった、あるいは書きたくなかったことがたくさんあるはずだ。ところどころに挟み込まれる弁解や欧米の価値観にすり寄る姿勢は、背後にあるものに想像の余地を残す。

では、本書を単なる暴露本にとどめず、魅力的な物語にしているものは何だろうか？　それは、登場人物の人間性が、中国の時間・空間の広がりの中で生き生きと描かれていることである。本書の中で起きるのは途方もないことばかりだが、登場するのはみんなごく普通の人間だ。金と権力に執着し、面子《めんつ》にこだわり、家族や地域のつながりを大事にし、ときに義侠心を発揮する。野心や競争心、コンプレックスや妬みも余さず描かれる。読後に振り返れば、小役人までが特徴的な風貌とともに甦るのではないだろうか。そうした人間たちに尋常でない原動力を与え、個性を発揮させているのが、彼らが生きた時代である。かつて、ある文芸批評家が一九八〇年代の東京を指して、四世紀の長安であり一九世紀のロンドンだと言った。一九二〇年代のニューヨークと言えばもっとわかりやすいだろう。二〇〇〇年代の北京もこうした都市の系譜に連なる。過剰なエネルギーと豊かさは起伏の激しいドラマを生み、人間の本性をあらわにする。筆者が少年の頃に培ったストーリーテリングの才能がそれに寄与しているのは言うまでもない。

一九二〇年代のアメリカの作家スコット・フィッツジェラルドに「リッツくらい大きなダイヤモンド」という短編がある。あるところに巨大なダイヤモンドでできた山があり、所有者の大富豪はあらゆる手段を使ってそれを秘匿している。屋敷を訪れた者は殺され、上空を飛んだ飛行士は地下に幽閉されるのだ。あるとき一人の少年が富豪の家に招かれ、富豪の娘と恋に落ちる。二人が駆け落ちを決意したそのとき、屋敷は飛行機の編隊に襲われる。観念した大富豪は仕掛けてあった爆薬でダイヤモンドの山を吹き飛ばす。豪奢な暮らしの中で短い夢を見ていた少年と少女は、着の身着のままでそこから逃げ出す。

共産党が支配する中国というダイヤモンドの山から、デズモンドはうまく逃げ出したが、ホイットニーは幽閉されたままである。数十億ドルとも言われた彼女の資産は共産党に寄付させられたという。そう言えば、個性豊かな登場人物の中に一人だけ人間味が感じられない人物がいる。全面主席、習近平だ。

神月　謙一

二〇二二年七月

# 索　引

＊項目は原著と異なります

は

## 参考文献／参考ウェブサイト

第３章　p64　「近代的な考え方が蛇口から水のように流れ出る」David Sheff, “Betting on Bandwidth,” *Wired*, February 1, 2001, https://www.wired.com/2001/02/tian/.
p67　ロバートソンは、馮波の家族のコネについて自慢していたと伝えられている　Charles R. Smith, *Deception: How Clinton Sold America Out to the Chinese Military* (La Porte, Ind.: Pine Lake Media Group, 2004), 166.
第６章　p104　党の長老たちは、彼を粛清することをすでに決定していた　Philip P. Pan, *Out of Mao's Shadow: The Struggle for the Soul of a New China* (New York: Simon & Schuster, 2008), 4.『毛沢東は生きている――中国共産党の暴虐と闘う人々のドラマ』フィリップ・P・パン著、烏賀陽正弘訳、PHP研究所、2009年
第７章　p109　ＪＰモルガンは、富怡顧問に一八〇万ドルを支払った　David Barboza, Jessica Silver-Greenberg, and Ben Protess, “JP Morgan's Fruitful Ties to a Member of China's Elite,” *New York Times*, November 13, 2013, https://dealbook.nytimes.com/2013/11/13/a-banks-fruitful-ties-to-a-member-of-chinas-elite/.
p112　「家族の行動にうんざりしていた」Consulate Shanghai, “Carlyle Group Representative on Leadership Issues.” Wikileaks Cable: 07SHANGHAI622_a. Dated September 20, 2007. https://wikileaks.org/plusd/cables/07SHANGHAI622_a.html.
p112　「自分の立場を考慮して我慢していた」Consulate Shanghai, “Carlyle Group Representative on Leadership Issues.” Wikileaks Cable: 07SHANGHAI622_a. Dated September 20, 2007.
p116　徐明の資産の大部分は不正に獲得したものだという噂が飛び交っていた　Michael Forsythe, “Chinese Businessman Linked to Corruption Scandals Dies in Prison, Reports Say,” *New York Times*, December 6, 2015, https://www.nytimes.com/2015/12/07/world/asia/china-xu-ming-dies-prison.html.
p121　黄緒懐はドイツ銀行から三〇〇万ドルを得ていた　Michael Forsythe, David Enrich, and Alexandra Stevenson, “Inside a Brazen Scheme to Woo China: Gifts, Golf and a $4,254 Wine,” *New York Times*, October 14, 2019, https://www.nytimes.com/2019/10/14/business/deutsche-bank-china.html.
第８章　p127　「TIBET5100」というミネラルウォーターのようなものを納入する契約　Cao Guoxing, “Everest 5100: The Political and Business Alliance Behind a Bottle of Mineral Water.” Radio France Internationale, July 7, 2011.
第10章　p163　李培英は持てる力をすべてつぎ込んだ。彼は、権力とカリスマ性を使った　“Beijing Capital International Airport Air Cargo Clearance Base Lays Foundation,” PRC Central Government Official Website, June 29, 2006, http://www.gov.cn/jrzg/2006-06/29/content_323047.htm.
第12章　p195　画家である鄧林は、かなりの資産を作っていた　Patrick E. Tyler, “China's First Family Comes Under Growing Scrutiny,” New York Times, June 2, 1995, https://www.nytimes.com/1995/06/02/world/china-s-first-family-comes-under-

growing-scrutiny.html.
**第14章** p231 彼にまつわる伝説には、彼が行ったとされる汚職も含まれていた Bill Savadove, “Jia Qinglin: Tainted survivor with a powerful patron,” *South China Morning Post*, October 23, 2007, https://www.scmp.com/article/612592/jia-qinglin-tainted-survivor-powerful-patron.
p237 それは濡れ手で粟の事業だった Sean O'Kane, “EV startup Canoo's mysterious backers named in new harassment lawsuit,” *The Verge*, October 8, 2019, https://www.theverge.com/2019/10/8/20899436/discrimination-lawsuit-canoo-foreign-backers-ev-startup-british-chinese-government.
p239 「パナマ文書」で、単独株主であることが明らかにされた Juliette Garside and David Pegg, “Panama Papers reveal offshore secrets of China's red nobility,” *Guardian*, April 6, 2016, https://www.theguardian.com/news/2016/apr/06/panama-papers-reveal-offshore-secrets-china-red-nobility-big-business.
p240 公電は、疑わしい融資と余国祥を結び付けた Consulate Shanghai “Pension Scandal Claims More, Politics as Usual.” Wikileaks Cable 06SHANGHAI16957_a. Dated Oct. 27, 2006, https://wikileaks.org/plusd/cables/06SHANGHAI6957_a.html.
**第16章** p262 温家宝の家族の資産は約三〇億ドルの価値があった David Barboza, “Billions in Hidden Riches for Family of Chinese Leader,” *New York Times*, October 25, 2012, https://www.nytimes.com/2012/10/26/business/global/family-of-wen-jiabao-holds-a-hidden-fortune-in-china.html.
p264 習近平の親族が保有する資産 “Xi Jinping Millionaire Relations Reveal Fortunes of Elite,” Bloomberg News, June 29, 2012, https://www.bloomberg.com/news/articles/2012-06-29/xi-jinping-millionaire-relations-reveal-fortunes-of-elite.
p267 党幹部の息子や娘に高い地位が与えられた Yuan Huai, “Chen Yun Appointed Me to Work under Li Rui of the Central Organization Department,” Mirror History Channel, November 10, 2020 https://www.mingjingnews.com/article/48411-20.
**第17章** p278 私はアスペン研究所で講演した “Leadership in Action Series: David Rubenstein; The China Model; Madeleine Albright,” The Aspen Institute, July 31, 2013, https://archive.org/details/Leadership_in_Action_Series_-_David_Rubenstein_The_China_Model_Madeleine_Albright.
**第18章** p299 彼は谷牧の孫だった Wu Ying, “A man, his horse, His mallet, his life,” *China Daily*, October 26, 2011, http://www.chinadaily.com.cn/cndy/2011-10/26/content_13976808.htm.
p300 共産主義中国という王家の貴顕たち John O'Sullivan, “China: Wealthy elite revives the spirit of the emperors,” *Financial Times*, May 26, 2012, https://www.ft.com/content/f6ace4c8-9da1-11e1-9a9e-00144feabdc0.

著者略歴――――
デズモンド・シャム（Desmond Shum、沈棟）

1968年に上海で身分の低い教員の家庭に生まれる。9歳のとき香港に移住し、名門の皇仁書院に入学する。アメリカのウィスコンシン大学で金融と会計を学び、1993年に卒業、香港に戻って株式仲買人となる。その後、投資会社に勤務しているときに、のちに妻となるホイットニー・デュアンと出会い、共同で都市開発事業に乗り出す。二人は、改革開放の好景気に乗って、北京空港の物流センターや北京中心部の再開発などの事業を成功させ、莫大な資産を築く。現在はホイットニーと離婚し、一人息子とイギリスに在住。

訳者略歴――――
神月謙一（かみづき・けんいち）

翻訳家。青森県生まれ。東京都立大学人文学部卒業。大学教員を17年間勤めたのち現職。主な訳書に、『微生物・文明の終焉・淘汰』（ニュートンプレス）、『デジタル・エイプ：テクノロジーは人間をこう変えていく』（クロスメディア・パブリッシング）など。

私が陥った中国バブルの罠
レッド・ルーレット
――中国の富・権力・腐敗・報復の内幕



2022年 9月 5日 第1刷発行
2023年 3月 17日 第4刷発行

著　者　デズモンド・シャム
訳　者　神月謙一
翻訳協力　株式会社トランネット（www.trannet.co.jp）
装幀者　日下充典
発行者　碇　高明
発行所　株式会社草思社
〒160-0022 東京都新宿区新宿1-10-1
電話 営業 03(4580)7676 編集 03(4580)7680

本文組版　株式会社キャップス
印刷所　中央精版印刷株式会社
製本所　加藤製本株式会社

ISBN978-4-7942-2599-3 Printed in Japan 検印省略